문학과 의식
Literature & Consciousness · Since 1988

2022
산문선

오강교회 사람들

신영애 산문집

신영애 산문집

오강교회 사람들

추천사

작가는 나의 막내 이모입니다. 엄마 같은 친구입니다. 이모와 나는 누나이자 친구처럼 지내왔습니다. 그런데 문득 돌아보니 어느새 엄마의 자리를 대신하고 있었습니다.

글을 쓰겠다는 이모의 얘기를 처음 듣고 좀 놀랐습니다. 그러던 어느 날 수필 신인상을 받으며 작가가 되었습니다. 이번엔 크게 놀랐습니다. 어려서부터 문학에 대한 그리움과 열정이 저 깊은 곳으로부터 들끓고 있었던 것입니다.

저는 문학에 관해 잘 모릅니다. 이모가 글 쓰는 모습을 옆에서 지켜보았습니다. 컴퓨터에 서툰 이모가 독수리 타법으로 한 자, 한 자 더듬어 치는 모습을 보며 간혹 원고 정리를 도와드렸습니다. 그 과정은 문학이 무엇인지 일깨워주는 계기가 되었고, 나도 한번 시작해볼까 하는 충동도 받았습니다. 생활 속에 일어나는 일들을 주님의 뜻에 비추어 살펴보고, 그 의미를 해석하며 이야기를 만들어가는 모습이 경탄스러웠습니다. 일상의 사소한 일들이 작품의 소재가 되어 다시 태어났습니다.

문장 하나를 쓰면서도 그 내용이 진실한지 꼼꼼히 살펴보고, 어떤 일의 날짜와 시간까지도 사실에 맞추려고 애쓰는 모습을 보았습니다. 작품 하나하나가 오랜 세월 작가가 읽었던 수많은 책을 통해 얻은 결과임을 알게 되었습니다. 또 성경 말씀을 읽고 마무리하는 모습에서 자신을 성찰하고 주님께 순종하는 순례자의 모습이 떠올랐습니다.

이 책에 작가의 꿈이 담겨있습니다. 꿈을 간직하고 꿈을 키워가며 또 그것을 이루어가는 과정을 볼 수 있습니다. 이 책은 내 꿈도 되살려 놓았습니다.

뜻이 있는 곳에 길이 있다고 합니다. 이모는 주님의 뜻을 따라 그 길을 바라보며 온 힘을 다해 살아온 분입니다. 인생의 고비 고비를 넘어 삶을 헤쳐 나가는 작가의 생생한 모습을 글을 통해 만나게 될 것입니다.

이모는 책을 읽는 것으로 하루를 시작합니다. 읽은 책이 서재에 가득합니다. 하루도 빠짐없이 운동을 합니다. 건강해야만 병든 남편을 간호할 수 있다며 시작한 마라톤입니다.

오강교회 사람들은 작가의 사랑을 먹으며 자랐습니다. 오강교회가 자자손손 이어지기를, 그리고 세상으로 널리 퍼져 나가기를 기원합니다.

– 큰 조카, 한승진

축사 Foreword

My earliest memories of my mom are of her writing in her journal every night. She worked long hours every day except Sunday, but she somehow had the energy to write. When I got older, I started buying my mom a journal every year and I looked forward to her reaction when she opened her present. I remember being amazed that my mom would have so much to write every day. I knew that she had always wanted to be a writer but because she had been orphaned when she was twelve years old, she never had the opportunity to pursue that dream.

When my brother graduated from college, my parents were so happy and proud of him. As their youngest child was now out of college, they were looking forward to cutting back on the hours at their business and travelling to national parks across the United States. Just when they thought that everything was going to get easier, it got so much harder as my dad suffered a stroke that left him paralyzed. My parents sold their business, and my mom took on the difficult job of caring for my dad.

After my dad passed away six years ago, my mom decided to finally pursue her dream of becoming a writer. From taking care of my father for sixteen years, to becoming a runner in her 50's and finally, to becoming a writer in her 70's, whenever my mom encountered a new challenge, she always gave it her all with little or no moderation. This was often a source of concern for my siblings and I as we wanted her to take things a little easier and to rest more, but over the years it has become a source of pride for us because we know that not many people in this world could overcome all the hardships that she went through and still achieve all that she has accomplished.

I have so enjoyed seeing my mom blossom as a writer. She was so happy when she won her first writing competition and was published. She has written articles for the local newspaper and her humorous op-ed pieces have made me laugh out loud. I treasure reading my mom's writings and am looking forward to the publication of this first volume of her essays. I am happy that her grandchildren will get to know her stories and that they will be available for the future generations to come. My mom has always been a force to be reckoned with and I am proud to be her daughter.

– 셋째 딸, Grace Shin Cho

축사 Foreword

I will never forget the days when my grandmother would bring me to my siblings' school after I finished my day at preschool. I would run around the playground, happily and carefree as my grandmother watched from close by. The playground only consisted of a school bus structure and a slide, but I was content nonetheless and would play there until my siblings got out of school. Squirrels ran across the playground, chittering and rustling the nearby bushes. Occasionally, my grandmother and I would walk along the unused train tracks next to the school and marvel at the horses we would see in the neighboring houses.

Once I grew tired, the two of us would walk back to her van, where she would set up a mini folding chair for me to sit in. Going back to the van meant that it was lunchtime. Watching her swirl her vast pot of tofu soup, I would wait in anticipation. She would pick up my bowl and make sure I got a large helping. I still remember the aroma of the soup she would prepare for me made with Campbell's chicken noodle soup. As I came close to finishing my bowl, she would tell me, "Eat more, Eat more."

At the time, I never truly understood why my grandmother always told me to eat more. I was already full, so why should I? However, as I've grown older, I've come to realize that communication comes in many forms. In my situation, because of my grandmother's limited English and my limited Korean, my grandmother used food as one of her main forms of love language and to express her affection for me and my siblings.

Although many years have passed, my grandmother still possesses a lively, energetic spirit. Whenever I think of her, I am always filled with pride, as she is one of the most strong, determined, and driven women that I have ever met. I am so grateful to have grown up with her in my life and am so proud of all her achievements.

We still eat dinner with my grandmother at least once a week and though she cooks less as she's gotten older, she still tells me to "Eat more." And when she does, I look at her, smile, and think to myself, "I love you too, Grandma."

– 손녀, 크리스티나(Kristina)

축사 Foreword

Every morning when I visit California from Iowa, I would awaken to the sound of rifling pages. I would stumble into the kitchen to find my grandma sitting at the head of the dining table, her head buried in the newspaper. Her mouth would curve into a smile as she greeted me with a bright "Good morning" through her thick Korean accent. My grandma would heat me a frozen sweet potato, and we would sit on the floor watching an old musical DVD. As the music resonated off the motionless living room walls, I would soak in my grandma's presence. Despite never having a complete conversation with my grandma due to our language barrier, being around her makes me feel loved and at peace. These small, seemingly insignificant moments with my grandma are perhaps my most cherished memories.

I love listening to my grandma's stories. Every time I am in California, my grandma and I sit on the couch with cups of scalding hot barley tea. I close my eyes and let the steam of the tea brush my face as my grandma shares pieces of her life. Although I can only understand her words through my mother's translation, her message is clear; life is not easy, but you must be strong and persevere. Listening to the challenges and hardships she has faced shifts my perspective from that of arrogance to that of gratitude. She did not have the opportunities that I have at my age. Reflecting on my grandma's life, I've learned to embrace my struggles and gain a deeper appreciation for my own life. I hold her stories dear to my heart, as they allow me to understand what shaped her into the remarkable person she is today.

I am blessed to have the most supportive, wonderful grandma. She never fails to amaze me and make me proud – as a grandchild and a friend. Every day, I think about her dedication to our family, work ethic, and strength and use it as an example for me to strive toward. If I am half the person my grandma is when I grow up, my life will be complete.

– 손녀, 클레어 한(Claire Hahn)

책을 내면서

지난 2019년 7월, 두 다리가 아파오고 근육이 굳어지는 통증으로 두 번이나 병원에 실려 갔습니다. 침대에 누워서 내 생이 이렇게 끝나는구나 생각했습니다. 문병 온 자식들과 손주들이 나를 둘러싸고 있는 모습을 보았습니다. 집에 돌아가게 된다면, 후손을 위해 내가 살아온 이야기를 기록으로 남겨야겠다고 마음먹었습니다.

어릴 적, 수여선 오천역에서 살았습니다. 초등학교와 면사무소가 있고 5일 장이 서는 아름다운 농촌마을이었습니다. 다리 건너 양촌리에 작은 예배당이 있었지요. 아홉 살부터 교회에 다니며 성경 공부를 했습니다. 내가 하나님의 사랑받는 자녀라는 것을 알게 되었습니다. 그때부터 꿈꾸는 자로 살아왔습니다. 매일 설레는 꿈을 꾸면서 꿈과 함께 잠들고 꿈과 함께 일어났습니다.

지금도 꿈꾸는 사람들과 꿈을 성취하는 방법을 배우며 살아가고 있습니다. 팬데믹이 시작 되면서 사람 사이의 왕래가 어려워졌습니다. 혼자 생각하고 글쓰기에 좋은 시절이었습니다. 미뤄왔던 글쓰기를 시작했습니다. 먼저 컴퓨터를 배우기 시작했습니다. 생각보다 어려웠습니다. 한 글자씩 쳐 내려갔습니다.

글을 쓰면서 많이도 울었습니다. 유복녀로 태어나 초등학교 졸업하던 해 어머니가 돌아가셨던 일. 쪼그리고 앉아 울던 나를 꼬옥 안아주던 손길. 삶의 굽이굽이에서 나를 붙잡아 일으켜 주었던 분들의 얼굴이 떠올랐습니다. 한 편 한 편 기도하면서 써내려갔습니다.

이 책이 나오기까지 많은 분들이 성원해 주었습니다. 컴퓨터를 지도해주신 신영철 선생님. 책이 나오기를 기다리는 북가주 선배님. 오랜 세월 중보기도 동역자인 김영자, 구명분, 두 분 권사님. 그리고 좋은 책을 집까지 전해주시던 김대중 목사님. 곁에서 크고 작은 일을 도와주는 큰 조카님… 감사드립니다.

'좋은 글 많이 쓰라'는 유언을 주신 큰형부의 사랑을 잊지 않고 있습니다. 오렌지 글사랑 문우들, 특별히 바쁘신 중에도 저를 맡아 지도해 주신 정찬열 선생님! 진심으로 감사드립니다.

엄마를 위해 끊임없이 기도하는 사랑하는 아들딸에게 고마움을 전합니다. 옆집에 큰 딸이 살고 있어 든든합니다. 사랑하는 내 손주들이 이 책을 잘 읽어 주리라 믿습니다.

2022년 여름, 캘리포니아 라미라다에서

신영애

차례

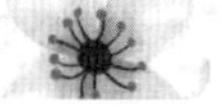

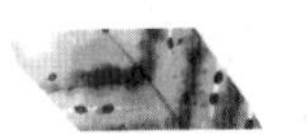

2부

3부

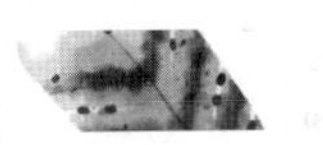

4부

일러두기

1. 책에 쓰인 영문의 한글 표기는 외래어표기법에 따랐으며 일부는 저자의 의도를 반영해 예외로 두었다.
2. 쉼표와 마침표, 말 줄임표, 느낌표 등의 문장부호는 저자의 의도를 반영, 최대한 저자의 원문을 그대로 살려 표기했다.

1부

수여선 기차를 타고

수여선은 왜정시대에 만들어진 작은 철도길이다. 수원에서 출발하여 화성역, 원천. 신갈, 어정, 용인, 마평, 양지, 제일, 오천, 표교, 유산, 이천, 매류, 연라리, 여주가 종착역이었다. 당시는 교통이 발달되지 않아 일반인들이 기차를 많이 이용했다. 기차는 새벽, 낮, 저녁 하루 세 번을 오갔다. 신작로를 따라 오가는 버스도 있었는데 하루 두 번 운행했다.

수여선 인근 사람들은 주로 기차를 이용하고 학생들은 통학 패스를 이용해 용인이나 수원으로 학교를 다녔다. 그 후 산업과 건설이 활발해 지면서 고속도로가 생기고 교통이 편리해져 점차 기차는 적자 운행이 되어 중단 된 지 반세기가 넘었다.

아버지가 철도원으로 일제시대 장항선, 경부선, 수인선 철길 따라 전근을 다니셨기에 우리 식구는 철도관사에서 살았다. 아버지는 남인천역에서 근무하실 때 돌아가셨다. 그곳은 수원에서 출발하여 남인천 종착역에 도착하는 수인선 철도였다.

수인선 철도 길도 적자로 인해 중단 된지 어언 반세기가 넘었다. 우리는 철도국 유가족이라 큰언니와 큰오빠는 철도국에서 직업을 주었다. 철도국에서는 엄마가 어린 자녀를 키우며 살 수 있도록 주선해 주었다. 건널목 간수 일자리였다. 관사까지 내 줘서 어머니가 돌아가실 때까지 우리는 관사에서 살았다.

나는 칠 남매 막내로 아버지 돌아가신 다음 수원 매교동에서 유복녀로 태어났다. 내 나이 일곱 살 되는 3월에 엄마 손목을 잡고 세류 국민학교에 입학했다. 왼쪽 가슴에 하얀 손수건을 달고 다른 쪽에는 이름표를 달아 주었는데 내 이름이 오연애로 쓴 이름표였다. 엄마 설명을 들으니 나는 이름이 둘이었다. 집에서 부르는 이름은 영애이고 학교에서 부르는 이름은 연애라고 했다. 그러니까 오연애는 호적에 올라와 있는 이름이었다.

큰언니 이름은 연옥, 큰오빠 이름은 연준이었다. 연순, 연심, 연자, 연용, 이렇게 우리 집 칠 남매가 모두 돌림자가 못 연(淵)자인데 언니 오빠들처럼 똑같이 오연애로 불러야 한다고 엄마가 말했다. 국민학교 들어 간지 3개월이 지나서 6·25전쟁이 났다. 3년 동안 전쟁으로 학교를 못 다니고 피난을 다녔다. 1·4후퇴 때 대전으로 피난 갔다가 수원 매교동 건널목 집으로 돌아왔다.

3년 전쟁이 끝나고 철도국에서 엄마에게 전근 발령을 내렸는데 수여선 오천역이었다. 행정구역으로는 경기도 이천군 마장면이었다. 수여선 기차를 타고 오천역에 도착하니 관사가 전쟁으로 불타고 빈터만 남았다. 화창한 봄날이라 우선 선로 반 사무실을 비워주어 그곳에서 살았다. 밥은 화덕에서 해먹으면서 봄, 여름을 보냈다. 겨울에는 동네 인심이 좋아서 농가에서 방 한 칸을 내 주어 겨울을 따뜻하게 보냈다. 그 다음 해 봄이 되니 철도국에서 집을 지어 주어 관사로 이사 했다.

모든 것이 안정이 되어 가자 엄마는 오빠와 나를 데리고 마장 국민학교에 전학을 시켰다. 오빠는 5학년, 나는 4학년에 들어갔다. 오빠는 나보다 다섯 살 위인데 5학년, 나는 10살인데 4학년이었다. 엄마는 담임 선생님께 우리 영애는 국민학교를 3개월 밖에 안다녔지만 똑똑하고 영리하여 공부를 잘 따라 갈 것이라고 얘기했다.

4학년 공부를 마치고 5학년 올라가는데 산수는 꼴찌이고 다른 과목은 중간쯤이었다. 일 년 내내 구구단 외우랴 한글 공부하랴 나머지 공부하고 청소하고 언제나 마지막으로 교실 문을 나왔다. 엄마는 내가 언니들 닮아서 우등상을 탈수 있다고 생각하신 것 같은데 나는 언니 오빠들처럼 머리가 뛰어나지가 못했다.

공부는 잘 못해도 밝고 명랑한 성격이라 또래 동무들을 사귀면서 양촌리 감리교 예배당을 다녔다. 교회 역사는 깊은데 총각 전도사님이 한 분 있고 어른들은 몇 분 안 되고 나 같은 아이들뿐, 가난하고 어려운 시골 예배당이었다. 나는 공일날 예배당에 갈 때는 동무를 전도해서 다녔고 주일학교 반사 선생님이 좋아서 빠지지 않고 예배당에 갔다.

오천에는 5일장이 섰다. 장날이면 약 장수도 있었다. 장날 장구경하는 것은 재미나는 일이었다. 가끔씩 가설극장이 들어와 무성 영화도 보고 어느 때는 악극단과 서커스도 보았다.

5학년이 되니 열한 살이 되었다. 우리 학급에 내 또래는 많지 않고 대부분 서너 살 위인 큰 아이들이었다. 열일곱 살 된 다 큰 처녀 학생도 있었다. 수원에서 오천으로 이사 온지도 2년이 지나고 5학년이 되어 책도 곧잘 읽게 되었다. 노래, 무용, 연극, 체육, 연설 같은 과목은 눈에 띄게 늘었지만 산수는 여전히 어려웠다. 담임 선생님은 서울에서 피난 온 노처녀라고 했다. 나는 키가 작아 맨 앞자리에서 공부했다.

파란 하늘에 종달새 지저귀는 5월의 봄날로 기억한다. 덕평리에 사는 고설자는 열일곱 살 먹은 힘이 세고 덩치도 크고 말도 잘 하는 처녀 학생이었다. 고설자가 성경에 나오는 골리앗 장군이라면 나는 작은 소년 다윗과 같은 사람이었다. 어느 날 운동장을 지나가는데 고설자가 덕평리 자기마을 아이들을 데리고 놀면서 내 이름을 노래로 부르며 놀려대고 깔깔 웃으며 조롱하고 있었다.

내 이름은 오연애다. 그 이름을 이렇게 부르게 가르치며 진두지휘했다. '오연애 오애, 오연애 오애, 오연애 오애…' 계속하여 내 이름 석 자를 부르면서 고무줄놀이, 사방치기, 새끼줄 넘기 등, 빙빙 돌고 뛰면서 신나게 놀았다.

고설자를 상대해 왜 남의 이름을 함부로 놀려 대느냐고 묻고 싶어도 생각 뿐, 고설자 앞으로 나설 수가 없었다. 아이들이 고설자와 내 이름으로 노는 것을 바라보고 들으면서 정신적인 충격으로 내 몸이 떨리더니 굳어 오고 있었다. 내 귓전에는 더 큰 소리로 '오연애 오애, 오연애 오애, 오연애 오애' 합창 소리가 반복하여 들렸다. 새끼줄 넘기로 뛰어다니는 아이들과 고무줄넘기로 고무줄 사이를 이리 뛰고 저리 뛰며 원을 그리며 빙빙 돌고 '오연애 오애, 오연애 오애, 오연애 오애'는 더 크게 더 우렁차게 들려왔다.

땡 땡, 종치는 소리와 함께 아이들이 자기들 교실로 뛰어 가는데 텅 빈 운동장에 장승처럼 서 있었다. 두 다리가 무거워 걸을 수가 없었다. 겨우 걸어서 교실에 들어가 내 자리에 앉았다. 선생님은 출석부를 들고 출석을 부르고 있었다. 선생님이 내 이름을 부르는데 '네'하는 대답이 나오지 않았다. 말이 안 나왔다. 출석을 다 부른 선생님은 출석부로 내 머리를 딱 때리며, "이름을 부는데 왜 대답을 안 해?"하면서 또 내 머리를 딱 때렸다. 순간 내 몸이 깜짝 놀라며 몸서리를 치고 오줌이 검정 치마와 사리마다를 적시고 바닥에 뚝뚝 흘렸다. 그리고 내 몸이 사시나무 떨 듯 떨며 오줌 바닥에 쓰러졌다.

그때서야 선생님은 집에 가라고 나를 보내 주었다. 책보를 들고 집에 들어서자 나는 맥없이 쓰러졌다. 엄마가 놀라서 나를 업고 아래 마을 '은행나무골' 한약방으로 데려갔다. 약방 할아버지는 나를 방 안에 누이고 침을 꽂아 놓고 맥을 짚어갔다. 깨어나면 이천이나 수원 큰 병원을 가보라고 엄마에게 얘기했다.

일주일쯤 지나자 밥도 먹고 말도 하고 걸을 수 있게 되었다. 엄마는 내가 죽는 줄 알았다고 하신다. 엄마는 불교 신자라 매일 밤 냉수 한 그릇 떠 놓고 내가 살아나기를 부처님에게 빌었단다.

다음 해, 오빠는 졸업하여 중학생이 되고 나는 6학년이 되었다. 충주사범을 나온 총각 선생님이 담임이 되었다. 덕평리 고설자와 동무들이 놀려 대는 내 이름 '오연애 오애'는 국민학생이 있는 산골짝 마을마다 놀잇감이 되었다. '오연애 오애, 오연애 오애'로 놀고 웃고 싸우면서 내 이름은 더 유명해졌다.

'오연애 오애'는 학교 운동장에서나 동네에서나 2년이라는 세월이 가며 더 많이 뿌리 내리고 번성했다. 모이면 '오연애 오애', 놀면서도 '오연애 오애'. 저희들 끼리 싸우면서도 '오연애 오애'였다. 철없는 아이들뿐만 아니라 제법 나이든 처녀 총각들 까지도 '오연애 오애'를 부르며 놀았다. 6학년 그 해는 더 심하고 자연스럽게 모든 사람들이 내 이름 '오연애 오애. 오연애 오애'를 즐겨 불렀다. 내 이름을 부르는 게 완전히 생활화되었다.

2년 동안 같은 반 힘센 아이들의 놀림 속에 상처받고 쓰러질 때 마다 나는 뒷산에 혼자 올라가 울었다. 또래 동무들이 '오연애 오애'로 놀리고 까르르 웃으며 재미있어 할 때 산에 올라가 골짜기에 흐르는 맑은 물을 손바닥으로 떠서 목을 적셨다. 해가 설핏하면 솔밭 사이 솔잎을 끌어 모아 나무 짐을 만들어 지고 집으로 돌아왔다.

봄이 되면 산과 들에서 나물을 취하고 여름이면 시원한 시냇가에서 물장구치며 물고기를 잡았다. 그리고 오색찬란한 가을이 오면 넓은 들판 논두렁에서 됫병에 메뚜기를 잡아넣었다. 어린 나이에 친구들에게서 따돌림 당하여 혼자 외로울 때, 기죽지 말고 살아야 한다며 용기와 꿈을 심어준 것은 나무와 시냇물, 그리고 살랑이는 바람이었다. 산에게, 대 자연에게 더 열심히 살겠노라고 약속했다. 나 자신에 대한 다짐이기도 했다.

다음 해 봄, 내 국민학교 졸업을 앞두고 엄마가 2월 7일 갑자기 돌아가셨다. 평소 해소 천식이 있어 기침을 하셨지만 자리에 누우신지 2주일 만에 하늘나라로 가셨다. 엄마는 생전에 후덕한 인심으로 법 없어도 살 사람이라고 칭송을 들으며 사셨다. 누구에게나 친절하고 베푸는 것을 즐겨 하시고 거지들이 와도 꼭 밥이나 김치를 주었다.

4년을 살았지만 오천은 타향이었다. 둘째 오빠 친구네가 산을 내주어서 그곳에 묻히셨다. 마장면 넓은 들판이 보이고 기찻길과 신작로가 눈앞에 보이고 국민학교 운동장까지 시원하게 보이는 학교 옆 양지바른 산중턱에 누우셨다.

장례를 마치고 큰오빠 큰언니 가족들은 각각 자기들 처소로 돌아가고 나는 국민학교 졸업을 했다. 오연애라고 쓴 졸업장을 둘둘 말아 손에 쥐고 엄마 산소에서 한 없이 울었다.

이제 엄마가 돌아 가셨으니 관사에서 살 수가 없었다. 4년 동안의 세월을 접으며 꿈에도 잊을 수 없는 고향 산천이 되길 기원하면서 이튿날 새벽 수여선 기차를 타고 떠났다.

첫 마라톤

이 세상에 그토록 가슴 시린 감동이 내 생애에 몇 번이나 있을까. 태어난 후 처음 마라톤 아닌 마라톤을, 그것도 다섯 살 나이에 3.1 마일, 십 리 길을 달렸던 이야기다.

그 당시 큰언니는 시골에 사는 공무원과 결혼하여 토성에서 살았다. 토성은 삼팔선 이북에 속하는 지역이었다. 그때는 남북이 삼팔선으로 갈라지기 전이었다. 언니가 추운 겨울에 친정인 수원에 왔다. 나는 어려서부터 엄마 다음으로 언니를 좋아했고 언니 손끝에서 자랐다.

언니가 친정에서 며칠 쉬었다가 토성으로 가는 날이었다. 2월이면 첫 애기 해산달이라 그때 수원 집에 다시 온다고 했다. 언니가 떠나는 날이면 내가 언니 집에 간다고 앞장 설 것을 아는 우리 가족은 나를 따돌리려 계획을 세웠다. 과자 봉지를 손에 쥐어주고 소꿉동무 정자네 집으로 데리고 가서 함께 잘 놀라며 나를 떼어놓았다.

얼마쯤 지났을까. 정자와 재미있게 놀고 있던 나는 번득, 언니가 오늘 토성 집으로 가는 날이라는 생각이 났다. 나는 언니를 부르며 집으로 뛰어 들어갔다. 이미 언니는 수원역으로 떠난 뒤였다. 눈치 빠른 언니와 오빠가 붙잡는 것을 몸부림치고 발길질하며 미꾸라지 빠지듯 나와서 맨발로 뛰었다. 노랑저고리 옷고름은 풀어 헤치고 온몸으로 매서운 바람을 맞으며 신작로를 달렸다. 수원극장 앞을 지나고 소방서를 지나 계화학교 담을 끼고 수원역을 향해 내달렸다. 얼굴이 콧물 눈물범벅이 되어 달려갔다. 언니를 부르며 뛰었던 두 다리는 벌겋게 얼었다. 그 추운 겨울에 맨발이었지만 추운 줄도 모르고 뛰었다. 지나가는 행인들은 이상하다는 표정으로 나를 흘깃흘깃 쳐다보았다. 수원역 대합실이 보였다.

달리다가 넘어지면 다시 일어나 있는 힘을 다해 또 달렸다. 언니를 만나야 한다는 생각 하나만으로 수원역 대합실로 뛰어 들어갔다. 텅 빈 대합실에는 아무도 없었다. 이미 사람들은 플랫폼에서 기차를 기다리고 있었다. 기차표를 점검하는 역원이 서있는 개찰구를 생쥐처럼 빠져 나갔다. 지하로 뛰어 내려가 어둑한 지하도로를 달려서 플랫폼에 나가는 층계를 뛰어 올라갔다.

나는 사람들 사이사이를 누비며 두리번두리번 언니를 찾았다. 언니와 형부가 먼저 나를 보고 깜짝 놀랐다. 형부는 나를 번쩍 들어 안아 코트 단추를 풀고 가슴에 품었다. 그리고 코트자락으로 덮어 내 몸을 녹여 주었다. 메달 없는 3.1마일, 십 리를 맨발로 완주한 것이다.

수원을 떠나는 기적소리와 함께 기차는 출발했다. 기차를 타고 서울역에서 내린 다음, 언니는 역에 있는 전화를 빌려 엄마에게 상황을 설명 드렸다. 그리고 나는 언니와 형부를 따라 경의선으로 갈아타고 토성 언니네 집으로 갔다. 70년 전쯤의 오래 전 일이지만 엊그제 일인 양 지금도 그때의 풍경이 눈에 선하다.

큰언니는 가난한 시대에 살면서 평생을 마음 편하게 살지 못했다. 부모를 일찍 여의고 오 갈 데 없는 동생 걱정에 늘 마음 아파했다. 언니는 행상도 하고 품도 팔고 나무도 하며 살았다. 일찍 미국으로 이민

와 살다가, 80세에 돌아가셨다.

형부는 2020년 12월, 95세로 돌아가셨다. 돌아가시기 얼마 전, "다섯 살 때 매교동에서 수원역까지 맨발로 뛰어가 기차 타고 간 곳이 개성이지요?"하고 내가 물었더니, 아니라고 하며 토성이라고 대답해주었다.

오래 전부터 형부가족과 우리가족은 같은 교회를 섬겼다. 내 나이 육십이 되어서부터 노인들 모임인 소망회에 형부와 함께 소속되었다. 예배가 끝나고 소망회 모임이 있으면 회원들이 형부와 처제인 우리를 많이 부러워했다. 형부는 유머가 풍부하여 막내 처제는 내 등에서 오줌 싸며 자랐다고 얘기하곤 했다. 그런 날은 회원들의 웃음소리가 넘치고 넘쳤다.

참외 서리

건널목 간수인 엄마가 화성역에서 오천으로 전근 되었다. 내가 아홉 살 때였다. 엄마는 호로 자식 소리를 듣지 않도록 교회 나가 하나님 말씀을 배우라고 하셨다. 양촌리에 있는 감리교회를 다녔다. 교회는 빈손으로 가면 안 된다며 엄마는 적은 돈이라도 헌금을 내 손에 쥐어 주셨다.

초등학교 5학년이 되었다. 농촌의 풍경은 아름다웠다. 북으로 양지와 제일은 산세가 깊고 높은 산들이 많았다. 계곡에 흐르는 물은 산자락을 돌고 돌아 오천 개천으로 모여 여주 남한강으로 흘렀다.

여름방학이 되면 나는 명자와 점순이랑 같이 개울에서 미역 감고 물장구치며 재미있게 놀았다. 점순이는 둘째 딸이었다. 엄마가 남동생을 둘이나 낳았다. 점순이는 동생들을 업어 키워야 했다. 나도 점순이 남동생 개똥이를 돌보며 물놀이를 했다. 점순이 할머니는 손자의 호적 이름이 따로 있는데도 수명이 길라고 집에서는 개똥이라 불렀다. 또 다른 남동생은 쇠똥이라고 불렀다.

이따금 교회 마당에서 놀고 싶어 양촌리 쪽으로 걸었다. 가로수 우거진 신작로 길에는 트럭과 버스가 가끔씩 다녔다. 자동차가 지나가면 먼지가 자욱이 일었다. 그날도 우리 셋은 신작로에서 멀리 솔밭이 보이는 산 쪽 들길로 건너갔다. 밭둑을 따라 목화 열매를 따먹으며 고

추밭을 지났다. 콩밭을 지나 신작로 길로 나가려는데 눈앞에 참외밭이 보였다. 참외밭 둑에서 걸음을 멈추었다.

참외 넝쿨이 넓고 큰 밭에 뻗어 있었다. 맛있는 참외가 주렁주렁 많이 열려 있었다. 개구리참외, 감참외, 노랑참외 등, 익어가는 냄새가 코를 찔렀다. 먹고 싶어 마른 침이 꼴깍 넘어갔다. 원두막도 없고, 사방을 둘러보아도 논이나 밭에는 사람이 보이지 않았다.

명자는 교회 장로 딸이며 엄마는 속장이었다. 점순이는 내가 전도하여 주일이면 나와 같이 교회 다니는 친구였다. 명자와 나 점순이는 삼총사라 할 정도로 친한 친구사이었다. 점순이는 참외밭 둑에 서있고 명자와 나는 참외밭으로 들어갔다. 냄새가 모락모락 나는 참외를 두 개 땄다. 개구리참외와 노랑참외였다. 명자는 감참외를 땄다. 흐르는 물에 깨끗이 씻어서 콩밭 그늘진 곳에 앉았다. 개똥이와 같이 한입 씩 깨물어가며 맛있게 먹었다.

그 날 오후 저녁 무렵, 참외밭 주인이 우리 집을 찾아 왔다. 화가 머리끝까지 뻗쳐 씩씩 거리며 숨을 거칠게 몰아쉬었다. 우리 엄마를 만나서 큰 소리로 피땀 흘려 지은 참외 농사를 어떻게 책임질 거냐고 물었다. 엄마는 딸의 소행을 변명하지 않았다. 정중하게 사과하고 참외값을 물어주었다. 참외밭 아저씨의 요구대로 봉투에 넣어 값을 지불했다. 아저씨는 할 말이 없이 서 있다가 나에게 몇 명이 갔느냐고 물었다. 친구 두 명 하고 나, 세 사람이라고 말했다. 참외 일은 나 혼자 했다고 덧붙였다.

명자나 점순이에게는 불똥이 튀지 않아 다행이었다. 저녁 먹는 시간이 되었다. 밥상 앞에서 명자와 점순이는 밥이 목구멍으로 넘어가지 않았다고 했다. 밥을 왜 안 먹느냐고 부모들이 물었다. 명자와 점순이는 가족들 앞에서 참외밭 소동을 자백했다. 우리 엄마가 참외 값 물어준 사연까지 소상하게 이야기했다. 그 아이들은 내가 굴뚝 앞에서 두 손 들고 벌 받고 있는 것까지 알고 있었다.

발 없는 말이 천리 간다고 하루도 지나지 않아 오천리 아랫말 웃말에 참외 서리 소문이 널리 퍼졌다. 혼나고 벌서는 것은 그때 뿐이고, 이 일로 인하여 우리 친구들의 관계는 더욱 가까워졌다. 잊을 수 없는 추억으로 남아있다.

이 사건이 있은 후, 참외 밭 주인은 우리 엄마의 겸손하고 예의 바른 태도에 감명을 받았는지 우리 집을 여러모로 돌보아주었다. 때에 따라 장작을 지게에 져다 우리 나뭇간에 쌓아주고, 무거운 짐을 이고 가면 앞서 빼앗아 날라 주고, 돼지우리를 치워주기도 했다. 궂은일이라면 팔을 걷어 부치고 엄마를 도와주었다. 엄마가 돌아가셨을 때는 자기 산에 모셔야 한다며 산소 자리까지 내 주기도 했다.

참외 서리가 아니었다면 이런 아름다운 관계가 맺어질 수 있었을까. 사람을 행복하게 만드는 것은 부와 성공과 명예만이 아니다. 때론 실수와 잘못도 행복을 만든다. 해마다 참외 철이 되면 어린 시절 참외 서리 하던 일이 생각난다. 친구들의 얼굴도 함께 떠오른다.

친정 엄마

그 해 겨울은 유난히 눈이 많이 내렸다. 그날 저녁에도 밤새도록 함박눈이 내렸다. 내 나이 열세 살. 2월 7일 새벽 3시, 엄마가 세상을 떴다. 반세기 넘어 65년이 흘렀다. 어떻게 생각하면 아득한 옛날, 때로는 어제 같기도 한 그 날이다.

아버지는 철도원이었다. 기찻길을 따라 전근 다니며 살았다. 아버지는 남인천역에서 근무 중 쓰러지셨다. 곧바로 인천 도립병원에 입원했다. 병명도 확실히 알지 못한 채 44세에 생을 마치셨다. 철도청에서 유가족을 위하여 엄마에게 화성역 건널목 간수 자리를 주었다. 엄마는 남인천에서 화성역으로 이사 했다. 관사에 살면서 칠 남매 중 막내로 39세에 유복녀 나를 낳으셨다.

우리가 사는 매교동 건널목에는 매교 다리가 있었다. 맑고 깨끗한 물이 개울에 철철 흘렀다. 개천 옆에는 큰 과수원이 있었다. 봄이면 복사꽃, 배꽃이 피었다. 오월이면 과수원 둘레에 아카시아 꽃이 소담스럽게 피었다. 봄은 해를 거듭 할수록 내 영혼을 깨우쳐 주었다. 수원극장을 지나 팔달산에 오르며 화성 성곽을 끼고 걸어갔다. 소꿉동무 정자도 함께 가고 언니와 오빠랑 같이 갈 때가 있었다. 예로부터 수원을 효원의 도시로 불렀다. 정조 대왕이 아버지를 위해 효심으로 성곽을 쌓았기 때문이다.

엄마는 선로반 사무실에 일이 있으면 내 손목을 잡고 가셨다. 엄마와 사무실에 가는 날은 아장 아장 걷다가 사무실 앞에서는 신바람 나게 뛰어가 문을 열고 들어갔다. 아저씨들과 소장님이 반겨 주었다. 어려서부터 선로반 아저씨들이 나를 지극히 사랑해 주셨다. 특별히 소장님은 나를 번쩍 들어 안아 껄끄러운 턱수염으로 내 볼을 비비고 볼에 입을 맞추셨다. 나는 숨이 막히고 깔깔한 수염에 찔렸지만 가만히 참고 있었다. 소장님의 귀여움을 받을 때는 한 번도 보지 못한 아버지가 보고 싶었다.

엄마는 화성역에서 모범 간수로 10년 동안 성실하게 일했다. 한 생명도 귀하다고 쉬지 않고 건널목을 지키셨다. 그때는 차단기가 자동이 아니고 수동이었다. 무거운 쇳덩어리 기계를 들어 올리고 내리고 하였다. 엄마는 차단기를 걸쳐 놓고 신작로 앞에서 녹색 깃발을 펴 들고 서 계셨다. 그러면 기차는 안심하고 기적을 울리며 지나갔다.

봄은 해마다 온다. 나는 아홉 살이 되었다. 전근명령이 내려왔다. 새로 가는 곳은 수여선 오천역이었다. 오천으로 이사 가던 날에 엄마, 막내 오빠, 나 세 사람이 수여선 기차에 몸을 실었다.

오천으로 이사 온 후 어느덧 서리 내리는 가을이 되었다. 군에 있는 큰오빠가 올케 언니를 데리고 집에 왔다. 엄마는 당뇨와 해소 천식으로 가래가 끓었다. 겨울이면 고생이 심하셨다. 오빠 생각에 늙어가는 엄마가 걱정되었는가 보다. 오빠는 다시 군으로 가면서 올케 언니에게 '엄마와 동생을 부탁한다' 말하고 떠났다.

언니는 서울에서 공부한 지성인이었다. 온유하고 겸손하며 티 없이 맑고 깨끗한 사람이었다. 내 인격이 소중하면 남의 인격도 소중하다고 했다. 이웃이나 그 어떤 사람에게도 한결같이 인격적으로 존중 했다. 지금도 나는 그런 언니를 존경한다. 오천에서 4년 동안 함께 살았다. 그 동안 조카를 둘 낳고 엄마는 손자 손녀 재롱 속에서 행복한 시간을 가졌다. 효성이 지극한 며느리의 정성으로 엄마는 건널목 간수 일에만 전념하셨다. 집안 살림은 언니가 다 했다.

그렇게 행복하고 화목한 세월을 조금 더 사셨으면 하는 간절함도 무너지고 말았다. 이 글을 쓰면서 그다지 길지 못한 엄마의 생애를 회상해 본다. 엄마는 한 평생 착하고 어질게 사셨다. 나는 엄마의 딸로서 그 훌륭한 생애 앞에 고개를 숙인다. 남에게 베풀기를 즐기시고 신세진 고마운 분들을 기억하고 항상 감사의 삶을 사신 엄마가 나는 자랑스럽다.

우리 집은 오천에서 4년을 살았다. 어머니가 병으로 돌아가셨다. 밖은 여전히 눈이 내리는데 첫닭이 울었다. 이곳은 타관이었다. 엄마를 공동묘지로 모셔야 하는지 화장으로 장례를 치러야 하는지 오빠들이 걱정을 하였다.

작은 오빠 친구가 정거장에서 가까운 산자락을 산소 자리로 내 주었다. 또 양촌리 사는 큰오빠 친구 집에서도 아름다운 산을 묘지 자리로 내 놓았다. 가족들이 산소자리를 구하지 못해 걱정을 하고 있던 끝에 두 집에서 산소를 허락하니 참으로 고마웠다. 살던 마을이 보이고 내가 다니던 학교도 내려 보이는 뒷산 자락으로 엄마 산소 자리를 결정했다.

장례식 날이었다. 수여선 역마다 조문객이 왔다. 마을 어른들이 상여를 가지고 와서 준비를 하였다. 오빠 친구들도 모였다. 다리 밑에 사는 거지들 까지 소식을 듣고 모여왔다. 인정 많은 엄마의 마지막 길에 그들이 무언가 해야 할 일이 있을 것이라고 모여든 것이다. 연약한 과부 한 사람이 죽었는데 이렇게 많은 사람들이 모여들었다. 나는 그렇게 많은 사람이 모이는 장례식을 그때 처음 보았다.

모여든 조문객들이 저마다 상여를 메겠다고 했다. 엄마의 죽음을 슬퍼하고 기리는 마음이 넘쳐나는 장면이었다. 엄마는 죽어서 더 빛나는 분인 것을 그때 알았다. 가장 연로하시고 옳은 말씀을 하는 마을 어른께서 철도역에서 대표로 오신 분과 동네 분들 두 팀이 나누어 상여를 메고 가도록 결정하셨다. 장례식에 오신 조문객들의 애도 속에 엄마는 고향 아닌 타향에 그렇게 아름다운 환송을 받으며 누우셨다.

엄마는 어떠한 고난도 참고 견디면서 이웃을 사랑하고 나누는 삶을 사셨다. 살림은 가난했지만 항상 동냥 오는 사람을 위해 한 끼 밥을 남겨 기다리던 분이었다. 신세를 진분에게는 그 은혜를 기억하고, 은혜를 갚으려 노력하며 사셨다. 엄마의 삶 자체가 우리 가족의 가훈이었다. 이웃을 사랑하며 소외된 사람들과 나누는 삶이 어떠한 것인지를 그때 보았다.

나는 13살에 고아가 되었다. 처음에는 친척집에서 학교를 다니고 졸업했다. 철이 들어서는 꿈을 가지고 객지로 다니며 살았다. 괜찮은 사람 만나서 제때에 결혼했다. 남편도 시댁 시어머니도 나에게 큰 축복이고 은혜였다.

나는 77년에 미국 이민을 왔다. 남가주에는 기찻길에 건널목이 많다. 화물기차, 출근 기차, 관광기차 등이 건널목을 지나 달린다. 어떤 날에는 기차에 막혀 자동 차단기가 내려진다. 아무도 지키는 사람 없어도 자동으로 척척 관리가 된다. 기차가 다 지나가고 나면 차단기가 자동으로 열린다. 기다렸던 자동차들이 속도를 내고 달린다. 나는 정지선에 선채로 멈칫하고 속도를 못 낸다. 건널목 건너편에 기차가 지나갈 때까지 차단기 앞에 서서 하얀 치마저고리를 입은 엄마가 녹색 깃발을 펴들고 서있는 모습을 본다.

나는 기찻길에서 태어나 기차 소리를 들으며 자랐다. 세월 저편 떠오르는 그리운 시절의 엄마 모습이 보인다. 바람 소리에 섞여 "영애야 운전 조심해라." 부드러운 엄마 목소리가 들려온다.

공중의 새를 보라. 심지도 않고 거두지도 않고 창고에 모아들이지도 아니하되 너희 천부께서 기르시나니 너희는 이것들 보다 귀하지 아니하냐. (마태 6장 26절)

어정역 사촌 오빠

열세 살 때 어머니가 돌아가셨다. 국민학교를 졸업한 다음 그 동안 살았던 오천역을 떠났다. 사촌 오빠를 만나러 어정역으로 갔다. 거기는 큰 아버지 아들인 사촌 오빠가 철도원으로 일하고 있었다.

오빠는 기차에서 내리는 나를 놀랍고 반가운 얼굴로 맞아주었다. 두 눈이 젖어 오면서 짐 보따리를 역 안에 보관한 다음, 아침을 먹자며 집으로 데리고 갔다. 우리 집과 오빠는 평소에도 서로 왕래 하며 다니던 사이었다, 부엌에서 조반을 준비하던 올케 언니는 엄마 돌아가시고 만나는 막내 시누를 보자 눈물을 글썽이며 안방 문을 열고 어서 들어가라고 한다.

사촌 오빠는 결혼하기 전 왜정 때 우리 집에서 함께 살았다고 했다. 내가 태어나기 전 이야기다. 아버지는 충남 예산이 고향인데 고향 큰 아버지 아들 사촌 오빠가 농사일을 돕고 있는 것을 보시고 철도원인 아버지가 그를 데리고 와서 가르치고 경험을 쌓게 한 다음, 철도원이 되도록 안내 했다고 엄마가 살아계실 때 말해 주었다.

오빠는 결혼을 왜정시대에 했고 아들 딸 많이 나았지만 아들은 애기 때 병으로 모두 죽고 딸만 셋 남았다. 그 조카들이 공부도 잘 하며 건강하게 잘 자라 주어 지금은 올케 언니와 화목하게 살고 있다.

나는 촌수가 높아 나이 많은 조카가 많다. 오빠는 나와 30년 위인 아버지 같은 오빠였다. 여기 저기 전근도 많이 다녔는데 어정역에는 오래 계신다고 엄마가 말해준 적이 있다.

아침 밥상이 들어와 가족들이 밥을 먹는데 오빠는 영애 배고프니 밥 좀 더 주라고 올케 언니한테 성화다. 나는 눈치 빠르게 '아니 오빠 나 배불러서 이 밥도 다 못 먹겠는데' 했더니 오빠가 내 밥그릇에 얼른 물을 부으며 '집 떠나면 배고프다'며 다 먹으라 하신다.

오빠는 우리 집에 오면 나를 막냇동생이자 유복녀라며 더 애틋하게 사랑하며 데리고 다니셨다. 아침 조반을 끝내고 정거장으로 가면서 "영애 오래 있다가 가거라."하신다. 역으로 나가는 오빠 등 뒤에 "오빠 나 내일 새벽 기차 타고 갈 거야!"하고 소리쳤다.

기찻길 옆 오빠 집에는 소나무 향기도 좋고 흙냄새도 좋은 봄 향기가 물씬 풍겼다. 저녁상을 끝낸 다음 오빠는 어린 나를 앉히고 어디로 갈 예정이냐고 물었다. 나는 인천으로 갈 계획이라고 대답했다.

"인천은 왜 인천이냐?"하고 다시 물으셨다. "오빠, 나 공부하고 싶어요." 내 말이 나가자 오빠는 "돈이 어디 있는데…?"하고 다시 나를 보셨다. "오빠, 돈이 있어요. 기차도 엄마 가족증 가지고 탔어요." 나는 솔직하게 내 사정을 말했다.

나는 엄마 장사 지내고 들어온 부조 돈은 큰오빠가 다 가져 갔다는 이야기. 큰언니는 작은 올케 언니가 6월에 애기 나는 데 집이 없고 나도 갈 곳이 없다는 것을 얘기했다. 그리고, 양촌리 산 중턱에 오막살이 해풍이네 집 사서 작은 오빠 주었다는 내용과, 작은 오빠 제대 하면 엄마 산소도 돌보며 남은 식구들과 살라고 사 준거라는 것 까지 모두 말씀드렸다. 사촌 오빠는 아무 말 없이 내 이야기만 듣고 계셨다.

나는 계속하여 나의 생각과 꿈과 희망을 등잔불 밑에서 오빠에게 말했다. "인천에 가면 낮에 일하고, 일자리 없으면 남의 집 애기 봐주고 설거지도 하고 빨래와 청소도 해주며 살거에요. 저녁에는 야학이나 학원에 다닐 계획이고요. 사정이 어려우면 중학교는 내년에 가겠어요. 그리고 고등학교도 사정 따라 야간 고등학교 다니려고 작정하고 있어요. 시골에는 학교가 없고 일자리도 없으니 인천으로 가서 일자리를 찾아 일하면서 학교에 다니려고요. 인천으로 가면 먹을 것도 지천으로 널려 있어요. 갯벌에는 방게로부터 농바리게까지 기어 다니고 갯벌을 캐어내면 맛살이며 조개들이 가득하고, 선창가 부두에 가면 생선도 싸게 먹을 수 있으니 수원이나 서울 보다 인천이 낫지요." 거기까지 말씀을 드리자 잠잠히 듣고만 있던 오빠는 벽에 걸린 시계를 보면서 "새벽 기차 타려면 그만 자거라."하시며 일어섰다.

방을 나가시려다 잠깐 내 얼굴을 보면서 "돌아가신 작은 아버지 생각이 나는구나. 네가 작은 아버지 꼭 닮았다."하고는 천장을 올려다보셨다. 나는 깜짝 놀라 손뼉을 치고 "아버지 본 적도 없는데 어떻게 아버지를 닮아요? 공부도 못 하고 꼴찌만 하고 졸업한 머리도 나쁜 사람인데."하고 말하자, 오빠는 미소만 지으시고 "자거라. 자야 내일 간다."하시며 안방으로 건너 가셨다.

다음날 새벽 역 안에 두었던 짐 보따리를 들고 나온 오빠는 내게 당부 하셨다. "영애야, 인천에 가서 무슨 일이 있으면 동인천역으로 가지 말고 남인천역으로 와서 어정역으로 전화를 해라. 혹시 남인천역에서 너를 모르는 사람이 있으면 어정역에 있는 내 이름을 주어라. 그러면 전화가 될 것이다. 만약 내가 없으면 너를 밝히고 내용과 연락처를 남기면 내가 연락 하마." 오빠는 자세히 일러 주었다.

"오빠, 나도 그렇게 할게요." 어린 동생을 보내는 오빠는 안쓰러운 표정으로 내 등을 토닥토닥 두드리며 양복 위 속주머니에서 누런 봉투를 내 손에 쥐어 주면서 "비상금이다."하신다. 나는 두리번두리번 좌우를 살피면서 검정 치마를 들고 속옷 주머니 깊은 곳에 넣고 치마를 내렸다. 오빠는 금 테 모자를 쓰고 한 손에 초록 깃발과 빨강 깃발을 돌돌 말아 쥐고 한 손으로 내 손목을 꼭 잡았다.

다시 수여선 기차에 몸을 실었다. 의자에 짐을 내려놓고 밖으로 나갔다. 정거장에는 떠나는 열차를 향해 서 있는 오빠가 보였다. 손을 흔들었다. 오빠도 손을 흔들었다. 기적 소리와 함께 기차가 출발했다. 오빠의 모습이 점점 작아져갔다. 모습이 보이지 않을 때 까지 손을 흔들었다.

내 고향 화성역

어정역에서 타고 온 수여선 기차는 연착 없이 예정된 시간에 화성역에 도착했다. 기차는 통학생과 손님을 내려놓고 신호대를 지나 매교동 건널목 철길을 달린다. 고향을 떠난 지 4년, 국민학교를 졸업하고 13살 소녀가 되어 돌아왔다.

화창한 봄 날. 태양은 눈부신데 나는 갈 곳이 없었다. 태어나서 아홉 살까지 살았던 철도 관사에는 모르는 사람이 살고 있었다. 저 집에서 온 가족이 웃으면서 살았는데, 생각하며 어린 시절을 떠올렸다.

엄마가 10년 동안 건널목 간수로 일하면서 지내던 선로반 사무실이 보였다. 엄마는 칠 남매를 키우시며 화성역에서 10년, 오천역에서 4년을, 사고 한번 없이 업무를 수행했던 모범 건널목 간수였다. 철도국에서 선로반과 건널목 간수는 같은 분야로 소속도 같아서 자주 출근하시던 사무실이었다.

옷 보따리를 옆에 놓고 선로반 사무실 문을 노크 하였다. 문이 열리며 사무실 소장님이 나를 보자 깜짝 놀라신다. 영애 네가 웬일이냐 하시며 나를 번쩍 들어 안아 볼을 비비시며 기뻐하셨다. 50세가 넘으신 소장님 턱 수염이 껄끄러웠지만 괜찮았다. 출근 시간이라 부소장님도 들어오고 직원 아저씨들도 하나 둘 출근 하셨다. 나를 보자 놀라시며 혼자 왔냐고 묻는다. 길에서 보면 잘 모르겠다며 모두들 나를 반겨주었다.

소장님은 점심으로 싸 가지고 온 도시락을 풀고 주전자에서 물 한 컵을 따라 놓으셨다. 나를 본인 의자에 앉히더니 아침 먹으라며 도시락 뚜껑을 열어주었다. 납작 보리가 드문드문 섞인 하얀 쌀밥에 반찬은 두부를 부친 두부 장조림이었다. 새벽에 사촌 올케 언니가 차려 준 냉잇국에 밥 먹고 왔는데도 입맛이 생기고 맛있어 보이는 도시락에 침이 꼴깍 넘어 갔다.

소장님은 수저와 젓가락을 주시며 배고픈데 어서 먹으라며 채근했다. 하루 종일 배고플 것을 생각하고 맛있게 먹었다. 불러온 배를 쓰다듬으며 잘 먹었다며 소장님께 인사를 드렸다.

빈 도시락을 보자기에 싸며 소장님이 어디를 가려고 이렇게 새벽 기차를 타고 왔냐고 물었다. 인천에 가려고 한다는 내 대답을 들은 다음, 왜 인천을 가려느냐고 소장님이 나에게 되물었다. 일 하면서 공부하고 싶어서 인천으로 가는 길인데, 나도 모르게 화성에서 내렸다고, 화성역이 제 고향이라 그랬나 보다고 말했다. 마침 엄마 손 잡고 다니던 선로반 사무실이 보여서 들어왔다고 소장님께 말했다. 소장님은 고개를 끄떡이셨다.

이번에는 부소장님이 물었다. 아무도 알지도 못하는 인천에서 어린 나이에 어떻게 공부를 하겠냐는 물음이었다. 수원도 학교가 많다고, 야학도 있고 공장도 많으니 수원은 어떻겠냐고 내 의견을 물었다. 나는 수원도 괜찮다는 생각이 들었다.

소장님 의자에서 일어나 앞으로 나갔다. 사람들이 모두 나를 쳐다보았다. 열세 살 먹은 저에게 꿈이 있다며 입을 열었다. 그리고 주먹을 쥐었다. 인천은 수원보다 더 큰 도시고 교통이 좋아서 서울로 통학하며 공부 할 수 있는 기회가 많을 성 싶다고, 어떤 일을 해서라도 학교를 다닐 거라며 말했다. 우선 어린 내가 할 수 있는 사무실 급사 일을 구할 예정이고, 낮에 일하면서 야간 중학교를 다닐 예정이라고 설명했다. 중학교를 마치면 고등학교, 그 다음은 대학교까지 실력에 따라 일하면서 배우고 싶다고 말씀드렸다. 선로반 어른들은 조용히 내 말을 듣고 계셨다.

잠시 시간이 흘렀다. 아저씨들은 마음과 뜻이 통하셨는지 서로 눈짓을 하며 지갑을 열기 시작했다. 소장님의 지갑에서 종이돈이 나오고 부소장님, 아저씨들도 지갑을 털어 돈을 모았다. 소장님은 서랍에서 누런 봉투를 꺼내 돈을 봉투에 넣으시고 〈화성역 선로 반 일동〉이라고 겉봉에 썼다. 소장님은 봉투를 내 손에 쥐어 주며 포기하지 말고 꿈을 성취하라고 격려해주었다. 나는 눈시울이 뜨거웠다. 참으려 해도 아니 되었다. 그만 어린애처럼 울었다. 그리고 소장님과 아저씨들에게 인사를 드리고 선로반 사무실을 떠났다. 고향은 부모님 품이었다.

소꿉동무 정자

화성역 선로반을 떠나 매교동 건널목을 넘자 정자네 집 대문이 보였다. 관사에서 태어나 아홉 살까지 소꿉놀이 하며 재미있게 놀던 어린 시절이 생각났다. 문득 정자가 보고 싶었다.

부지런히 걸어서 대문까지 가보니 문이 조금 열려 있다. 문 앞에서 정자를 불렀다. 대문으로 나온 정자는 나를 보자 와락 달려들며 "영애야 어떻게 왔니?"하며 반가워 깡충깡충 뛰었다. 내 손목을 잡고 안으로 들어가면서 엄마를 부른다. 방안에 있던 정자 엄마와 언니도 나를 보고 깜짝 놀라며 가슴이 터지도록 안아 주었다. 정자네 집에서는 우리엄마가 돌아가신 것을 알고 있었다. 정자 엄마는 부엌으로 들어가고 정자와 나는 마루에 앉았다.

그 동안 정자는 몰라보게 많이 자랐다. 소꿉놀이 할 때는 비슷했는데 정자는 나보다 훨씬 커보였다. 덧없이 흘러가는 세월 속에서 우리는 꿈 많은 13살 소녀가 되어 만났다. 내가 먼저 학교 졸업했느냐고 물었다. 정자는 내년에 졸업이라고 한다. 나는 3월에 졸업하고 인천으로 가는 길에 잠깐 보고 싶어 들렸다고 했다. 정자가 커다란 눈을 깜박이며 인천은 왜 가느냐고 묻기에 공부 하러 가는 길이라고 했다. 정자 엄마가 부엌에서 점심 밥상을 들고 와 내 앞에 놓으며 배고픈데 밥 먹어라 하셨다. 내가 새벽 기차 타고 와서 선로사무실에서 먹었다고 사양하는데도 숟가락을 손에 쥐어주며 '때가 정오다, 집 나오면 먹어도 배고프다'고 하며 억지로 숟가락을 안긴다.

그때였다. 40세쯤 된 교양미가 넘치는 멋진 아줌마 한 분이 들어 왔다. 정자 엄마는 반갑게 인사 하고 점심을 먹고 있는 나를 그분에게 소개했다. 점심을 먹고 정자 방으로 들어갔다. 정자가 그 아줌마는 수원고등학교 교사 부인인데 자기네와 가깝게 지내는 사이라고 말해주었다.

정자와 나는 옛날에 우리 집에서 놀던 이야기랑 소꿉놀이 하던 시절을 얘기했다. 모처럼 소꿉친구를 만난 행복한 시간이었다. 우리 엄마가 돌아가시고 인천으로 공부하러 떠난다는 이야기를 듣고 마음 착한 정자는 커다란 눈에서 그렁그렁 눈물이 맴돈다. 그러면서 다시 수원으로 이사 오라고 했다. 엄마가 돌아가셔서 철도관사에서는 살수가 없고, 이제 나는 집이 없는 사람이라고 대답해주었다.

정자엄마는 사모님이란 분과 한 시간 넘도록 이야기 하고 방으로 들어오셨다. 정자 엄마가 지금 어디로 갈 계획이냐고 나에게 조용히 물었다. 오늘 오후 5시 기차를 타고 큰언니 집에 갔다가 인천으로 공부하러 갈 것이라고 대답했다. 방금 마루에서 밥 먹을 때 들어오신 사모님 댁에서 나 같은 아이를 구하고 있다고 했다. 사모님은 아들만 셋인데 모두 국민학교 학생이고 사모님이 바쁜 날에는 정자엄마가 그 집에 가서 일손을 돕는다고 했다. 밥 먹는 나를 보고 아주머니가 마음에 쏙 들어 한다는 얘기였다. 정자 엄마는 우리 집 이야기며 2월에 엄마가 돌아가신 것 까지 다 말 했다고 한다.

나는 방에서 마루로 나왔다. 두 분 앞에서 나의 꿈을 말했다. 일 하면서 공부 할 수 있는 길을 찾고 있다고, 야학이나 학원이 아닌, 주간

학교나 야간학교에서 공부하는 것이 소원이라고 얘기했다. 듣고 있던 정자 엄마는 수원은 안 되겠다고 했다. 수원에는 야학이나 학원은 있지만 당시 야간학교는 없었다. 그때 사모님이 무릎을 탁 치셨다. 노량진에 동생이 살고 있다고 했다.

서울에는 오래 전부터 야간학교가 많이 있었다. 대학원까지 야간학교가 있어 일하면서 공부 할수 있는 길이 열려 있었다. 나는 노량진으로 마음이 쏠렸다. 노량진에 사는 여동생은 딸이 세 명이라고 한다. 큰애가 여섯 살, 둘째가 세 살, 셋째는 한 살 애기라고 했다. 동생의 남편은 육본에서 영관급으로 중요한 위치에 있는 인물이라 했다. 동생도 나를 보면 좋아할 것 이라고 말하고 기쁨을 감추지 않았다. 저녁을 먹은 다음 노량진에 가기로 하고 사모님은 집으로 가셨다.

정자 엄마는 영애 저녁 먹여 보낸다고 수원시장까지 다녀오셨다. 여러 가지 반찬거리를 한 보따리 사오셨다. 쌀보리 드문드문 섞인 하얀 쌀밥에 돼지고기 김치찌개에 두부까지 넣어 맛있는 저녁상을 만들어 주셨다. 맛있게 먹었다. 정자 엄마는 그 댁이 믿을 만한 가정이라면서도 노량진으로 나를 보내며 걱정이 되시는 모양이었다. 나를 친딸처럼 아껴주던 분이었다. 저녁상을 끝내고 나를 바라보면서 '영애야'하고 엄마처럼 불렀다. 노량진에 도착하는 대로 연락하고, 앞으로 정자에게도 종종 편지 하며 서로 잘 지내라고 당부 하셨다.

떠날 시간이 되어 노량진 동생 집으로 나를 데리고 갈 사모님이 왔다. 나는 정자네 가족에게 인사를 드렸다. 소꿉동무 정자와도 아쉬운 이별을 했다. 정자도 잘 가라며 손을 흔들어주었다. 해는 지고 어두운데 희망을 품고 노량진 행 버스를 탔다.

노량진에서 인천으로

아주머니를 따라 노량진에 온 지도 두 달이 되었다. 계절은 어느새 라일락 향기 그윽한 오월을 지나 초여름의 문턱에 들어섰다. 주인 아주머니는 나를 가족같이 생각하고 부엌일부터 애기 돌보는 일까지 세밀하게 가르쳐 주었다. 새로운 일에 적응하며 귀여운 애기와 아이들과 지내다보니 일주일은 빨리도 지나갔다.

주인아저씨와 아줌마 두 분은 지성인이었다. 두 분이 지닌 향기가 말에서 뿜어져 나왔다. 온기가 따스하게 스미는 집이었다. 나도 어른이 되면 주인 내외분처럼 살아야지 하는 꿈을 꾸었다.

그 해 노량진의 여름은 장마와 무더운 날씨로 말복이 지나도 더위가 불같이 뜨거웠다. 어느 날 어두워질 무렵 시골에 사는 큰언니가 찾아왔다. 그 동안 노량진에 있다는 소식을 정자네 집에서 듣고 안도의 숨을 쉬었다고 한다. 주인 내외분을 만나보고 마음이 놓인다고 했다. 그리고 언니는 내 생각을 물었다. 나는 시골에서 가난하게 사는 언니한테 짐이 되고 싶지 않았다. 내 걱정 하지 말고 편안한 마음으로 가라고 언니에게 말했다. 주인아저씨와 아줌마는 기뻐하며 언니에게 영애를 책임지고 가르치고 돌보겠다고 말했다. 언니는 저녁도 먹지 않고 발길을 돌렸다. 언니는 떠나면서 힘들면 언제고 오라며 울면서 돌아갔다. 언니의 뒷모습을 보면서 서러움에 눈물만 흘렸다.

추석 한가위 명절에 온 가족이 주인 아주머니 친정인 오산에 다녀왔다. 그곳 외할머니가 싸주신 가을 열매 중 윤기 흐르는 햇밤을 보니 잊었던 가을 추억이 한꺼번에 밀려 왔다. 추석이 되면 돌아가신 엄마와 가족이 모여서 아버지 제사를 지냈던 기억이 떠오르며 엄마와 언니 오빠들이 그리웠다. 한평생 착하고 어질게 살아오신 엄마가 보고 싶어지고 언니 오빠들이 생각났다. 주인집 아줌마 모르게 주먹으로 눈물을 훔치며 부엌에서 열심히 일했다.

노량진에 온지도 반년이 되었다. 가을이 깊어가는 어느 쌀쌀한 날, 서울에서 일하는 셋째 언니가 나를 데려가려고 왔다. 주인 내외분과 반갑게 인사하고 밝은 미소로 동생을 데리고 가겠다고 말했다. 순간 주인 내외분은 깜짝 놀라며 생각지 않았던 말을 듣고 어찌할 줄을 모르는 성 싶었다. 철없는 아이들은 내 무릎에 앉고 등에 업히고 매달린다. 여섯 살 경희를 꼭 안아주고 세 살 동희도 어루만져 주었다. 주인 아저씨는 그렇지 않아도 영애를 내년 봄에 야간학교 보내려 한다고 말했다. 언니는 주인 내외분께 정중하게 인사를 하고 내 손을 잡고 일어났다. 아저씨와 아줌마, 경희, 동희, 정희, 온 가족과 함께 온기를 누리며 살아온 시간은 소중한 추억이 되었다. 만난 지 6개월 만의 이별이었다.

언니는 한 손으로 옷 보따리를 들고 한 손은 내 손목을 잡고 말없이 노량진역으로 걸어갔다. 동인천 가는 기차표를 사서 기차를 타고 빈자리에 앉았다. 달리는 열차 안에서 언니는 내 머리를 쓰다듬으며 "힘들지 않았니?"하고 물었다. 주인 내외분이 좋은 사람들이고 아이들이 예쁘고 착해서 즐겁게 일했다고 말했다. 언니는 식모살이 하면서 야간학교에 다닌다는 것은 힘들다고 설명했다. 언니는 고생이 많았다고 말하고 내 등을 쓰다듬으며 인천 가면 중학교에 입학하여 주간에 학교를 다니면 된다고 했다. 오빠도 중학교 졸업하는 대로 인천에서 고등학교에 다니게 될 거라고 얘기했다.

경인선 열차는 부천을 떠나 부평을 향해 달리고 있었다. 언니는 낮은 목소리로 나를 불렀다. 고개를 돌려 언니를 보았다. 언니는 천천히 얘기를 시작했다. 우리는 부모님이 일찍 돌아가시고 이 세상에 칠 남매만 남았다. 우리 집은 집안 배경이 없기 때문에 남보다 더 열심히 배우고 실력 있는 겸허한 사람으로 우리 스스로 배경을 만들어야 한다고 했다. 국민학교만 배우면 국민학교 나온 사람 만나 결혼하기 쉽고 대학원을 공부하면 대학원 공부한 사람과 결혼할 기회가 많다고 했다. 우리가 꿈과 이상을 높이 가지고 목적 있는 삶을 살면 그 수준에 맞추어 결혼도 한다고 말했다. 나는 고개를 끄덕이며 언니의 말씀에 따라 꿈과 이상을 가지고 공부하겠다고 언니와 굳게 약속했다. 그리고 나 스스로 다짐했다.

동인천역에서 내렸다. 이종 사촌언니가 사는 경동으로 갔다. 언니가 인천에서 공부 할 때 사촌언니가 있어서 도움을 받았다고 한다. 큰이모의 딸인 사촌언니는 내가 태어나기 전 아버지가 남인천역에서 근무할 때, 우리 집에서 살았다고 한다. 왜정 때 결혼하여 아들과 딸 둘 삼남매를 두고 있었다. 조카들은 학교 다니고 있었다. 언니와 내가 사촌언니 집안으로 들어가자 언니는 나를 보더니 "너가 영애냐?"며 부둥켜 안아보고 얼굴을 보고 또 보았다. 때가 저녁시간이라 언니는 부엌에서 밥상을 차려 들고 나왔다. 배고픈 시간이라 밥을 맛있게 먹었다.

이튿날 오전, 복덕방 안내로 금곡동 대궐 같은 한옥 문칸방을 사글세로 얻었다. 그리고 언니는 나를 데리고 여자중학교를 방문하여 교장선생님을 만났다. 미션 스쿨이었다. 언니는 저간의 집안 형편을 설명하며 학교가 시작한 지 벌써 몇 개월이 지났지만 입학을 시켜달라고 정중히 요청했다. 언니의 설명을 듣고 나서 교장선생님이 내 입학을 허락했다. 호적등본 등 필요한 서류는 나중에 가져와야 한다는 조건이었다. 나는 마침내 중학생이 되었다.

언니는 헌책방을 돌면서 교과서를 구입하고, 책가방과 노트 등 필요한 용품들을 사주었다. 오빠도 고등학교에 들어갔다. 그렇게 오빠와 나를 상급학교에 입학시켜 놓고 셋째 언니는 서울 직장으로 돌아갔다. 꿈에도 그리던 중학교 생활이 시작되었다.

중학교 졸업

가을이 깊어가던 날, 중학교에 입학했다. 사립 여자 중·고등학교였다. 그토록 다니고 싶었던 중학교. 우리 학교 교훈은 신앙, 자유, 봉공, 이었다. 초등학교는 6·25전쟁으로 3년 간 공부를 하지 못하고 쉬다가 4학년에 편입되어 학교를 졸업했다. 기초 공부를 할 틈이 없었다. 그런데 중학교도 제때에 입학하지 못하고 반 년 늦게 들어오게 되었다. 열심히 공부하고 싶었다.

석 달을 금곡동에서 살아보니 집도 좋고 시장과 교통도 가깝고 학교도 멀지 않아 우리에게는 더할 수 없이 좋은 동네였다. 언니가 주고 간 돈이 얼마 남지 않았다. 오빠와 나는 걱정이 되었다. 언니가 인천에서 공부하던 여고시절 가족처럼 지냈다는 친구 집에 오빠와 나를 데리고 방문했다. 나와 오빠를 인사시켰다. 우리를 본 그 댁에서는 가족처럼 대해주었다. 오빠는 똑똑하고 공부도 잘했다. 마침 언니 친구 집 남동생이 중학교 1학년이라 오빠는 동생을 가르치는 가정교사로 들어가게 되어 그 댁에서 고등학교 다닐 수 있는 길이 열렸다.

오빠가 가정교사로 들어간 다음, 텅 빈 방에서 생각해 보았다. 부모도 없고 언니와 오빠도 모두 어려운 형편에 좋은 동네에서 학교 다니는 것은 분수에 맞지 않았다. 인천에서 걸어 학교 다닐 수 있는 허름한 동네에 방 한 칸 얻어 살고 싶었다. 학교에 가서 기회가 되는대로 친구를 사귀며 인천의 지리를 익혀가고 있었다.

어느 날 송현동에 사는 친구와 가까운 사이가 되었다. 그 동네 방값을 물었다. 생각보다 방값이 비쌌다. 더 싼 곳을 찾았는데 하수동 부두 근처 선창가였다. 무허가 판자촌에 화장실도 없는 동네였다. 녹슨 기찻길 옆에 공동으로 사용하는 화장실이 있었고, 공동 수도물도 멀리 떨어져있는 판자촌이었다. 방이래야 창호지 문짝 하나 달아놓은 작은 방이고 부엌은 연탄아궁이 하나 있는 집이었다. 나는 오빠에게 말하고 이사를 했다.

판자촌에서 고생하며 학교 다닐 때 시골에서 가난하게 사는 큰언니와 조카는 틈틈이 간장, 된장, 고추장, 양념을 가져왔다. 학교에 매월 지급해야 하는 학비도 대주었다. 큰언니가 다녀가면 나는 혼자 남아 훌쩍거리곤 했다.

하수동 판자촌에는 내 또래 여자아이가 중학에 다니는 사람은 나 하나뿐이었다. 뛰어서 학교에 가는 나를 보고 덕적도가 고향인 아저씨는 학교가 십 리 길이라 하고, 황해도 해주가 고향인 아저씨는 십오 리 길이라 하고, 당진이 고향인 아저씨는 이십 리 길이라고 우기면서 싸웠다. 그러다가도 지금쯤 고향 산천에는 진달래가 피었다고 하고 개나리도 피었다고 한다. 저마다 고향을 그리워하며 고향의 살구꽃까지 피었다고 한숨짓는다. 비릿하고 눅눅한 사람들이 모여 사는 판자촌에는 때 낀 가난 속에 정으로 얽힌 향기가 아름답기만 했다.

용인에 살던 큰올케언니가 남매를 데리고 해산할 달이 되어 인천으로 왔다. 내가 살던 판자촌에서 아들을 순산했다. 삼 남매가 되었다. 좁은 방이지만 다섯 식구가 함께 살았다. 우리는 한 가족이었다.

가장 힘들 때 찾아 온 큰올케언니는 내 나이 아홉 살 때 우리 집에 시집왔다. 그 시대 최고의 학문을 배우고 성품도 온유한 착한 사람이었다. 내가 이 세상에서 존경하는 여인 중에 한 사람이다. 언니는 삼 남매와 살기 위하여 갓난아기를 등에 업고 생선 장사를 시작했다. 저녁이면 종이돈에서 생선비늘이 떨어지는 돈을 세었다. 그러면서도 막내 시누이가 필요한 것도 잊지 않고 알아서 챙겨주었다.

판자촌에는 바닷바람에 빨래가 펄럭였다. 그 흔한 돼지감자 꽃도 피지 않고 봄이 왔다. 꽃샘바람이 불던 어느 날, 담임 선생님이 나를 불렀다. 졸업을 하는데 내 호적초본이나 등본이 학교에 없다고 했다. 호적 초본을 속히 제출해야만 졸업을 할 수 있다고 한다. 학교에 있는 내 서류는 출석부에 기록된 이름과 살고 있는 현주소만 있다고 했다. 나는 아버지 본적인 예산군 덕산면 사무소에 편지를 띄웠다.

어느새 졸업이 다가왔다. 한 달도 남지 않았다. 반석 위에 우뚝 솟은 인성중학의 친구들, 내 벗들을 떠올리며 빛진 우정을 헤아려보았다. 도시락 없이 학교 가는 날이면 나무젓가락을 만들어 도시락을 같이 먹던 우정과 사랑이 있었다. 어려운 고비 고비마다 언덕이 되어준 현자, 명자, 정자, 선자, 영옥, 재희, 문임 등. 그 그리운 이름을 내 어찌 잊을 수 있겠는가. 보고 싶다. 사무치게 보고 싶다.

내가 문임이를 처음 만난 날은 1학년 가을 어느 날이었다. 복도에서 만났는데 키가 크고 공부도 잘하는 학생이었다. 문임이는 호남에서 온 가족이 인천으로 이사를 왔다고 했다. 문임이네 집은 학교에서 가까웠다. 학교가 일찍 끝나면 나는 문임이네 집에 들렀다. 공동 수돗물이 나오는 날이면 물지게를 지고 부엌 물통에 물을 가득 채워드렸다.

어머니는 고마워하며 나를 극진히 사랑해 주셨다.

문임이는 바닷가 무허가 판자촌에 사는 나를 마음 아파하며 새벽에 책가방을 들고 판자촌에 왔다. 내가 아침 일이 끝날 때까지 기다리면서 또 지각이야 하면서 학교까지 뛰어서 동행해 주었다. 그렇게 학교 등교하는 것이 하루 이틀이 아니라 1학년 끝날 무렵까지 함께 뛰었다. 문임이를 생각하면 지금도 휘파람 같은 그리움이 나를 부른다.

기다리던 호적초본이 왔다. 초본에 있는 이름을 보는 순간 초등학교 때의 악몽이 떠올랐다. 중학교 운동장에서 몇몇 친구들이 내 호적 이름을 합창으로 부르고 있었다. 나는 떨면서 호적초본을 책가방 속에 넣고 두 귀를 막고 몸부림 쳤다.

졸업은 두 주일도 남지 않았다. 개근상이나 우등생은 없더라도 졸업장은 있어야 한다고 생각했다. 사무실에 들어가 담임 선생님께 호적초본을 드렸다. 선생님은 호적초본을 보고 이상하다는 얼굴로 눈을 크게 뜨고 '출석부에 있는 이름은 네 이름이 아니었구나'고 말씀하셨다. 나는 태어날 때 두 이름으로 태어났다고, 호적이름은 '오연애'이고 집에서는 '오영애'로 불렀다고 설명해드렸다.

선생님은 호적초본을 들고 교장실로 들어가고 잠시 후 나를 들어오라고 하셨다. 나는 교장실에서 호적이름으로 상처받은 아픔, 그리고 절망 속에서 국민학교 졸업한 이야기를 눈물로 말씀드렸다. 교장선생님이 내게로 다가와 "영애야 장하다. 너는 착한 사람이구나."하시며 나를 쓰다듬어 주셨다.

졸업식이 있던 날, 우리 집에서는 아무도 올 사람이 없었다. 졸업생이 삼백여 명이었다. 졸업장 받은 순서는 마지막 순서였다. 한 시간이 넘도록 졸업 순서가 진행되고 마지막으로 졸업장 받는 순서였다. 반별로 일어나 질서 있게 한 줄로 걸어가면 한 사람씩 교감선생님이 이름을 부른다. 그렇게 강단에 올라가면 교장선생님으로부터 졸업장을 받는다.

우리 반 차례가 왔다. 일어나 강단을 향해 걸어갔다. 내 차례가 왔다. 교감 선생님이 내 이름을 목소리 높여 '오영애'하고 불렀다. 순간 선생님들 쪽에서 누군가 박수를 쳤다. 그 주위에서 따라서 박수를 쳤다. 재학생 쪽에서 함성과 박수가 터졌다. 졸업장을 받고 앉아 있던 졸업생들이 함성을 지르며 박수를 쳤다. 박수가 강당을 가득 채웠다.

내 자리에 돌아와 앉았다. 졸업장에 있는 이름을 보았다. 호적 이름 '연애'가 적혀 있었다. 나는 좌우를 살피면서 졸업장을 돌돌 말아 쥐었다.

고등학교 졸업을 앞두고

서울에 있는 야간 여자고등학교를 다녔다. 동인천역에서 기차 통학을 했다. 오전에는 작은언니 집에서 조카를 돌보고, 오후 4시가 되면 기차를 타고 학교에 갔다. 공부를 마치고 밤 마지막 기차로 언니 집으로 돌아왔다. 고등학교는 셋째 언니의 적극적인 도움으로 공부 할 수 있었다.

어느새 고등학교 삼학년 졸업반이 되었다. 하늘이 티 없이 맑은 초여름 어느 날, 언니는 느닷없이 조카를 시댁인 시골집으로 보냈다. 조카가 없는 집에서 나는 필요 없는 존재였다. 시골에서 인천으로 이사 온 작은언니 집에서 더 이상 비벼대며 살 수가 없게 되었다. 언니는 도시살림을 하느라 힘들고, 교육비는 물론 친정 동생인 나까지 함께 보살피느라 생활비가 부담이 되었나 보다. 넉넉지 못한 언니 살림에 동생이 짐이 되었구나 생각되었다.

언니는 인천에 사는 동안 생선 장사를 하였다. 언니의 깊은 뜻을 헤아릴 수 없지만 막냇동생이 공부를 잘하여 장학금으로 공부하는 것도 아니었다. 어려운 형편에 학교 다니는 것이 철없어 보였는지도 모르겠다. 차라리 어느 집에서 얌전히 살림을 배우다가, 나이차면 시집가는 것이 현명한 길이라고 생각할 수도 있었다. 언니, 오빠들이 각자 다른 생각을 할 수 있었으리라.

작은언니가 나를 대하는 냉랭한 태도를 볼 때마다 찬바람이 온몸으로 스며들었다. 그러면서 지나온 세월을 돌아보았다. 부모님 일찍 돌아가시고 풀밭에 잡초처럼, 거친 삶을 견디면서 살아온 세월이었다. 하늘의 은혜로 고등학교에 편입되었다. 반년만 지나면 고등학교 졸업을 하게 될 것이다. 누군가 삼시세끼 밥만 먹여주고 잠만 재워주면 졸업이다. 그런데 그게 이렇게 어렵다니. 내 처지를 생각하며 안타까움에 눈시울을 적셨다.

셋째 언니는 청주에서 일하고 있었다. 다른 언니, 오빠들도 서울 근교에 살았지만 내가 신세를 지며 학교를 다닐 수 있는 거리가 아니었다. 고통과 좌절을 겪으면서 고등학교 졸업만이 살길이 아니라고 스스로 위로했다. 순간, 아무도 모르는 세계로 도전하고 싶은 유혹이 맴돌기도 했다.

가능하면 고등학교 졸업은 꼭 하고 싶었다. 낮에 일하고 저녁에 학교에 갈 수 있는 직장을 알아보았다. 같은 반 친구 소개로 몇 군데 인터뷰를 했다. 모두가 학교 졸업하고 보자는 대답 뿐, 일을 해보라는 데는 없었다.

어느 날, 학교에서 공부를 마치고 마지막 기차에 몸을 실었다. 조용히 눈을 감고 잠이 들었다. 판자촌 시절 당진아저씨의 낮은 휘파람 소리가 들려왔다. 이별의 종착역 주제가. '가도, 가도, 끝이 없는, 외로운 길, 나그네길'은 아저씨의 애창곡이었다.

불심 깊은 선배 생각이 났다. 경인선 열차 안에서 만난 선배는 나보다 일곱 살 위였다. 속세를 떠나 입산한 스님이었다. 공부를 더 하겠다는 선배의 근본 사상은 불교였다. 선배는 큰 사찰에서 많은 스님들과 공동생활 하면서 선원과 안거 결재를 마쳤다고 했다. 어떻게 하나, 어찌 해야 하는가. 마땅한 길이 떠오르지 않았다. 밤새 잠 못 이루고 고민에 고민을 거듭했다.

다음 날, 언니 집에서 교복을 입고 책가방을 들고 아무 말도 없이 오전에 나왔다. 단발머리 여고생, 상업고등학교 학생이었으므로 가방 안에 주판도 들어 있었다. 동인천에서 기차를 타고 부천에서 내렸다. 선배가 있는 사찰을 물어서 복숭아밭 과수원 길로 들어갔다. 백도 복숭아 익어가는 냄새가 향기롭게 코를 찔렀다. 과수원이 끝나는 산자락에 아담하고 고요한 사찰이 있었다. 초여름 바람에 풍경이 '댕그렁 댕그렁' 흔들리고 있었다. 막상 선배를 찾아 왔지만 사찰 마당 앞에 이르자 만날 용기가 나지 않았다. 이 길이 정녕 옳은 길인가. 한참을 머뭇거렸다. 생각 끝에 아무래도 돌아가는 게 좋겠다는 생각이 들어 발길을 돌려 한 걸음 한 걸음 오던 길로 되돌아 나오기 시작했다.

그때, 등 뒤에서 부르는 소리가 들렸다. 어디서 나를 보았는지 선배가 숨차게 뛰어와 내 손목을 잡았다. 한 번은 올 줄 알았다고 했다. 내 손목을 잡고 다시 사찰로 가서 주지스님에게 나를 소개했다. 사찰 앞마당에 서 있는 나를 잠시 기다리게 하고 선배는 급히 간단한 물건을 바랑에 넣고 나왔다. 어디를 가느냐고 물었다. 몸도 마음도 맑아지는 산사로 가자고 했다. 부천에서 기차를 타고 영등포에서 내렸다. 장항선 기차를 탔다.

달리는 열차 안에서 선배는 작은 목소리로 말했다. 이 세상을 살아가면서 상대방의 허물이나 잘못을 탓하지 말아라. 먼저 내 허물과 잘못을 살펴야 다툼은 사라지고 언제나 화평한 마음으로 산다고 했다.

그리고 부처의 마음과 말씀으로 참선을 한다는 것은 자기 본래의 마음을 찾는 일이라고 했다.

선배의 말을 들으며 기차는 수원에 왔다. 나는 선배에게 수원은 내 고향이라고 말했다. 매서운 겨울바람 부는 날 다섯 살 나이에 매교동 집에서 맨발로 뛰어 수원역에서 큰형부 품에 안겨서 큰언니와 같이 토성에 간 기억이 떠올랐다.

기적을 울리며 수원을 떠나는 기차는 곡창지대인 경기평야를 달렸다. 천안에 도착했다. 기차에서 내리는 사람 오르는 사람 사이사이로 천안의 명물 호두과자를 외치는 소리가 들렸다. 열차는 온양을 달리고 삽교, 홍성, 광천을 지났다. 창밖 풍경을 보면서 아버지의 고향 예산과 엄마 고향 홍성을 생각했다. 내가 태어나기 전 장항선 기차역에서 철도원으로 일했던 아버지를 그려보았다. 정거장을 하나, 하나, 지날 때마다 아버지를 그리워했다. 옆에 있던 선배가 왜 우느냐고 물었다. 아니 그냥 눈물이 흐른다고 대답했다. 기적소리가 울리고 기차는 대천에 도착하였다. 선배와 나는 기차에서 내렸다.

무량사에 들다

영등포에서 기차를 타고 대천에 내렸다. 선배와 나는 무량사 가는 버스를 타고 자갈길 신작로를 달려서 무량사 입구에 내렸다. 이곳은 선배가 선방에서 공부하며 안거에 들어간 큰 사찰이라고 했다.

버스정류장에서 무량사로 걸어가는 길은 평화스러웠다. 시골마을 풍경이 이어지고 산자락으로 들어가면서 산세도 깊어졌다. 한참을 걸어 들어가자 아름드리나무들이 꽉 들어차 있는 무량사가 보였다. 계곡의 물소리와 숲 속의 청명한 새소리, 풀벌레소리가 합창을 했다. 절 뒤쪽으로 만수산이 병풍처럼 둘러싸인 사찰은 아름다웠다.

선배는 나를 도감스님에게 부탁하고 그 이튿날 부천으로 떠났다. 도감스님은 큰 사찰의 살림을 관리하는 총책임자였다. 무량사는 선방이 있는 곳이라 타 지역 절에서 오신 스님들이 공부하며 안거 결재에 들어간다. 낯선 곳에서 낯선 사람들과 지내면서 사이좋게 편안한 마음으로 치유의 시간을 가졌다.

며칠이나 지났을까. 행자 훈련을 받기 시작했다. 서너 달 행자로 훈련을 받는다고 했다. 훈련을 끝내면 삭발을 하고 출가하여 불문에 드는 것이었다. 여고 졸업을 반 년 앞두고 학업을 중단한 것이 가슴에 못으로 남았다. 그렇지만 이 길이 내 길이라면, 나에게 주어진 운명이라면 누구를 탓하겠는가. 행자 훈련을 착실히 받았다. 3개월이 빠르게 지나갔다.

수계식 날이 왔다. 큰 스님, 은사 스님, 선방의 스님들과 신도 등 50여 명이 자리를 같이 하였다. 삭발의식이 시작되었다. 그날 삭발 할 사람은 나를 포함한 세 명이었다. 다른 두 사람은 열일곱, 열아홉이라 했다. 모두 꽃 같은 나이었다. 사람들이 지켜보는 가운데 이발 기구를 든 40대로 보이는 중간스님이 내 머리에 손을 얹었다. 머리에 섬뜩 금속성이 느껴왔다. 뒤통수부터 밀어나가기 시작했다. 머리카락이 한 움큼 바닥에 툭 떨어졌다. 가슴 깊은 곳으로부터 슬픔 비슷한 것이 뭉클 피어올랐다. 나는 울지 않으려고 입술을 앙다물었다. 이발기구로 깎은 다음, 이번에는 삭도로 머리를 빡빡 밀기 시작했다. 삭발이 끝났다. 반들반들한 머리통에 파릇파릇 하늘빛이 서려있었다.

큰 스님과 은사 스님은 나에게 '법민'이란 법명을 주었다. 나는 은사 스님의 둘째 상좌로 문중에 들어갔다. 내 나이 열여덟이었다.

무량사는 산이 높고 골이 깊었다. 무량사 뒤에는 산신각이 있고 도솔암도 있었다. 신라 문무왕 시대에 창건한 역사 깊은 큰 사찰이었다. 대웅전에 앉아 있는 불상은 가장 크다고 했다. 국보로 지정된 찬란한 문화유산이 많이 있는 절이었다. 봄, 가을에는 각처에서 수학여행을 무량사로 왔다. 그때는 스님들이 바빠지기도 했다. 나는 수학여행 온 학생들에게 무량사의 이곳 저곳을 안내했다. 열여덟 앳된 여자 승이 설명하는 이야기를 학생들은 신기하게도 열심히 들어주었다.

그 시절 무량사는 비구니 선원이 있어 선방을 찾았던 많은 비구니 스님들이 각처의 사찰에서 왔다. 그들 중 일부는 참선도 하고 모여서 안거에 들어가기도 했다. 계절 따라 떠나고 다시 오고 하여 무량사는 늘

수십 명의 스님들이 수행을 하고 있었다. 그렇게 큰 사찰이었다.

강론을 하시는 큰 스님은 비구 스님이었다. 자비한 마음으로 청빈의 덕을 쌓으며 무소유에 빈 마음으로 나그네 길을 가는 것이라고 가르침을 주었다. 큰 스님들의 얼굴이 하나, 하나 떠오른다. 그리운 시절, 정다웠던 시간, 참 아름다웠던 시절이었다.

5월이면 동백꽃이 송이송이 피어났다. 선가에서는 한 송이 꽃이 피어나면 수 천 수 만 송이의 꽃이 피어난다고 했다. 나는 동백 숲으로 달려갔다. 큰 바위 위에 앉아 탐스럽게 피어나는 송이를 보고 있었다. 잔잔한 바람결에 동백 숲이 춤을 추었다. 흔들리는 나무를 보노라면 나도 모르게 노래를 전하고 싶었다.

찬송가 78장을 작은 소리로 불렀습니다. "참 아름다워라, 주님의 세계는, 저 솔로몬의 옷 보다 더 고운 백합화, 주 찬송하는 듯, 저 맑은 새소리, 내 아버지의 지으신 그 솜씨 깊도다." 눈물이 두 볼을 타고 흘렀다.

여름 끝자락에 늦은 비가 주룩 주룩 내렸다. 비가 오는 날이나 눈이 쌓이는 날에는 법당 앞과 탑만 돌아도 도량이 워낙 넓어서 30분이 지나갔다. 내일 새벽 3시는 도량식을 내가 해야 하는 차례였다. 비가 내일 새벽까지 오지 않을까 하여 은사 스님과 사형님이 비 오는 새벽에 도량식을 걱정하였다. 그래서 비옷을 하나 놓고 가셨다. 아홉 시면 잠자는 시간이었다. 자리에 누워서 은사 스님과 사형님의 사랑이 고맙게 생각되었다. 나에게 기대를 하시고 열심히 공부 하라고 힘이 되어 주신 두 분이 지금도 눈앞에 어른거린다.

새벽 3시, 법당 뜰에 나가 보니 하늘은 새벽 별이 반짝 반짝 빛났다.

수많은 별들이 나를 반겨 주었다. 대웅전으로부터 탑을 몇 번 돌고 경내를 두루 두루 다 돌았다. 특별히 명부전 앞과 뒤로 돌았다.

비 온 뒤 무량사는 상쾌하고 깨끗했다. 골짜기 물은 폭포수처럼 흘렀다. 그날 큰 스님이 나를 부르셨다. 산으로 올라가 '무엇이 보이는가 보고 오라'하셨다. 이번이 처음은 아니었다. 머리 깎기 전 행자 시절 늦은 봄날에도 산에 오르라 하시고, 무엇이 보이든가 보고 오라 하셨다. 그때도 아무것도 아니 보이고 때 늦은 산나물이 지천으로 있는 것을 보고 왔었다. 이번에는 비가 온 뒤라 산은 깨끗하고 공기도 맑고 골짜기 흐르는 물은 강물처럼 아래로 흘렀다.

노송나무와 솔밭을 좋아하는 나는 솔밭으로 갔다. 수줍게 고개 숙인 송이가 마을을 이루고 있었다. 내려오는 길에 싸리나무 숲에 멈추었다. 싸리버섯이 성을 이루고 있었다. 나는 자루에 송이와 싸리버섯을 꺾어 담았다. 산을 내려와 큰 스님 앞에 송이와 싸리버섯을 보여 드렸다. 큰 스님은 껄껄 웃으시며 '이것 밖에 보이는 게 없더냐'하셨다.

단풍이 물들면 가을 산은 열매로 가득했다. 이번에도 큰 스님은 가을 산에 오르라 하시고 무엇이 보이는가 보고 오라 하셨다. 자루에 다래, 머루, 으름 밤까지 담아 가지고 내려 왔다. 큰 스님에게 '가을 산은 풍년으로 가득하고 아무것도 보이는 것은 없었다'고 말씀드렸다. 이번에도 한바탕 웃으시고 '공양 짓는 보살에게 갖다 드리라'고 하셨다.

초겨울 때 이른 눈발이 날리더니 하루 종일 눈이 쌓였다. 큰 스님이 또 부르셨다. 무엇이 보이는지 산에 오르라 하셨다. 대답은 하고 나왔지만 산에는 갈 수가 없었다. 짐승 울음소리보다 눈이 쌓여 길도 없고 어두워지는 밤이기 때문이었다. 법당 앞 탑을 돌면서 고개를 들어 하늘을 보았다. 달빛이 만수산 위에 있었다. 온 천지는 새 하얗고 만수산 위로는 달빛만 있더이다, 하고 아뢰었다.

큰 스님은 여러 가지 방식으로 나를 가르치고 단련 시켰다. 짧은 시간이었지만 회전하는 시간 속에서 내 생애 오래 남아있는 그리운 시절이다.

스무 살도 안 된 새파란 여인이 불문에 들어갔다. 스승 스님은 법명이 인화였다. 스승 스님의 맏 상좌는 법천 스님인데 혈육을 나눈 형제 같은 따듯한 스님이었다. 이 글을 쓰면서 스승 스님과 형님 스님과의 짧았던 인연이 생각난다. 나는 스승 스님으로부터 법민이라는 법명을 받았다. 법천과 함께 한 스승 밑에서 가르침을 받게 된 불가에서 맺어준 형제가 되었다. '법'자 돌림 형제였다.

내 하루는 꽉 짜여있었다. 새벽 3시면 일어나 목탁을 두들기며 도량식을 한다. 그리고 대중과 함께 대웅전에서 아침예불을 드린다. 오전에는 선방에서 공부하고 오후에는 개인시간이 있다. 밤 9시면 대중과 함께 잠자리에 들었다. 대중과 함께 하는 공동생활이었다.

무르익어가는 가을, 무량사는 오색찬란한 단풍으로 물들어 가고 있었다. 유난히 산을 좋아하는 나는 홀로 있는 시간이면 산으로 달려갔다. 절 근처 골짜기에 흐르는 물소리를 들으며 바위에 앉으면 "우와!" 탄성이 저절로 터졌다. 공기도 상쾌하고 마음도 편안해졌다. 가을 산은 먹거리도 풍성했다. 잘 익은 머루와 으름을 먹고, 말랑하게 익은 다래를 입안에 넣으면 꿀 맛나게 맛있었다. 대자연 속에서 만물을 창조하신 하나님의 사랑을 느꼈다. 문득 주님이 생각나면 나는 찬송가를 불렀다. 나는 유년 주일학교를 다니고 중학교 고등학교도 기독교에서 세운 학교를 다녔다.

승려가 된 후 어느 날, 작은언니와 조카가 다녀갔다. 여름 교복을 입고 말없이 언니 집을 나온 동생이 추운 겨울을 어떻게 보낼까, 생각했던지 이불 한 채를 가지고 왔다. 눈물을 흘리며 돌아가는 언니와 조카를 보면서 서러움이 울컥 올라왔다.

언니가 다녀간 후 내 인생을 깊이 생각했다. 졸업을 육 개월 앞두고 지친 삶이 힘들었다. 아무도 모르는 곳에서 쉬고 싶었다. 이곳에서 깨달은 것은 그 누구도 탓하거나 섭섭해 하지 말라는 것이었다. 군인으로 전쟁터에 나간 오빠가 살아 돌아온 것도 큰 축복이었다. 가난한 시절에 시집간 언니도 시부모님 모시고 열심히 살아오고 있으니 자랑스러운 일이었다. 그 동안 튼튼이 돌봐 준 큰언니, 셋째 언니에게는 빚을 많이 졌다. 어려운 환경에서 막내 시누이를 사랑한 큰올케언니에게 미안하고 고마웠다.

늦가을 무렵 은사 스님은 형님과 나를 불렀다. 스승 스님은 상좌 형님 스님과 나를 앉히고 불가에서 지켜야 하는 교육을 말씀했다. 계를 받고 정식 스님이 되었으면 세속의 가족과 친구의 인연에 집착해서는 안 된다고 하셨다. 불가에 가족이 있어서 어디에서나 법명을 소개하고 행동과 마음가짐을 잘 다스려야 한다고 하셨다. 법천 형님에게는 아우인 법민이를 가르치고 도와주어 대중 생활에 어려움이 없도록 하라고 일렀다. 은사 스님은 형님 스님과 나를 그토록 사랑하고 품어 주셨다.

그 해 초겨울, 용산에 사는 가장 친한 친구의 편지를 받았다. 중학교

고등학교를 같이 다녔던, 가족 같은 친구였다. 무량사에 입산한 다음 편지를 보낸 곳은 용산 친구와 인천 작은언니, 두 집이 전부였다.

편지를 열어보니 용산 친구가 위독하니 한 번만 만나 달라는 간절한 내용이었다. 스승 스님은 무량사 생활에서 속세와 편지 왕래가 없었던 것으로 알고 계셨다. 나를 믿고 다녀오라고 하셨다. 이튿날 아침 스승 스님과 형님 스승의 배웅을 받았다. 법민 스님으로 이름이 바뀌고, 머리도 자르고 옷도 바뀐 사람이 처음 밖으로 나가게 된 것이다. 왔던 길을 걸어서 대천으로 나와 용산 행 기차를 탔다.

뜻대로 하소서

기적이 울리며 기차가 움직이기 시작했다. 창밖 풍경이 스쳐 지나갔다. 광천과 홍성을 달릴 때는 부모님 고향을 기억하고 아버지와 엄마를 그리워했다. 덜커덩거리는 열차 안에 앉아서 지난 반 년 동안 변화된 내 모습을 생각했다.

나는 선배의 인도로 무량사에 입산했다. 불문에 들어가서 법민이란 이름을 받았다. 스승 스님과 불가의 가족과 살고 있다. 그곳은 큰 사찰이다. 선원이 있어서 동안거 결재를 통해 많은 것을 배우고 있다. 새로운 세계에서 목표를 이루고 학문을 연구하고 깊이 있게 공부하고 싶었다.

세상에서는 학교를 다니고 싶었지만 집이 없었다. 어려서는 엄마와 가족이 행복하게 살던 때도 있었다. 내 나이 13살 때 엄마가 돌아가시고 오빠와 언니, 모두 흩어지고 각자 공부하러 서울과 인천으로 갔다. 결혼한 오빠, 언니는 가난하였다. 하지만 이곳에서는 스승 스님의 상좌로서 길이 열려 있다.

천안역을 떠나면서 달리는 열차 안에서 등받이에 등을 대고 눈을 감았다. 사랑하는 친구가 아프다고 하니 살아만 있어다오 기도했다. 소중하고 아름다웠던 추억이 한 꺼풀씩 되살아났다.

중학교 1학년 때 만난 현자와 나는 여고시절까지 긴 세월 우정을 이어오고 있었다. 현자는 연약할 때 힘을 주고 넘어졌을 때 나를 일으켜 주었다. 배고플 때는 먹여주고 절망 중에 있을 때 구원을 약속한 진정한 우정이었다. 마지막으로 내가 모든 것을 잃었을 때 다시 찾게 해주는 생명과 구원을 얻게 하는 친구였다.

중학교 시절, 나는 하수동 선창가 판자촌 사글세방에서 살았다. 큰올케 언니는 만삭이고 조카들은 여섯 살, 세 살이었다. 언니는 아들을 순산했다. 나는 고모가 되어서 기뻤다. 언니는 순산을 했지만 몸조리도 못하고 생선 장사를 다녔다. 밤이면 생선비늘이 떨어지는 돈을 셈하면서 막내시누인 나에게 여름교복 맞추라고 돈을 내 손에 쥐어주었다. 참으로 고마운 언니였다.

내 나이 아홉 살 때 우리 집에 시집온 언니는 그 시대 많은 학문을 쌓은 지성인이었다. 내가 존경하는 여인 중에 한 사람이다. 겸손하고 온유하며 어떤 형편에서도 감사 할 줄 아는 언니였다. 주말에 학교 안 가는 요일에는 조카들과 갓난아기를 나에게 맡기고 장사 갈 때도 있었다. 그런 날에는 조카들을 앞세우고 갓난아기 등에 업고 현자네 집으로 갔다.

현자네 집에는 외숙모가 첫딸을 젖먹이고 있었다. 외숙모는 내 조카아기가 배고프다고 얼른 안아서 품 안에 안고 젖을 물렸다. 젖을 배불리 먹은 아기는 잠을 잤다. 잠자는 아기를 보면서 순하고 잘생겼다고 칭찬까지 해주었다. 현자네 외숙모는 하늘에서 내려온 천사였다. 나는 받은 은혜가 크면 클수록 일하는 것이 보람 있고 즐거웠다. 물지게를 지는 것도 힘들지 않았다.

1학년 끝날 무렵 현자는 부산으로 이사를 갔다. 우리는 동인천역에서 눈물로 이별을 하였다. 현자 부모님은 나에게 "영애야 몸조심하고 언제 부산에 오너라."하셨다. 그렇게 현자네 가족과 이별하고 나는 울면서 판자촌으로 왔다.

현자가 부산으로 간 후, 나는 학교에 가도 현자 생각뿐이었다. 우리는 일주일에 한 번씩 편지를 주고받았다. 언제부터인가 매주 오고 가던 편지가 뜸했다. 궁금했지만 조금만 더 기다려 보자고 기다린 어느 날 현자 편지를 받았다. 뜻밖에 용산으로 이사를 왔다는 내용이었다.

꿈만 같았다. 동인천역에서 기차표를 사서 용산 현자네 집을 찾아갔다.

그 날은 미국 34대 대통령 아이젠하워(Dwight Eisenhower)가 방한하는 날이었다. 김포공항에서 시작하여 노량진, 용산, 서울역을 지나 경무대로 가는 길에 미국대통령을 환영하는 인파가 늘어서 있었다. 그 길을 따라 현자와 나는 한강다리를 걸었다.

일 년 만에 만난 현자는 내 겨드랑에 팔을 끼고 걸으면서 부산이야기와 가족이야기도 하였다. 나도 판자촌에서 같이 살고 있는 큰올케언니 이야기와 외숙모 젖을 먹었던 조카가 자란 이야기도 하였다.

우리들의 이야기는 꼬리를 물고 이어져 한강다리를 지나고 노량진 시장도 지났다. 노량진역으로 가는 길목에서 주춤 주춤하며 현자가 나에게 우리가 지금 어디를 가고 있냐고 물었다. 나는 현자와 계속 걸으며 엄마 돌아가시고 소꿉동무 정자소개로 노량진에서 살았던 이야기를 하였다. 현자를 만나기 이전 추억들이었다.

내 팔을 끼고 걷던 현자는 나를 보면서 '너는 바위 같은 산이구나'하였다.

어느 틈에 노량진 재건주택 아저씨 집에 왔다. 경희, 동희, 정희가 얼마나 자랐을까 궁금했다. 현관 벨을 눌렀다. 조금 후에 아주머니가 현관문을 열며 깜짝 놀라셨다. 뜻밖에 손님을 보고 입이 벌어졌다. 반갑게 맞아주며 경희, 동희, 정희를 불렀다. 아이들이 뛰어 나왔다. 정희는 애기 때 보아서 누군지 몰라 가만히 있고 경희와 동희는 나를 보자 와락 안겼다. 무릇 인생사 사람이란 정에 얽매여 사는구나 생각이 들었다. 반년 함께 살았던 아이들이나 나도 기쁘고 행복했다. 주인아저씨 안부를 물었다. 오늘 비상근무라 일터에 나가셨다고 하였다. 차와 맛있는 다과를 대접받고 재건주택을 나오며 세상은 어디를 가나 따뜻하다고 느꼈다.

현자는 낮에 일하는 직장을 구했다. 그리고 오후에는 여자상업고등학교에 입학하였다. 나도 낮에 일하고 오후에 고등학교 가는 일자리를 인터뷰했는데 서울에 집이 없어서 안 되었다. 또 다른 곳에 일자리를 현자소개로 인터뷰 하였으나, 야간학교에 다닐 수 있는 시간이 맞지 않았다. 막막했다.

발등에 불이 붙었다. 졸업할 때 까지만 재워주고 먹여주면, 반년이면 졸업할 텐데 그것이 불가능하다니. 서러웠다. 다른 언니 오빠들도 여유가 없다고 하였다. 아무에게도 말하지 않고 무량사로 숨어버렸다.

나는 어려서부터 산을 좋아했다. 대자연 깊은 산속에서 창조주를 기억하며 묵상하고 기도 하였다. 새소리, 물소리, 바람소리가 좋았다.

시간이 흐르면서 안정이 되어갔다. 불가에 스승 스님과 형님 스님도 인자했다. 선배 스님들도 편안한 미소로 나를 대해주었다. 무량사에 들어와 새로운 세계의 학문을 공부하고 싶다는 결심을 굳혔다. 스승 스님은 불가에 입문하면 속가에 있는 가족이나 친구를 만나면 안 된다고 말씀하셨다. 하지만 친구가 마지막 가는 길에 보고 싶다는데 다녀오라고 하셨다. 그렇게 자비가 충만한 분이었다.

바랑 하나 메고 용산에 내렸다. 용산역 시간을 보니 오후 3시가 넘었다. 현자네 집은 역에서 가까운 거리였다. 마음이 조급하여 단숨에 달려갔다. 부엌문을 열고 '현자야' 크게 불렀다. 방문이 열리며 현자와 엄마가 깜짝 놀랐다. 중 옷을 입고 모자를 쓰고 바랑을 메고 서있는 나를 보고 현자는 내 손목을 잡고 방으로 데리고 들어갔다. 현자는 아프지도 않고 더 예쁘고 키도 큰 것 같았다. 걱정하고 근심하던 마음에 천만다행이었다.

모자와 바랑을 벽에 걸고 윗저고리도 벗어 걸었다. 회색바지와 저고리를 입고 앉아있는 내 손목을 잡고 현자는 눈물을 떨구었다. 나도 현자 손을 덮으며 눈물을 흘렸다. 엄마는 내 등을 두들기며 '불쌍한 것 불쌍한 것'하며 등 뒤에서 눈물을 지으셨다.

엄마는 부엌으로 나갔다. 점심때가 지났지만 배고프다며 밥상을 들고 방으로 들어오셨다. 무량사에서 새벽예불 마치고 아침밥을 먹고 종일토록 아무것도 먹지 않아서인지 입맛이 꿀맛이었다. 배추국과 무생채나물, 미나리나물, 김장 담글 때 버무리는 겉절이는 맛있었다. 엄마는 내가 밥 먹는 모습을 보시며 얼마나 배가 고팠냐며 맛있게 먹어서 좋구나 하셨다.

엄마는 시장에 가시고 현자와 나는 그 동안 이야기를 주고받았다. 내가 학교 친구들 소식을 물으니 대충 대충 대답했다. 나를 위하여 피하는 눈치였다. 현자는 품격 있는 친구였다. 현자네 집에서는 절에 있는 나를 기도 목표로 삼고 가정예배 때마다 기도를 했단다. 외삼촌, 작은엄마, 등 식구들이 각기 섬기는 교회에서 나를 위한 기도를 드렸다고 했다. 현자 편지를 받고 내가 오기를 기다렸다고 했다. 나를 위하고 내 영혼을 살리기 위한 기도가 있었던 것을 들으며 감사하고 고마웠다. 나 같은 사람에게 현자의 우정과 사랑은 하나님의 은혜였다.

현자는 성경을 내 앞에 펴놓고 "내가 길이요, 진리요, 생명이다."(요한복음 14장6절)과 "나는 포도나무요 너희는 가지다."란 가르침을 기록한(요한복음 15장 1절과 5절까지) 성경을 한 줄 한 줄 읽으며 설명했다. 특별히 요한복음 15장 5절에 말하는 "나는 포도나무요 너희는 가지니 저가 내 안에 있으면 이 사람은 과실을 많이 맺나니 나를 떠나서는 너희가 아무것도 할 수 없음이라."는 구절을 집중적으로 말했다. 그렇다, 우리가 주 안에 거하지 않고는 아무것도 할 수 없다. 임박한 십자가 죽음을 앞두고 제자들에게 주신 다락방 강론에서 먼저 근심하지 말라고 위로하신 주의 사랑을 깨달았다. 회개하고 울었다.

현자는 내가 절에 있는 동안 가정예배 때 쉬지 않고 기도 하였다고 했다. 이제부터 용문산 기도원에서 신학도 공부하고 전도자의 삶을 살겠다고 서원했다. 주님과 동행하며 보혜사 성령님의 역사로 그리스도인으로 내 아버지께 나를 맡겼다.

그날 밤, 현자네 집에서 감사 예배를 드렸다. 모든 영광은 성삼위일

체께 올려드렸다. 하나님이 세상을 이처럼 사랑하사 독생자를 주셨으니 이는 그를 믿는 자마다 멸망치 않고 영생을 얻게 하려 하심이라(요한복음 3장 16절). 성경이 말하는 사랑을 선포 하는 전도자로 살겠습니다. 날 주관 하여 뜻대로 하소서. 아멘

경부선 완행열차

이제 용문산으로 간다. 용산역에서 출발하는 밤 9시 군용열차는 일반인도 타는 완행열차였다. 추풍령까지 가는 기차표를 손에 쥐고 자리에 앉았다. 나와 동행하는 중년신사는 기도원에서 어느 권사님 댁 별장을 짓는 유능한 목수였다. 친구 현자 엄마 부탁으로 나를 기도원에 안내하는 친절하고 예의 바른 신사였다.

군용열차는 정각9시에 기적을 울리며 움직이기 시작했다. 플랫폼에 서 있던 친구가 미소를 머금고 하얀 손을 흔들었다. 기차가 움직이는 데로 걸어가던 친구엄마가 내 이름을 부르며 "영애야 몸조심 하여라."하셨다. 기차 속도가 빨라지며 기차와 같이 빨라지며 "영애야 도착하는 대로 편지해."하는 숨찬 소리가 들렸다. 나도 차창 밖으로 머리를 내밀고 "현자야, 고맙다. 정말 고마워." 목멘 소리로 소리를 질렀다. 기차가 속도를 내면서 현자의 모습이 별처럼 작아지더니 어둠 속으로 들어가 보이지 않았다. 차 창문을 내리고 자리를 고쳐 앉으며 등받이에 등을 기대고 두 눈을 감았다. 나도 모르게 눈물이 볼을 적셨다.

밤 군용열차는 군인도 많이 탔지만 일반인도 많아서 빈자리가 없었다. 임시역까지 정차하여 부산까지 가는 완행열차는 멀리 지방이나 산간지역 농촌사람들이 많았다. 군인도 일반인도 잠을 자며 코고는 소리가 여기저기서 들렸다. 달리는 밤차는 노량진, 영등포를 지나며 안양을 향해 기적을 울리며 달리고 있었다. 초겨울 차창 밖의 밤하늘에는 별이 가득하였다.

나는 밤차 안에서 지금까지 살아온 인생과 미래를 생각했다. 돌이켜보면 아쉬움이 스멀스멀 되살아났다. 고등학교 졸업이 무엇이기에 이토록 가슴 아픈 상처로 남는지. 그까짓 것 하면서도 자신의 무능과 한계를 견디지 못한 나약함에 몸을 떨었다. 모두가 가난한 형편에 공부도 못하면서 학교를 꼭 다녀야 하는 이유를 일부 언니 오빠는 이해를 못했다. 공부 못하면 자신에 맞는 기술을 배운다든지 일을 하면서 분수에 맞추어 사는 게 현명 하다고 했다. 언니, 오빠의 생각도 전혀 틀리진 않았다. 인정하면서도 섭섭했다. 학교를 다니면서 개근상이나 우등상 한 번 못타고 학교를 다녔다. 나로 인해 언니 오빠들에게 짐이 되어서는 안 된다고 생각했다. 도망치듯 무량사로 숨어 버렸다.

아름다운 무량사에서 반 년 동안은 편안했다. 다른 세계 사람들인데도 만나서 편한 사람이 있고 익숙한데 불편한 사람이 있다. 선방에서 공부하는 선배 스님들은 만나서 편한 사람들이었다. 스승 스님과 형님 스님의 사랑과 과분한 기대는 크고 넓었다. 짧은 인연으로 고이 간직하고 싶다.

멀리 기적을 울리며 밤차는 내 고향 수원을 지나갔다. 우리 집은 철도 유가족이다. 일제시대에 철도원으로 일하셨던 아버지가 돌아 가셨다. 철도국에서 칠 남매를 위하여 엄마에게 건널목간수의 일자리를 주었다. 나는 관사에서 태어나고 13살까지 기적소리를 들으며 정거장에서 살았다. 내 나이 열세 살 되던 봄 엄마가 돌아가시고 관사를 떠나 인천에서 살았다. 아직도 기적소리가 들리면 행복했던 어린 시절 고향역으로 달려간다.

간밤에 용산 친구 집에서 친구가족과 나의 앞날을 위하여 뜬눈으로 밤을 지새웠다. 눈을 붙여보려고 잠을 청하여도, 정신이 맑아지며 잠이 오지 않았다. 차창 밖 하늘에는 수많은 별들이 쏟아져 내렸다. 내 앞 목수는 고개를 삐딱하게 기울이고 꿀잠을 자면서 잠꼬대까지 하였다. 추운 밤 완행열차는 부산을 향해 천안과 조치원을 지나 기적을 울리며 대전역으로 들어갔다.

친구의 간절한 편지 한 통은 강하고 힘이 있었다. 아름다운 무량사에서 나를 불러내었다. 그리고 이 밤에 나를 군용열차에 태워 기도원으로 보내고 있다. 그 능력과 섭리는 어디로부터 온 것인가. 곰곰이 생각했다.

용문산 기도원

용산에서 밤 아홉 시 출발한 군용열차는 새벽에 추풍령에 도착했다. 초겨울 새벽바람은 쌀쌀했다. 나를 데리고 온 목수는 여러 번 다니던 길이라 익숙하게 안내를 잘했다.

추풍령에는 용문산 기도원 연락 사무소가 있었다. 기도원을 찾아오는 모든 사람이 불편하지 않도록 숙식을 제공하며 친절하게 봉사하는 권사님이 있었다. 새벽시간에 들어가 눈을 붙이고 아침이 되니 맛있는 밥상을 차려주어서 든든하게 밥을 먹었다. 추풍령에서 기도원 가는 길은 산속으로 이십 리 길이었다. 청년 걸음으로 걸어도 두 시간 걸린다고 했다. 권사님에게 감사인사를 드리고, 오전 열 시 연락사무소를 나왔다.

앞장서서 걷는 목수는 아무 말도 없이 산길을 걸어만 갔다. 겨울 산새소리와 낙엽송을 밟으며 걸어가는데 등에서는 땀이 흘렀다. 따뜻한 겨울 햇살이라도 푸른 송림에 스치는 바람은 냉랭했다.

나는 어려서부터 바다보다 산을 좋아했다. 기도원을 가면서 스무 살도 안 된 내 인생을 생각했다. 고뇌어린 절박한 상황에서 아름다운 무량사의 시간이 반년이 넘게 흘렀다. 그곳 산사의 스님들을 떠올렸다. 불가에서의 배움은 해탈과 마음을 비우고 욕심도 버리라고 했다. 하루하루 공덕을 쌓으며 주어진 삶에 감사 하라고 가르쳤다.

친구 엄마의 소개를 받고 처음 가는 용문산 기도원은 다른 환경이 될 터였다. 새로 열릴 세상을 생각했다. 나는 알지 못하나 누군가 날 위하여 기도하는 손길을 느끼며 걸었다. 성경이 말하는 내가 길이요, 진리요 생명(요한복음 14장 6절)이라고 하신 청아한 주의 음성이 들렸다.

나는 어린 시절 일찍 부모님이 돌아가셨다. 아홉 살부터 친구들을 전도하여 시골 감리교회를 다녔다. 나는 꿈이 있었다. 가난한 고아가 되어 떠돌이로 살아도 다른 사람과 비교하지 않고 열심히 꿈을 키우며 견디었다. 거룩한 성산에서 창조주를 의지하며 저 높은 사자봉의 장송처럼 푸르른 꿈을 이루고 싶었다.

정오쯤 기도원에 도착했다. 목수를 따라 별장을 짓는 권사님 댁으로 들어갔다. 어머니 같은 권사님이 반갑게 맞아주었다. 절에 있지 않고 기도원에 잘 왔다고 내 등을 토닥토닥 두들겨 주셨다.

용문산 기도원은 깊은 산속이다. 그런데도 생활하는데 불편하지 않았다. 기도원에는 백화점이 있어서 책과 옷도 있고 신발도 팔고 모든 생활 용품이 다 있었다. 양식인 쌀과 김치, 간장, 된장, 고추장까지 일반 마켓에서 파는 물건이 가득하였다. 미용실과 사진관도 있었다.

학교는 성경고등학교로부터 신학교까지 있었다. 가르치는 교수들은 목사님들이었다. 성경고등학교는 수도사들이 교사였다. 학생들은 기숙사가 있어서 한 방에 두 명씩 살았다. 특별히 눈에 띄는 것은, 기도원에 기드온 삼백 명 용사들이 영적 훈련을 받고 있는 모습이었다.

시간은 빠르게 지나갔다. 기도원에 온 지도 두 달이 넘었다. 추운 겨울에 권사님 댁에서 일하고 잘 먹고 따뜻하게 보내고 있었다. 저녁이면 본당 큰 교회에서 예배드리고 밤이면 삼선 봉 구국제단에서 기도

드렸다. 틈틈이 시간이 나는 대로 성경을 읽었다. 기도원에서 외롭다고 푸념할 틈도 없이 하루가 빠르게 지나갔다. 이곳에 올 때 반짝반짝 빛나던 중 머리도 까만 머리가 자라서 봄이 되면 파마를 해도 될 것 같았다.

눈보라 치는 어느 날 오후였다. 부엌에서 저녁을 짓는데 오며 가며 안면이 있는 기숙사 사감 선생이 나를 만나러 왔다. 중으로 기도원에 들어와 아무도 모르는 낯선 곳에서 일하고 있는 내 모습이 아렸다고 했다. 나는 눈물이 핑 돌았다. 언제나 하느님은 내가 어디에 있던 홀로 두지 않으셨다. 나는 고맙고 감사하여 저녁밥을 짓던 아궁이 부지깽이를 들고 덥석 사감선생의 손을 잡았다. 우리가 만난 인연으로 서로 마음을 열고 거슬림 없는 사이가 되면 얼마나 행복 할까, 하는 희망으로 가슴이 뛰었다.

그 해 겨울 사감선생이 사는 기숙사로 거처를 옮겼다. 학교공부는 성경고등학교 3학년으로 들어갔다. 학생은 이십여 명 되는데 학생들 연령은 나보다 위였다. 내 또래가 몇 명 있었는데 한살 아래인 일순이를 만났다. 내가 한 살 위라며 나를 언니라고 부른다. 세상에 태어나서 처음 듣는 언니 소리였다. 행복하고 고마웠다. 일순이는 교실에 들어오면 내 옆자리에 앉아서 공부하고 나를 따르며 좋아했다. 알고 보니 일순이는 기숙사에 살지 않고 기도원에서 가장권위 있고 존경 받는 목사님 댁에서 살고 있었다.

오전 10시에 공부하고 오후 2시경에 학교가 끝나면 일순이는 목사님 댁으로 갔다. 나의 딱한 사정을 알고 밥하는 날에는 누룽지를 긁어 야구공처럼 똘똘 말아 내 손에 쥐어주었다. 누룽지로 허기진 배를 채웠다. 사감선생은 나를 위하여 한글 모르는 사람을 모집하여 가르키게 하려했는데 한 사람뿐이었다. 한 사람 가정교사로는 살아가는데 어려웠다. 깊이 생각한끝에 용기를 내어 공군에 있는 총각 오빠에게 편지를 했다. 그때 오빠 봉급은 오백 원이었다. 오빠는 반 년 동안 매월 오백 원을 보내주었다. 지금까지도 오빠의 사랑에 감사를 드린다.

눈 덮인 겨울 밤 매서운 바람이 불었다. 밤마다 일순이와 나는 삼선봉 구국제단에서 기도했다. 밤10시에서 11시까지는 일순이가 기도하고, 나는 11시부터 12시까지 기도했다. 산짐승의 울부짖는 소리를 들으며 산비탈을 내려왔다. 구국제단의 기도는 하루 24시간 쉬지 않고 진행되었다. 하루에 24명 기도의 용사들이 나라와 민족, 세계평화를 위하여 기도했다. 구국기도는 용문산 기도원에서 가장 소중하고 귀한 뜻이 있는 사역이었다. 나와 일순이는 약속을 했다. 구국기도를 하기로 맹세하였다.

1963년 11년 22일 제35대 미국대통령 John F. Kennedy가 텍사스 달라스에서 암살당했다.

그 해 겨울은 몹시도 추웠다. 밤이면 펑펑 내리는 눈을 맞으며 삼선봉 구국기도 제단에 오른다. 나의 기도시간은 밤이었다. 밤 깊은 시간 멀리 들리는 산짐승 소리 사이로 삼선봉 제단에는 하얀 눈이 쌓였다. 구국기도 제단에는 지붕이 없고 문도 없다. 둘레는 돌담을 쌓아 만들고 가운데에 기도제단을 만들었다. 1년 열두 달, 하루 24시간 쉬지 않고 누구나 신청하면 기도하는 곳이었다.

성 프란치스코의 평화를 구하는 주여! 나를 평화의 도구로 써 주소서. 분단된 조국의 아픔과 민족을 위하여 복음으로 통일 시켜주소서,

이 시간에도 부르짖고 기도한다. 특별히 미국과 한국을 위하여 기도하는 외침은 구국제단에 울려 퍼졌다.

눈보라 치는 시린 바람도 지나고 마른나무 가지에 푸른 새순이 돋기 시작했다. 아지랑이 피어나는 산비탈 논두렁에도 씀바귀, 쑥과 냉이, 달래도 피어났다. 용문산 기도원의 봄은 이렇게 겨울을 걷어냈다. 학교에서는 봄방학을 했다.

제1차 전도여행

기도원 삼백 명 용사들에게 제1차 전도여행이 성큼 다가왔다. 학교에서는 전국 각 지역에 두 명씩 짝을 지어 전도자를 세상으로 보냈다. 온 인류에게 영원한 생명과 구원을 허락하신 예수 이름을 전파하는 전도자로 성경이 말하는 "다른 이로서는 구원을 얻을 수 없나니 천하 인간에게 구원을 얻을만한 다른 이름을 우리에게 주신 일이 없음이니라."(사도행전 4장12절). 베드로의 전도처럼 삶이 변하여 예수를 만났으면 그렇게 전도 하라는 여행이었다.

나는 전도 지역을 충남 홍성으로 배정 받았다. 홍성은 엄마 고향이지만 한 번도 가 본 기억이 없다. 친척들이 산다고 해도 엄마가 일찍 돌아가셔서 알 길이 없었다. 나와 함께 동행 하는 전도자는 사십이 넘어 엄마 같은 대선배다. 그녀와 짝이 되었다. 전도자로서의 경륜과 기도의 영력이 깊으신 선배와 떠나게 되어 마음이 든든했다. 중의 모습으로 용문산에 들어간 지 반 년 되었는데 전도자로 임명되어 마음이 설레고 기뻤다. 모두가 하나님의 은혜였다.

전도를 떠나기 전에 머리를 파마했다. 반년 동안 자란 머리지만 곱슬 파마였다. 사감 선생이 전도 나가면 필요하다며 검정치마에 흰 저고리 한복을 가방에 넣어 주셨다. 일순이는 나를 위하여 비상금을 손에 쥐어주며 배고플 때 사먹으라고 하였다. 기차표도 끊어주었다. 사감선생과 아는 분들이 배웅하며 선배와 나를 위하여 간절히 기도해 주었다.

천안행 기차를 타기 위하여 추풍령 산길을 걸어 내려갔다. 작년 초겨울 목수를 따라 용문산에 가면서 승려의 모습으로 이 길을 걸었던 기억이 났다. 지금은 전도자가 되어 똑같은 길을 걸어가고 있다. 선배와 산길을 걸으면서 마음으로 기도했다. 내 생명 주 앞에 드리오니 부족하고 연약함을 기억 하시고 주께서 늘 나와 동행하여 주소서. 언제나 나를 홀로 두지마시고 아버지와 주님과, 성령님의 역사하심으로 나를 지켜주소서. 두 시간 산길을 걷는 동안 선배와 두런두런 이야기를 주거니 받거니 했다. 오직 예수 그리스도뿐이었다.

경부선 열차를 탔다. 천안에서 내려 장항선 기차를 타고 홍성역에 도착했다. 저녁 시간이라 배가 고팠다. 역에서 나와 사방을 둘러보았다. 큰 교회가 눈에 띄었다. 선배와 나는 교회를 찾아갔다. 사택에서 우리를 영접한 목사님은 반가워하며 수고가 많다고 격려해주었다. 용문산 기도원이 무엇을 하는 곳인지 잘 아는 분이었다. 그 교회는 전도자들이 오면 부흥회도 하고 집회를 통하여 영적으로 성장하는 교회였다. 목사님은 선배와 나를 위하여 저녁상을 차려주셨다. 허기진 배를 채우고 맛있게 먹었다. 물을 마시고 방안을 둘러보았다. 목사님 내외분과 가족, 하늘의 천사들이 사는 집이었다.

그날은 수요일 저녁 예배가 있었다. 목사님께서는 저녁예배에 선배한테 간증을 부탁하셨다.

선배는 두 손을 저으며 이번 전도여행 강사로 나를 지명하며 소개하였다. 순간 나는 깜짝 놀랐다. 나는 아래에서 보조하는 사람이라고 설명해도 소용이 없었다. 도리 없이 강단에 서게 되었다.

가방을 열고 한복을 꺼내 입었다. 무슨 말을 어디서부터 시작해야 하는 것인지 감이 잡히지 않았다. 제단에 서서 본당에 모인 성도들을 내려다보고 눈을 돌려 천장과 바닥도 보았다. 그때 내입이 터졌다. "나는 길이요 진리요, 생명이다."(요한복음 14장 6절) 누군가 나를 도우시는 성령의 역사를 느꼈다. 주님이 갈보리 언덕에 가실 것을 아시고 제자들에게 강론하신 생명의 길을 선명하게 조명해 주셨다. 길이요 진리요 생명이다, 란 말씀은 내가 아홉 살 때 주일학교에서 배운 성경이었다. 나는 진정을 다해 말씀을 증거했다. 내 생애 첫 강단의 간증 설교가 끝나자 참석한 분들이 박수로 화답해주었다.

이 글을 쓰면서 헤어보니 60년 세월이 흘렀다. 주일학교 예배가 엊그제 일처럼 떠오른다.

수요저녁 예배가 무사히 끝났다. 교인들은 교회를 떠날 줄 모르고 선배와 나를 붙잡고 하나님의 은혜에 꽃을 피웠다.

자택에 들어오신 목사님은 우리들 앞에서 내일 계획을 말씀하였다. 목요일은 홍성 경찰서 죄수들 예배 봐 주는 날이라고 했다. 내일 일정은 목사님과 교회 장로와 속장과 선배와 다섯 사람이 간다. 감방에 있는 죄수들을 전도하기 위함이었다.

사회는 목사님이 인도하시고 간증설교는 나에게 하라고 하셨다. 죄수들 앞에서 성령님이 주일학교 때 배운 말씀을 주셨다. "하나님이 세상을 이처럼 사랑하사 독생자를 주셨으니 이는 그를 믿는 자마다 멸망하지 않고 영생을 얻게 하려 하심이라."(요한복음 3장 16절) 이 말씀으로 감방에 죄수들에게 회개의 역사가 일어났다. 각자 갇혀있는 감방에서 가슴을 치며 우는 죄수들도 있었다. 떠나올 때 철문 사이로 악수하며 인사할 때 어떤 죄수는 내 손을 놓지 않아서 경찰이 풀어 주었다.

죄수들이 있는 감방 예배를 마치고 경찰서를 나왔다. 정오였다. 목사님과 선배의 간절한 기도가 성령의 깊은 감동으로 눈물을 주신 예배였다. 그날 어느 권사님이 목사님과 우리를 집으로 초대하여 점심을 대접했다. 권사님 댁에서 간단한 예배와 기도를 하고 맛있는 점심을 먹었다.

홍성은 낯선 지방이다. 목사님 도움으로 전도 일정을 잡았다. 노방전도는 광천과 홍성 장날로 정했다. 홍성에서 헤어지며 목사님이 성경책에서 하얀 봉투를 선배에게 주셨다. 교회가 주는 감사의 인사라고 했다. 집회마다 성령의 역사가 큰 은혜였다고 했다.

두 번째 가는 전도지역은 읍에서 십 리가 넘고 마차가 다니는 농촌이었다. 훈훈한 봄바람이 불어오는 1차 여행은 문이 열렸다. 교통은 장항선 기찻길이 있고 버스는 하루에 한두 번 다니는 농촌이다. 따뜻한 봄날 보리밭 사이 길로 걸으면서 선배의 전도 경험 이야기를 들으며 나는 기도했다. 지난날 나의 짧았던 생각과 그릇된 판단으로 무량사에 간 것을 기억 마시고, 용서하여 주소서, 나는 항상 부족함을 느끼오니 늘 나와 동행하사 나를 지켜주소서, 간구했다.

찾아간 교회는 농촌 감리교회였다. 목사님 내외분이 친절하게 맞아주었다. 저녁 밥상에 봄나물이 올라와 입맛이 돋아 저녁을 잘 먹었다. 배가 부르니 피곤이 왔다. 성전에 가서 쉬고 싶었다. 귀한 삶을 묵상했다. 골고다의 십자가를 앞에 두고 마지막 제자들에게 남기신 교훈을 하나하나 떠올렸다. 인생살이에 지치고 고달픈 자들, 또는 율법의 무거운 짐을 지고 신음하는 자들, 죄를 짓고 죄책감에 시달리는 자들, 다 내게로 와서 쉬게 하리, 라는 주의 음성이 들렸다.

목사님은 금요 철야 기도회에 설교를 부탁했다. 나는 어젯밤 성전에서 주님이 주신 "수고하고 무거운 짐진 자들아 다 내게로 오라, 내가 너희를 쉬게 하리라."(마태복음 11장 28절)를 외쳤다. 그날 철야 기도는 첫닭이 우는 시간까지 이어졌다. 그 지역에 삼 일을 머물며 가정에서 초청하는 대로 예배를 보고 가정사역에 힘을 쏟았다. 각 가정마다 차이는 있지만 많은 가정들이 문제없는 가정은 한 집도 없었다. 말씀과 기도로 회복이 되기를 간절히 기도했다. 어떤 집사님 가정에는 꽃다운 스무 살 나이에 시누이가 결핵으로 투병 생활 하는 가정이 있다. 가정예배에 은혜를 받고 나약한 시누이는 죽어도 살아도, 용문산 기도원에서 살고 싶다고 했다. 우리를 쫓아가겠다고 했다. 가족들이 의논하고 기어코 우리와 함께 용문산으로 왔다.

전도 여행에서 함께 용문산에 온 그 자매는 하나님을 의지하고 주님을 믿는 믿음이 대단했다. 사감선생님을 통해 기숙사는 조용하고 깨끗한 방에서 기도 생활할 수 있도록 좋은 방을 주었다. 기도원 생활에 적응하며 즐거워했다. 무엇보다 절대자 하나님께서 우리의 삶을 주관하신다는 것을 인정하고 믿었다. 반석 같은 믿음 안에서 활력을 얻고 회복 하려고 했다. 계절이 바뀌었다. 후에 일순이한테 들었지만 행복의 미소를 되찾고 참된 평안에 잠들었다고 들었다.

제2차 전도 여행

제2차 여름방학 전도여행은 경기도 이천 지방으로 파송 받았다. 동행하는 전도자는 오십이 가까운 인생 선배이다. 성경을 많이 읽고 기도하는 영력이 강한 선배였다. 1차전도 여행도 대선배이고 2차 전도자도 엄마 같은 선배다. "여호와여 나의 기도를 들으시며, 나의 부르짖음에 귀를 기울이소서, 내가 눈물 흘릴 때에 잠잠하지 마옵소서."(시편 39편 12절)는 나그네와 같은 인생 본질을 보여주는 나 자신을 조명했다.

나그네와 행인 같은 존재로 엄마와 살았던 고향 같은 땅을 생각했다. 나그네 같은 존재로 강단에서 눈물 흘릴 때 잠잠하지 말아달라고 애원하며 간절히 기도했다. 2차전도 여행에 짝이 된 선배도 강단에 서는 것을 극구 사양했다. 선배는 기도만 하겠다고 한다.

양촌리 감리교회. 어린 시절 아홉 살부터 열세 살까지 주일학교를 다니며 전도한 교회이다. 그때 나를 지도한 최옥순 선생님은 지금도 교회를 섬기며 봉사하고 있다. 내가 주일학교를 다니던 시절에는 총각전도사님이 주말이면 와서 사택에서 살았다. 오래 전부터 중년 목사님 가정이 교회를 섬기고 전도를 하여 교회가 부흥되었다고 한다.

교회는 이번 전도 집회는 건널목 간수의 막내딸 영애가 강사라고 광고를 했다. 교회건물은 오래 전 왜정시대에 지은 양철지붕을 한 작은 교회이다. 전도 집회를 시작한 첫날 강단에서 내려다보니 모르는 얼굴도 보이지만 한 분 한 분 스치는 얼굴은 내가 아는 그리운 얼굴들이다. 주일학교 다니며 하나님 말씀을 배우던 교회에서 전도 집회를 인도하다니. 감회가 깊었다.

작은 교회 가득한 반가운 얼굴을 보면서 말한 마디 못하고. 눈물만 흘렸다. 나는 주께 기도했다. 내가 눈물 흘릴 때에 잠잠하지 마옵소서. 순간 침묵이 흐르고 한줄기 바람이 휙 불었다. 단풍잎이 우수수 쏟아지듯 앉아있는 사람들 속에서 훌쩍훌쩍 우는 소리가 들렸다. 여기저기서 가슴을 치며 마룻바닥을 쳤다. 회개의 역사가 일어났다.

성경 말씀(시편 39편 12절) 본문 봉독만 했다. "여호와여 나의 기도를 들으시며 나의 부르짖음에 귀를 기울이소서, 내가 눈물 흘릴 때에 잠잠하지 마옵소서." 나도 선배도 놀랐고 감사했다. 교회 안에 있던 하나님의 사람이 모두 놀랐다. 강단에서 외치는 소리가 천둥 치듯 크게 울렸다. 그 해 7월 삼복더위도 물리쳤다. 양촌리 전도 집회는 강사인 나부터 구원의 은총으로 대성황을 이루는 잔치였다. 그때 그 여운은 이 나이가 되어도 설레게 한다.

이천군 전도 집회는 가는 곳마다 갈보리언덕의 사랑을 전파했다. 감리교회, 나사렛교회, 그리스도교회, 장로교회, 등에서 전도 집회를 했다. 나사렛교회에서는 신학을 공부하면서 함께 일하자고 권유도 받았다. 나는 부족하여 정중하게 사양했다. 장로교회에서는 미 자립교회 개척교회를 맡아 달라고 했다. 그 요청도 거절했다. 나는 여러 가지로 준비가 안 된 전도자로 실수와 부족함이 하나 둘이 아닌 사람이다. 1차, 2차, 전도도 하나님이 나를 불쌍히 보시고 허물을 덮고 주의 도구로 사용하신 은혜다.

어느 교회에서는 1년만 함께 일해 달라고 하는 데도 있었으나 그 일도 실력이 부족하다며 사양했다. 큰 감리교회 목사님이 한번 와서 설교를 부탁 하셨다. 지금까지는 지방 읍이나 면 소재 지역 지방에서만 전도를 했다. 큰 교회 강단에서 설교하고 싶은 마음이 생겼다.

용기를 내어 목사님의 아들인 농촌교회 목사님에게 연락 드렸다. 이천 지방 농촌교회 목사님 교회에서 알게 된 인연이었다. 아들 목사님과 수요일 저녁 예배를 인도했다. 그 다음날 큰 교회 목사님은 추천서 한 장을 써서 편지봉투에 넣어 경기도 지방도시 보육원에 장로님이 운영하는 사회 사업하는 보육원에 가보라고 하셨다.

그곳에 찾아갔다. 그날로 보육원에서 일하기 시작했다. 보육원에서 원생들과 씨름하며 바쁘게 살다 보니 용문산에 있는 일순이와 편지가 뜸해졌다. 일순이가 궁금할 것을 알면서도 답장을 못했다. 10월 어느 날 일순이가 용문산에서 나를 만나러 보육원에 왔다. 나의 하루하루를 보면서 일순이는 큰 은혜를 받았다. 언니가 가는 길도 하나님의 일이구나 생각이 들었다고 했다.

용문산으로 가는 일순이를 배웅하기 위해 버스를 타려고 정류소에 나왔다. 먼저 일순이가 입을 열었다. 언니 기숙사방과 옷들은 어떻게 할까, 하고 물었다. 나는 일순이에게 부탁했다. 내방은 다른 학생을 주고 내 살림도구도 없는 학생 주어라. 그리고 책은 네가 알아서 정리하고 승복과 바랑은 깨끗이 버려라. 나대신 수고해다오. 버스차장이 떠나려고 올라 탈 때 보육원에서 받은 월급봉투를 일순이 손에 쥐어 주었다. 일순아 미안하다, 미안해. 눈물로 작별을 했다.

나는 그만 일순이와의 약속을 지키지 못했다. 2차전도 여행에서 기도원으로 돌아가지 못했다. 삼선봉 구국제단에서 기도하자던 일순이와의 약속을 내가 먼저 지키지 못했다. 일순이에게 미안하고 미안했다. 그렇지만 전쟁고아와 부모가 없어 갈 곳 없는 나 같은 고아들을 위하여 일하고 싶었다. 그들과 함께 살려고 보육원으로 발길을 돌렸다.

스치는 바람결에 일순이는 신학교를 졸업하고 수도사의 길을 걷고 있다는 소식을 들었다. 스무 살 되던 해, 영애 언니와의 약속을 기억하며 일순이는 노 수도사가 되었다. 지금도 돋보기 안경 너머로 구국제단을 지키자며 약속하고 떠난 언니를 기다리고 있다.

받은 복 헤아리기

버스 창가에 앉은 일순이가 나를 불렀다. “용문산에 언제 올 거야? 언니, 구국기도 시간도 내가 해볼게.” 말하며 흐르는 눈물을 손등으로 훔친다. 나도 눈물이 핑 돌았다. 감정을 주체할 수 없어서 “미안하다 일순아!” 그냥 미안하다는 말밖에 못했다. 정각에 떠나는 서울행 직행 버스는 미끄러지듯 정류소를 떠났다.

정류소에서 보육원까지는 오 리 길이다. 넓은 들길과 신작로 산비탈 오솔길을 걸으면서 스무 살이 넘도록 살아온 받은 복을 헤아려 보았다. 나는 일찍이 부모님이 돌아 가셨지만 언니가 셋, 오빠가 셋 그리고 형부, 올케언니, 사랑스런 조카들, 다복한 가정의 막내이다.

소꿉동무 정자가 있고 사춘기 학창시절, 문임, 명자, 정자, 선자가 있다. 여고시절에는 현자가 산사에 있는 나를 영생이 있는 길로 인도했다. 용문산 기도원의 일순이와 사감선생은 전도자가 되기까지 용문산에서 돌봐준 주의 종들이다. 나에게 언덕과 힘이 되고 위로와 용기를 준 사람들을 헤아리면 열손가락이 모자란다. 지금까지 살아온 여정에서 고난과 시련도 있었다. 극복할 수 있는 힘은 하늘이 주신 복이다.

보육원에서 내가 맡은 원생들은 1학년부터 6학년까지 여자 아이들이었다. 고학년 아이들은 크다고 자기 일을 정돈하며 도움 없이 씩씩

하게 학교 잘 다니며 공부한다. 어린 아이들은 귀엽고 예쁘다. 언제나 나를 보면 새벽 별처럼 반짝반짝 빛나는 눈동자들이 내 품으로 안긴다. 서있으면 다리 사이로 칭칭 감긴다. 그래도 심심하면 마른 잎만 달려있는 가을 길로 가자고 졸라댄다. 가을하늘을 보면서 오솔길을 걸으면 떨어진 단풍잎을 모으고 좋아한다. 이 녀석들과의 하루는 짧기만 하다. 아이들과 지내면서 보람이 보일수록 희망과 꿈이 점점 커졌다. 보석 같은 아이들과 사는 것은 내게 주신 복이었다.

저물어 가는 가을, 같이 일하는 여자선생이 야학선생을 소개했다. 군에서 제대하고 뜻이 같은 친구와 면 소재지에 중학교 못 가는 학생들 야학을 시작했단다. 야학에서 선생을 구한다며 만나보라고 한다. 나는 나의 부족을 알기 때문에 거절했지만, 그래도 한번 만나보라고 권유하여 만났다. 야학선생에게 나는 그 학교에서 가르칠만한 사람이 못된다고 이야기했다. 의미 없는 만남이었다.

바람이 매섭게 부는 겨울이었다. 크리스마스 전후로는 이웃을 돌아보는 온정의 손길이 오가는 계절이다. 미국에서도 겨울옷을 많이 보내 주었다. 원생들이 춥지 않게 따뜻하게 겨울을 보냈다.

어느 날, 야학선생이 전화 했다. 나를 꼭 만나고 싶다고 한다. 내 나이도 스무 살이 넘었다. 남녀 간의 만남이란 의미 있는 만남이 아니면 만날 이유가 없다. 전화를 끊고 생각하니 은근히 짜증이 나고 화가 났다. 다시는 전화하지 말라고 경고하려고 다방에 나갔다. 저녁 시간인데 다방이 썰렁했다. 나를 만난 야학선생은 반가운 표정으로 미소를 지었다. 커피 한잔 시키고 말을 하려고 하는데 야학선생이 먼저 입을 열었다. "오 선생님, 학생들 가르칠 수 없으면 우리 결혼해서 같이 일해요. 내가 수레를 끌면 뒤에서 밀어만 주세요. 그것도 안 되겠어요?" 하고 나를 보았다. 듣기로는 약혼한 신붓감이 있는 것으로 알고 있었다. 그날 밤 잠을 설쳤다. 이곳을 떠나야 한다는 생각뿐이다. 사람들 입에 오르내리지 않고 수정같이 맑은 물처럼 살고 싶었다. 아침을 먹고 원장님 앞에 사표를 제출했다. 그리고 가방을 들고 버스를 탔다.

서울을 향해 달리는 버스는 이천을 지났다. 곤지암을 달리는 버스 안에서. 어디로 가야 하나 생각했다. 모든 일이 안 되면 언제고 용문산에 가면 된다고 생각했다. 서울, 인천에 언니, 오빠가 살고 있지만 그 집은 언니 오빠 집이었다. 어린 시절 엄마와 살던 집이 우리집이었다.

인천에 도착했다. 잘 아는 성결교회 장로님이 보육원을 경영하고 계셨다. 찾아갔더니 마침 보육원에 계셨다. 반가워하며 그 자리에서 일해보라고 하셨다. 원장님은 내게 맡길 일을 하나하나 설명해주었다. 전체 원생들에게 일주일에 한 번은 강단에서 예배를 드리며 인도하라 하신다. 사춘기 원생들이나 학교에 진학하는 중, 고등학생들 상담도 들어주고, 신앙 안에서 지도하라고 하신다. 아주 어린 아이들은 엄마처럼 친구처럼 함께 놀아 주라고 하셨다.

중학교, 고등학교, 큰 원생들의 고민은 내가 해결해 주기엔 벅찼다. 문학, 역사, 철학, 종교 등, 기본실력이 부족하여 밤새도록 책을 읽었다. 원생들을 지도하는데 도움이 되고 싶었다. 틈틈이 나의 모자람을 탄식하며 묵상할 때 하나님도 나를 홀로 두지 아니 하셨다. 그리스도의사랑 인간의 지식을 초월하는 하나님 사랑을 성경으로 알려주라 하신다.

매일의 삶에서 얄팍한 피상적인 존재가 아니라 깊이와 높이가 더해

지기를 소원하는 삶을 살라 하신다. "능히 모든 성도와 함께 지식에 넘치는 그리스도의 사랑을 알아 그 넓이와 길이와 높이와 어떠함을 깨달아 하나님의 모든 충만하신 것으로 너희에게 충만하게 하시기를 구하노라."(에베소 3장 18절 19절) 사랑하는 사람들과 더불어 삶에 높이와 깊이가 되기를 소원했다.

인천에 와서 일하며 감사한 것은 원생들의 눈에 띄는 변화였다. 원생들은 거칠고 딱딱했다. 송사리만 살던 냇물에서 깊은 성경의 바다에 이르면서 살아온 날들이 부끄럽게 생각되었다. 철없는 어린 아이들을 따뜻한 가슴으로 사랑해주었다. 기쁨이 넘치고 꿈꾸는 나무가 되어 자라는 아이들과 지내는 일은 하면 할수록 보람을 느끼는 일이었다. 하늘에서 내게 주신 큰 복이었다.

가을도 깊어가는 10월 어느 날 오후, 신 선생에게 전화가 왔다. 작년 지방보육원에서 일할 때 만났던 야학선생이다. 아무도 모르게 떠나오고 지금까지 누구에게 연락 한 번 안하고 살았는데 어떻게 알고 왔을까. 신기했다. 약속한 다방에서 1년 만에 만났다. 반가웠다. 신 선생은 미소를 지으며 인천에 온 목적을 말했다. 나의 보호자인 언니 오빠를 만나고 싶다고 했다. 그때 오빠 하나는 공군에 있고 언니 하나는 청주에 있었다.

연락이 되는 형제들이 큰오빠집에 다 모였다. 신 선생은 약혼녀 문제는 오래 전에 깨끗이 정리가 되었다고 한다. 큰오빠로부터 언니들까지 질문들을 했다. 송곳처럼 아프게 물었다. 신 선생은 어떠한 질문에도 당황 하지 않고 차분하게 온유와 겸손을 유지하며 사실 대로 말했다. 나도 놀랐다. 큰오빠 말이 생각난다. 얘기를 다 들어본 다음, "어이 이 친구 괜찮은 친구네."하며, 이제 두 사람이 의논하여 결혼 하라고 허락 하셨다. 큰오빠 집에서 신 선생은 고시보다 더 힘든 관문을 통과했다.

저녁상을 물리고, 화목한 분위기 속에서 우리 집에 귀한 보석이 들어왔다며 덕담이 오고 갔다. 조상 묏자리가 좋아서 하늘에서 맺어준 인연이라고 모두가 좋아하고 감사했다. 큰올케언니는 생선장수를 하면서도 신 선생에게 최고급 양복 한 벌을 맞추어 주었다. 큰언니는 명품 만년필을 사주었다.

1965년 10월 25일 인천에서 김삼관 목사님 주례로 결혼식을 올렸다. 신 선생과 나는 결혼하기 전에 몇 가지 의논했다. 신혼여행은 가지 않기로 하고 결혼식 끝나면 시댁으로 가서 살기로 약속했다. 내가 엄마가 일찍 돌아가셨으니 어르신 계신 대가족과 살고 싶다고 말했다. 나의 이상과 꿈은 룻과 같이 어머니를 섬기며 사는 것이었다. 나의 기도가 이루어졌다. 보아스 같은 남자 만나서 결혼하고, 어른들과 시댁 가족이 풍성한 집에서 사는 크나큰 축복을 받았다. 받은 복을 헤어보면서 하느님께 감사를 드렸다.

2부

시집가던 날 1

이 아름다운 가을, 10월 마지막 토요일에 인천 '홍여문 예식장'에서 오전 11시에 결혼을 한다. 신랑은 경기지방 농촌에서 야학을 열어 아이들을 가르치는 총각 선생이다.

나는 그동안 일했던 계성보육원을 떠나며 원장님 내외분께 인사를 드렸다. 내외분은 결혼을 축하해 주셨다. 기뻐하시며 손에 봉투를 쥐어 주셨다.

보육원 앞에서 택시를 타고 큰오빠 집으로 왔다. 기다리던 큰 올케 언니가 반가이 맞아주었다. 들고 들어간 옷가방과 책가방을 받아서 조카 방에 넣었다. 점심시간이 되었다. 올케 언니는 부엌으로 들어가 점심상을 차렸다. 정오의 가을 햇살이 따뜻했다. 마루에 걸터앉아 푸르고 높은 가을 하늘을 올려보았다. 내일 모레 결혼을 생각했다. 지난 가을 지방보육원에서 야학선생을 구한다는 선생을 두어 번 만났던 것이 인연이 되었다. 늘 나와 동행하시는 주님의 섭리였다.

점심상을 들고 안방으로 가시는 언니가 점심 먹으라고 부르신다. 점심상에는 내가 좋아하는 가을 아욱국과 햅쌀밥이 담겨있다. 콩나물과 시금치나물에 두부조림까지 있다. 맛있는 점심이었다. 오랜만에 집밥을 먹으니 꿀맛이었다.

점심 먹고 동네 목욕탕에 다녀왔다. 큰오빠도 들어오시고 조카들도 학교에서 돌아왔다. 저녁밥상에는 가을 무 넣고 소고기국을 끓이셨다. 맛있는 김치, 깍두기, 동치미까지 저녁밥도 가족이 즐겁게 먹었다. 몸도 마음도 깨끗하게 씻었다. 쉬고 싶었다.

자리에 누워서 눈을 감았다. 보고 싶은 얼굴이 떠올랐다. 일찍 아버지를 여의고 13살 때 엄마가 돌아가셨다. 고등학교 졸업을 반 년 앞두고 중퇴했다. 그 후, 충청도, 경상도, 경기지방 보육원에서 원생들과 씨름하였다. 험한 나그네길에서 여기까지 인도하신 하나님의 은혜였다.

금요일이다. 큰 올케언니도 몸과 마음이 바쁘기만 했다. 내일이면 막내시누이 시집가는 날이다. 3주일 전 신랑감이 다녀갈 때 언니는 신랑 양복을 맞추어 주셨다. 그때 언니와 오빠는 여자가 결혼하는데 필요한 신부의 몫은 나누어 준비하겠다고 말했다. 총각선생이 왔을 때 결혼 날과. 예식장 예약, 주례목사님도 만나서 인사도 드렸다. 그리고 총각선생과 나는 부근에 있는 사진관에서 사진을 찍었다. 약혼 사진이었다.

오후가 되었다. 서울에 사는 큰언니가 고등학교 다니는 조카와 같이 이불을 해가지고 왔다. 조금 후 문산 사시는 작은오빠 내외가 어린 조카를 데리고 왔다. 작은 오빠는 군에서 제대하고 미군부대 다니며 가난하게 살 때였다. 형편에 맞는 옷장 사주라고 만 원을 내놓았다. 기다리던 작은언니도 도착했다. 작은언니는 신부 입을 옷을 맡았다. 당장 내일 예식 끝나면 드레스 벗고 입을 한복이 걱정이었다. 급한 마음에 작은언니가 들고 들어온 옷 짐을 풀었다. 그 짐 속에 공단, 양단, 호박단, 유똥, 빌로드 등 보통사람은 입기 어려운 값나가는 명품 한복이 들어 있었다. 최고의 품격 있는 원단으로 만든 한복은 지위와 재물이 풍부한 사람들이 나들이옷으로 입던 것이었다. 고맙고 감사했다. 내가 전기불도 들어오지 않는 시골에서 입을 옷은 아니었다. 작은언니는 눈에 띄지 않는 부자였다. 인천에서 생선 장사를 했다. 억척스런 여장부로 심성이 착했다.

큰언니는 내 손목을 잡고 밖으로 나왔다. 택시를 타고 배다리 시장으로 달렸다. 한복집과 한복 천을 파는 도매상점까지 돌고 돌았다. 아주 작은 한복 만드는 가게에도 갔다. 내일 입을 신부 한복은 살 수가 없었다. 할 수 없이 집으로 오는데 큰 도매상 한복집에 걸려있는 한복이 눈에 들어왔다. 검은 수박색 치마에 금색 반짝이가 들어있었다. 그 치마에 입고 있는 저고리는 옷고름 없는 미색 저고리였다. 중년에 고상미를 풍기는 옷이었다. 큰언니는 수박색 치마에 미색 저고리를 샀다. 택시를 타고 오면서 내일 드레스 벗으면 입을 옷이라 했다.

토요일 오전 11시, 결혼식 날이다. 오전 8시에 신부화장실로 갔다. 그곳에 친구 둘이 기다리고 있었다. 청첩장도 만들지 못했다. 두 사람에게만 결혼한다고 알렸다. 나도 3주일 전에는 결혼한다는 것을 몰랐으니까. 신부화장실에 누워서 친구의 이야기를 들었다. 진정한 우정과 사랑에 이러한 희생과 봉사가 있는가 싶었다. 중학교 교장선생님 말씀이 떠올랐다. 아침 조회 시간이면 늘 하시는 말씀은 학생은 학문에 열중하는 것이 본분이라 하셨다. 그보다 더 큰 본분은 이웃을 돌아보며 나눔과 봉사를 실천하는 '인성의 딸'이 되라고 했다. 그 교훈을 먹고 자란 딸들이 모여들고 있었다. 신부화장을 마치고 머리도 미용사의 손끝에 따라 올라갔다. 드레스도 입었다. 10시30분 되었다. 신부

대기실로 나갔다.

대기실에서 친구들을 만나고 있는데 밖에서 큰오빠 소리가 들렸다. 다른 남자소리도 들려서 친구에게 밖에 무슨 일이 있느냐고 물었다. 이름 소동이 일어났다고 했다. 국민학교 졸업 후 꼭꼭 숨겨 두었던 나의 호적이름이 소환되었다. 한 번도 가보지 못한 아버지의 고향 예산군, 덕산면 복당리 호적계에 보관된 신부 '오연애'가 소환되어 신랑 신응선 옆에 있었다.

나는 이름이 둘이다. 엄마와 가족이 지어 주신 호적이름은 오연애, 집에서 부르는 이름은 오영애이다. 지금까지 오영애로 살아왔다. 돌아가신 엄마, 언니, 오빠, 단비 같은 친구들에게 미안했다. 고개를 들 수 없도록 미안한 것은 오늘 결혼하는 신랑이다. 신부로서 부족함이 너무 많았다. 미안함을 넘어서 깊이 반성하며 용서를 구했다.

오늘 결혼식에 축가가 빠졌다. 다행히 음악을 공부한 친구들이 많이 왔다. 그 중에는 중학교부터 합창단에서 노래한 친구들과 학부로 공부한 친구가 있어서 즉시 합창단을 만들었다. 이십여 명의 합창단이 부른 축가는 제목이 '즐거운 나의 집'이었다.

오빠의 손목을 잡고 입장한 나는 처음부터 울면서 결혼을 했다. 주례목사님의 주례사를 들으면서도, 친구들이 아름다운 목소리로 축가를 불러주어도, 하염없이 눈물이 흘렀다. 결혼식은 끝났다. 주례목사님과 사진을 찍었다. 가족사진도 찍었다. 친구들이 많이 왔다. 너무 고마워 울면서 사진을 찍었다.

결혼식이 끝났다. 어제저녁에 배다리 시장에서 산 한복을 입었다. 점심은 간단하게 먹었다. 신랑 측 가족과 친구들이 새벽 첫닭이 울 무렵 여주에서 미니버스로 출발하여 인천에 왔다. 결혼식 마치고 다시 여주로 돌아가야 한다. 거리는 인천에서 여주까지 250리 길이다. 지금 말하는 거리는 반세기 이전 수인선, 수여선 철도 거리를 말하는 것이다. 인천에서 여주를 다니려면 기차를 이용했다. 기찻길을 중심으로 그 옆으로 신작로가 왜정시대에 만들어졌다. 인천을 떠나 여주까지 가는 시간은 6시간이면 도착한다.

결혼식 내내 울면서 결혼한 영애를 보내는 마음이 서러웠나 싶다. 친구 둘이 함께 타고, 우리 가족에서는 큰오빠가 타셨다. 버스는 인천을 떠나 여주로 가는 신작로를 달렸다.

시집 가던 날 2

시댁으로 달리는 버스 안에서 큰오빠에게 감사를 드렸다. 부모님이 돌아가셨지만 오빠가 계셔서 결혼하는데 걱정이 없었다. 오빠는 칠 남매 중 호주로서 막냇동생 시집가는데 대표로 가신다. 키가 크고 멋있는 모습에 호감이 가는 매력적인 오빠였다. 타고난 언변에 공부도 할 만큼 한 분이었다.

결혼식을 끝내고 여주로 출발하려는데 셋째 오빠는 동생을 그대로 보낼 수 없었던 모양이었다. 내 친구 중에서 나와 가까운 현자와 신재에게 부탁하여 함께 다녀와 달라고 부탁했다. 두 친구가 버스에 탔다. 꽃피는 학창시절 쓰러지면 일으켜주었던 막역한 사이었다. 나는 언제나 슬픔도 기쁨도 혼자가 아니었다.

인천을 떠난 버스는 5시간 걸려서 저녁 7시에 시댁 마을 입구에 도착했다. 그나마 전세버스로 달려서 시간이 단축되었던 것이다. 마을 아이들이 새색시 구경한다고 신작로까지 나와 있었다. 동네어른들이 꽃가마를 들고 나를 기다리고 있었다. 나는 버스에서 내려 가마를 탔다. 오빠와 친구들은 가마 뒤를 걸었다.

시댁 마당 멍석 위에 가마가 멈추었다. 어느 분이 가마 문을 열어 주었다. 나는 가마에서 내렸다. 먼저 시어머니가 나를 반겨 주셨다. "어서 오너라. 수고가 많았다."하시며 방으로 들어가자고 하셨다. 안방에 들어가니 내자리가 준비되었다. 나는 그 자리에 앉았다. 친구들이 내 옆에 앉았다. 어느 분이 머리에 족두리를 씌워주었다.

조금 후 저녁상이 들어왔다. 친구들은 건넛방에서 저녁을 먹고 나는 신랑하고 안방에서 먹었다. 저녁을 먹은 다음 중요한 순서가 남았다고 했다. 시댁 어르신과 아이들에까지 폐백 드리는 순서였다. 영월 신 씨 가문의 가까운 친척은 모두 오셨다고 했다. 나를 도와주는 두 분이 양쪽에 있었다. 폐백이 끝났다. 시댁 마을에 영월 신 씨가 다섯 집이라 했다. 시계를 보니 밤12시였다. 나는 그 자리에 쓰러져 잠이 들었다. 나의 첫 날밤은 그렇게 지나갔다.

동 트는 새벽인가 싶었다. 사람들 소리가 들렸다. 아침밥 먹는 시간이었다. 큰오빠와 현자와 신재가 궁금했다. 안방으로 친구들이 들어왔다. 친구들과 아침밥을 먹었다. 일찍 여주읍으로 나가야 서울 가는 버스를 탄다고 했다. 오빠는 다른 집에서 주무셨다. 그 댁에서 아침식사도 하셨다. 떠나기 전, 동생 영애를 만나보고, 사돈어른들에게 인사하고 내 친구들을 데리고 가려고 오신 것이다.

오빠는 멍석을 깔아 놓은 마당에서 사돈어른들에게 인사를 하셨다. "철없는 우리 막냇동생, 부모님 그리워하며 살았습니다. 결혼해서 그 한을 푸는 것 같습니다. 하늘에서 주신 복입니다. 내 동생이 바보는 아니라서 위 어르신들 사랑받으며 시부모님을 잘 모실 동생입니다. 이제 마음 놓고 가벼운 발걸음으로 가겠습니다. 안녕히 계십시오." 인사를 하고 떠났다.

나는 오빠와 친구들과 걸으면서 동산 언덕 위까지 갔다. 오빠는 그만 집으로 들어가라 하시고 시간이 나면 또 오마 하셨다. 현자가 나를 부르면서 말했다. "신 선생 같은 착한 사람 만나서 결혼 참 잘했다. 와서 보니 아름다운 농촌 마을이라 시댁사람들도 착해 보인다. 너는 어디서나 단비 같은 사람이라 걱정 안 한다."고 했다. 서울 도착하면 편지 할 테니 너도 편지 하라고 당부하였다. 그렇게 말하고 뛰어가 오빠와 같이 논두렁을 길을 걸어갔다. 점점 뒷모습이 작아지며 오빠와 현자, 신재는 보이지 않았다. 나는 언덕 위에서 엉엉 울고 말았다. 옆에 있는 신랑이 내 손을 잡고 시댁을 들어갔다.

오늘 저녁식사는 신랑 친구들을 초대했다. 결혼 전에 약속한 저녁대접이다. 동네친구와 학교친구들이 온다고 했다. 이십여 명 생각했는데 저녁에 온 친구는 십여 명 좀 넘었다. 시댁 집안에서 맛있는 음식으로 풍성하게 차렸다. 저녁을 마친 친구들은 2부 순서로 들어갔다.

2부 맡아서 사회를 보는 친구는 입담도 좋지만 재치도 있고 공부도 많이 하신 분 같았다. 질서 있게 진행 하는 사회자는 노련했다. 모인 친구들이 빠짐없이 노래와 장기 자랑을 했다. 마지막으로 내 차례 되었다. 도리 없이 노래를 불러야 했다. 나는 일어나 두 손을 모으고 눈을 감고 불렀다.

나실 제 괴로움 다 잊으시고, 기를 제 밤낮으로 애쓰는 마음, 진자리 마른자리 갈아 뉘시며, 손발이 다 닳도록 고생하시네, 하늘 아래 그 무엇이 넓다 하리요, 어머님의 희생은 가이 없어라. '어머니의 마음'이다. 이 노래는 양주동 작사, 이홍렬 선생이 1930년 작곡을 하셨다. 노래가 끝나자 안방에서 박수가 터졌다. 부엌에서 마루에서 마당에서 박수가 터졌다. 앵콜이 터졌다. 집안에 있는 사람들이 앵콜을 외쳤다.

나는 앵콜과 박수소리에 그대로 앉아 있을 수가 없었다. 다시 일어났다. 두 손을 모으고 눈을 감았다. 앵콜곡으로 어머니의 은혜를 또 불렀다. 이 노래는 윤춘병 작사, 박재훈 작곡으로 1946년 작곡했으나 1953년 발표했다. 1절부터 3절까지를 불렀다. '높고 높은 하늘이라 말들 하지만 나는 나는 높은 게 또 하나 있지, 낳으시고 기르시는 어머님 은혜, 푸른 하늘 그보다도 높은 것 같애, 2절 – 넓고 넓은 바다라도 말들 하지만, 나는 나는 넓은 게 또 하나 있지, 사람 되라 이르시는 어머님 은혜, 푸른 바다 그 보다도 넓은 것 같애, 3절 – 산이라도 바다라도 따를 수 없는, 어머님의 큰사랑 거룩한 사랑, 날마다 주님 앞에 감사드리자, 사랑의 어머님을 주신 은혜에.' 앵콜 박수와 함께 온 집안에 '우와' 소리도 함께 터져 번져갔다.

영애와 연애

일곱 살 되던 해 세류 국민학교에 입학했다. 학교선생님이 내 이름을 오연애로 불렀다. 나는 영애인데 왜 연애로 부르냐고 엄마한테 물었다. 나는 두 이름을 가졌다고 했다. 집에서는 영애로 부르고 학교에서는, 못 연(淵)자가 돌림이라 호적이름을 부른다고 했다.

학교에 들어 간지 3개월이 되었다. 6·25 전쟁이 일어났다. 전쟁이 끝날 때까지 3년 동안 학교를 쉬었다. 엄마가 수여선 오천역으로 전근이 되었다. 전쟁이 끝나던 해, 엄마는 오빠와 나를 그곳 미장 국민학교에 전학을 시켰다. 열 살인 나는 4학년, 다섯 살 위인 오빠는 5학년에 들어갔다.

5학년이 되었다. 우리 학급에 내 또래는 많지 않고 대부분 서너 살 위였다. 덕평리에 사는 고설자는 열일곱 살 먹은 힘이 세고 덩치도 크고 말도 잘하는 처녀 학생이었다. 어느 날 운동장을 지나가는데 고설자가 자기 마을 아이들을 데리고 놀면서 내 이름을 노래로 부르며 놀려대고 깔깔 웃으며 조롱하고 있었다. '오연애, 오애, 오연애, 오애' 계속하여 내 이름을 부르면서 고무줄놀이, 사방치기, 새끼줄 넘기 등 빙빙 돌고 뛰면서 신나게 놀았다.

고설자를 상대해 왜 남의 이름을 함부로 놀려 대느냐고 따지고 싶었지만, 그 앞으로 나설 수가 없었다. 아이들이 고설자와 내 이름으로 노는 것을 바라보고 들으면서 정신적인 충격으로 온 몸이 떨리더니 굳어오고 있었다.

이 일로 인해 충격을 받아 교실에서 쓰러진 이야기, 그리고 국민 학교를 졸업할 때까지 내이름 '오연애 오애'를 부르는 게 그 지방 사람들에게 완전히 생활화되었다는 이야기를 독자 여러분은 기억하시리라 믿는다.

다음 해 봄, 내 국민학교 졸업을 앞두고 엄마가 2월 7일 돌아가셨다. 엄마는 어질고 착한분이었다. 엄마에게 호적 이름으로 속상하게 해드리고 싶지 않았다. 엄마가 지어준 호적이름을 바꿀 수가 없었다. 2년 동안 조롱당했던 상처를 참고 견딘 것은 백 번 잘했다고 생각했다.

영애와 연애라는 두 개의 이름은 중학교를 졸업하면서 다시 문제가 되었다. 셋째 언니 도움으로 학기 중에 '영애' 이름으로 중학교에 편입했다. 졸업반이 되었다. 담임 선생님은 호적초본이 있어야 졸업을 한다고 했다. 본적지인 예산군 덕산면에 편지를 띄웠다. 호적초본이 왔다. 나는 국민학교에서 호적이름 때문에 상처 받은 고통을 상세히 말씀드렸다. 교장선생님의 선처로 중학을 졸업할 수 있었다.

영애와 연애, 두 개의 이름으로 인한 소동은 결혼식장에서 또 일어났다. 1965년 10월 25일 오전 11시, 결혼식 날이었다. 예식장에 와보니 가까운 친구들이 나를 기다리고 있었다. 오전 10시 넘어 큰오빠가 예식장에 오셨다. 소동이 일어났다. 신부 이름이 '오영애'로 적혀 있었기 때문이었다.

오빠는 큰소리로 신랑을 불렀다. 신부이름도 모르고 결혼하는 신랑이 어디 있느냐고 신랑에게 호통을 쳤다. 옆에 있던 신랑 형이 결혼도

안 한 신랑을 죄인처럼 몰아붙이는 법이 어디 있냐고 한마디 거들었다. 나는 친구 평자에게 무슨 일이냐고 물었다. 사정을 듣고 난 후, 하객들이 혼동하지 않게 안내해 달라고 부탁했다. 이름이 오영애 대신 오연애로 모두 바뀌었다. 결혼사진 마다 '오연애'가 찍혔다.

은혜와 감사가 넘치는 결혼식이었다. 남편은 한평생 영애와 연애를 사랑하며 살았다. 결혼 50주년을 기념하고 후회 없이 살았노라 고백하고 조용히 눈을 감았다.

영애와 연애. 생각하면 '연애'라는 이름은 부르기 쉽고 외우기 좋은 정말 특별한 이름이다.

'서로 사랑하라'는 하나님의 계명에도 어울리는 의미로운 이름이다. 그 좋은 이름 하나면 충분할텐데 '영애'를 함께 써온 사실이 지금 생각하면 후회가 된다.

그러나 어쩌겠는가. 그렇게 된 이유가 어디에 있건 긴 긴 세월 두 개의 이름으로 살아와버린 것을. 둘 중 하나를 버릴 수 없는 운명이 되어버렸다. 나는 죽는 날까지 영애와 연애를 함께 데려가려고 한다. 그리하여 내 묘비명에 다음과 같이 써 놓으면 어떨까 생각해보고 있는 중이다. "한평생 '영애'와 '연애' 두 개의 이름으로 하나님을 믿고 운명을 헤쳐 온 여인 여기 잠들다."

기현이 도련님

여주는 나에게 다시 돌아갈 수 없는 소중한 추억의 고향이다. 반세기 넘어간 기억을 소환하면 어디선가 그리운 시어머니의 음성이 은은히 들려온다.

나는 가을에 인천에서 결혼하고 시댁 여주로 갔다. 남편은 결혼 전에 몇 번 만났다. 첫 인상도 좋았고 겸손했다. 결혼한 후, 시댁의 가문과 그분들의 살아오신 삶이 궁금했다. 사람들은 '시집살이란 청양고추 맛보다 더 맵다'고 했다. 시댁 어른들에게 배우면서 남편의 가족과 함께 살고 싶었다.

여주에서 첫 딸을 낳았다. 시어머니는 손녀를 받고 기뻐하며 첫 딸은 살림 밑천이라고 하셨다. 남편도 좋아하며 감사를 드렸다. 남편은 그동안 해오던 야학을 그만 두는 것으로 정리했다. 그리고 여주를 떠나 인천으로 가려고 계획을 세웠다.

그 무렵 시댁 마을에는 면허 없는 돌팔이 침쟁이가 살고 있었다. 아내와 함께 삼남매를 기르면서 사는 가난한 사람들이었다. 비탈길에 보리밭 한 뙈기도 없는 마을에 짐을 풀고 솥단지를 걸고 사는데, 알고 보니 한의사는 유식한 사람이라고 했다. 한문으로부터 한글까지 학문이 풍부하고 결혼 사주까지 잘 아는 사람이라 했다. 한의사 면허만 없다 뿐이지 한밤에 사경을 헤메는 환자의 맥을 짚어보고 침 한 방으로 살아났다는 전설 같은 이야기도 있었다.

이웃 동네와 고개 너머 마을까지 어른, 아이, 갓난 애기 등을 치료하여 용하다고 소문난 돌팔이 한의사였다. 아픈 사람이 치료받고 돌아갈 때에는 고맙다고 인사를 하지만 언제나 한의사 집에는 삼시 세 끼가 걱정이었다. 시골에서는 돈이라야 오일장이 서는 읍내 장에 다녀와야 만질 수 있었다. 집에 있는 곡물이라도 나누어 먹으면 배고픈 설움은 면하지 않을까 싶었다. 어느 날, 한의사 아내가 남편과 어린 자식을 두고 어디론가 떠나버렸다.

그 후, 어느 날 갑자기 강건하던 한의사가 돌아가셨다. 우리 마을도 놀라고 이웃 마을도 놀라워하며 슬퍼했다. 동네에서는 이장과 마을 어른들이 모여서 장례 문제를 의논했지만 소소한 돈이 아니라 큰돈이 있어야 했다. 이 고장 사람이 아니라 마을에서 말들이 많았다. 묘자리부터 장례식을 치루는 일에 의견이 분분했다. 국밥에 막걸리라도 한 잔 마셔야 땅을 팔 텐데 걱정이었다. 남편과 아주버님은 마을 사람들에게 걱정 마시라고 했다. 그리고 읍내 정육점에서 쇠고기로 국거리 끓고 양조장에서 막걸리 서너 통 사서 일하는 마을 사람들을 배부르게 대접했다. 돌아가신 기현이 아버지는 양지바른 산자락에 묻혔다.

마을에서는 한의사 장례를 마치고 남편을 칭송하는 소리가 높았다. 남편은 당연이 할 것을 한 것뿐이라고 했다. 성경에 "네 이웃을 네 몸같이 사랑하라."(마태복음 22장 39절)는 자기 희생을 각오하라는 의미라고 했다. 자기 몸을 희생하면서까지 베푸는 사랑이 삶의 공간에 가득 찰 때 천국은 우리 가운데서 점점 더 넓혀지지 않겠는가 하고 말했다.

돌아가신 기현이 아버지는 생전에 남편에게 하나밖에 없는 아들 장래를 유언 겸 부탁하셨다. 기현이를 데려다 기술을 가르쳐 기술자가 되도록 도와 달라고 늘 말씀하셨다고 한다. 세상 살아가는데 기술이 있으면 고생을 덜하고 살 수 있다는 아버지의 자식 걱정이었다.

기현이 아버지 장례가 끝났다. 어디 먼 데서 왔다는 배다른 큰 딸이 왔다. 12살, 10살인 어린 여동생 둘을 데리고 갔다. 남은 사람은 국민학교 졸업하고 15살 되는 기현이었다. 그는 돌아가신 아버지와 여동생을 거느리고 가장으로 살았다. 나뭇짐도 팔고 남의 일도 하면서 품도 팔았다. 청소년으로 고생하며 가난하게 살았다. 남편을 따라온 기현이를 보면서 순간 나의 어린 시절이 떠올랐다. 13살에 엄마가 돌아가신 바로 나였다. 내 마음이 슬프다 못해 아파오고 아파오다 아려 오며 마음이 찢기었다. 나는 이제부터 기현이는 남편의 막냇동생이라고 다짐하고 결심했다. 기현이 앞으로 걸어가 도련님이라고 다정하게 불렀다. 기현이를 도련님이라고 부르는 소리에 시댁 식구와 서있는 기현이가 놀랜 표정으로 어리둥절했다. 기현이 도련님을 가슴으로 안으며 키 큰 기현이 등을 다독다독 두들겨주었다.

그날 밤, 남편의 팔베개를 베고 잠자리에 누웠다. 남편은 눕자마자 내 등을 자장자장 두들기다 잠이 들었다. 코고는 소리가 안방까지 들리는 듯했다. 나는 잠이 오지 않았다. 눈물이 자꾸만 흘렀다. 남편의 팔베개에서 내 베개로 몸을 돌리고 등도 돌렸다. 이불을 끌어 올리고 얼굴을 덮었다. 소리 죽여 흐느껴 우는 바람에 어깨가 들썩거렸다. 우는 소리에 남편이 깨어났다. 왜 우느냐고 물었다. 나는 도련님 가족사가 너무 불쌍하여 이렇게 눈물이 흐른다고 말했다. 남편은 돌아누운 나를 돌이켜 품에 안고 온유한 목소리로 말했다. 내일 일은 우리의 일이 아닐 수도 있다면서 힘겨운 인생에서 힘이 되신 그분께 맡기자고 했다. 성경에도 "내일 일은 걱정하지 말고 내일 걱정은 내일 할 것이다. 한날의 괴로움은 그날에 겪는 것으로 족하다."(마태복음 6장 34절 새번역)고 했다. 내일 걱정은 내일에 맡기고 장래문제를 염려하지 말라는 의미라고 했다.

덕수궁 사진관

인천은 나에게 고향 같은 도시다. 그리운 시절 꿈과 이상이 파도치던 항구 도시다. 우리는 인천으로 이사를 했다. 식구는 남편과 나, 기현 도련님과 첫딸 승희까지 네 명이었다. 남편은 송림동에 이층건물 전체를 월세로 얻었다. 텅 빈 시멘트 바닥만 있는 실내에다 사진관 하나를 만들어 사진관을 영업하겠다는 계약이었다. 건물 주인은 몇 년째 비어 있는 건물이 애물 단지였다. 남편은 군대에서 배운 설계와 사진이 제대하여 사용될 줄은 몰랐다며 허허하며 웃었다.

사진촬영소는 우리를 기쁘고 즐겁게 만들었다. 넓고 편안한 의자를 구입하고 품위 있는 고상한 의자를 넉넉하게 배치했다. 사진 만드는 암실은 필름 현상하는 곳이라 빛이 들어오지 못하게 까만 천으로 커튼을 둘렀다. 칸막이 나무로 단단하게 벽을 만들었다. 응접실은 사진관에 들어오는 사람들이 편안하고 행복을 느낄 수 있도록 만들었다. 벽에 견본으로 걸어 놓은 사진이나 진열장 안의 사진들은 밝고 선하며 상쾌한 얼굴들이었다. 영화배우 사진은 없었다. 모두가 우리 동네 이웃과 친구 같은 평범한 사람들의 사진이었다. 하늘에서 아기천사들이 내려와 찍은 아기의 사진을 바라만 보아도 감사하고 행복했다. 건물이 넓어서 살림할 수 있는 방과 부엌까지 만들었다. 방은 시멘트 위에 다다미를 깔았다. 다다미는 볏짚으로 만든 돗자리였다. 사진관 안에 살림방까지 있어서 직원들 식사는 편리했다.

사진관 이름을 '덕수궁'이라고 불렀다. 촬영기사, 야외출장기사, 사진 만드는 수정기사, 배우는 학생, 일하는 기사들이 많았다. 사진종류도 다양하여 소소한 주민등록사진부터, 애기 백일, 돌 사진, 결혼사진, 가족사진, 학교 앨범사진, 회갑사진, 영정사진 등, 우리들의 삶에서 기념으로 남기고 싶은 추억을 사진으로 담았다. 남편과 나는 긍정의 마음으로 꿈을 품고 사진관 문을 열었다. 유능한 사진 기사들이 모여서 열심히 일했다.

사진업계나 주위에서 좋은 소문이 나돌기 시작했다. 송림동 덕수궁 사진관이 무섭게 잘된다는 소문이었다. 일 년 열두 달 많은 기사들이 바쁘게 움직였다. 여름에는 송도해수욕장, 작약도 해수욕장 야외 출장 사진 등, 일 년 내내 바쁘게 기사들이 뛰는 현상은 숨길 수가 없었다. 그렇게 7년이 지나갔다. 승희가 여주에서 태어나서 걷지도 못하는 어린 아기였고 도련님이 열다섯 살에 시작한 사업이었다. 기현이 도련님은 실내 촬영으로 부터 야외 촬영까지 유능한 기사가 되었다.

남편의 친구 중 한 사람이 사진관을 사겠다고 했다. 가격도 좋은 현금으로 지불 하겠다고했다. 남편과 나는 반대할 이유가 없었다. 잘 아는 친구에게 팔았다. 도련님은 매월 봉급을 정하고 그대로 남아서 일하기로 약속하고 남았다.

남편은 사진관을 팔고 나면 공부를 하겠다고 했다. 그리고 우리의 소원인 야학을 다시 하고 싶어 했다. 남편과 나는 밖의 세상을 다녀보고 싶었다. 동암역을 지나 만수동 인근 지역으로 갔다. 흙길이 나오고 복덕방 안내로 집과 땅을 보기도 했다. 방 3개 집이 흙 위에 있는데 우리가 손에 쥔 돈보다 비쌌다. 남편과 나에게는 큰 돈이지만 이층 건물을 판 것도 아니었다. 사진관 권리금과 매상과 지출과 수입에 맞추어 판 돈이었다. 잠시 남편과 나는 아무 말도 없이 침묵으로 시간이 흘렀다. 안내해주는 복덕방 사람과 헤어지고 난 후, 이 돈을 뜻있는데 쓰자고 했다.

마침 그날 밤, 서울에 사는 큰형부가 다녀가셨다. 남편은 그 돈을 큰형부에게 다 드렸다. 그 돈은 하나님에 의한 하나님의 돈이었다. 형부는 종로 5가에서 제법 큰 약국을 운영하셨다. 약사와 직원도 여러 명 있었다. 제약회사와 관계를 가지고 사업을 하시는 분이라 돈을 가지고 있는 것보다는 형부에게 맡기고 필요하면 즉시 쓸 수 있는 조건이라 잠시 맡긴 것이었다. 형부가 떠나시고 부른 배를 쓰다듬으며 태동을 느꼈다. 배 속의 아기가 발길질을 하였다. 마음이 훈훈해졌다.

제일생명 지도 주임 시절

남편이 동인천역 근처에 '무궁화 DP' 점을 열었다. 자그마한 가게였다. 살림집은 가게가 있는 건물 안쪽 주인이 사는 기와집 문간방을 사글세로 얻었다.

어느 날 남편이 영석이라는 16세 소년을 집으로 데려왔다. 덕적도 섬이 고향인 소년은 사진 기술을 배우려고 그의 아버지가 재료점에 부탁하여 맡긴 아이었다. 남편을 따라온 영석이를 보는 순간 문득 기현이 도련님은 어찌 살고 있을까 궁금했다. 도련님처럼 영석이도 외모가 준수하며 눈이 맑고 깨끗했다. 첫인상도 좋았다. 우리 집은 딸 셋과 영석이까지 여섯 식구가 되었다. 남편은 언제나 하나님의 사랑이 함께 하는 삶으로 사는 것을 원했다.

나에게 인천은 엄마의 품이다. 국민학교를 졸업한 후 배움에 목말라하던 시절, 중학을 인천에서 졸업했다. 학교 가는 길은 멀고도 멀었다. 부서지는 파도 소리를 들으면서 등하교를 했다. 여러 달 동안 문임이와 아침마다 같이 뛰어 학교를 다녔다. 학교 가는 길에는 혼자가 아니었다. 늘 친구들이 동행해 주었다. 넘어지면 일으켜주고 어려울 땐 서로 의지하며 살았다. 그래서인지 졸업 후 15년 세월이 흘렀는데도 보고 싶은 얼굴들이 떠올랐다. 수소문하여 서너 명 친구들을 만났다. 시간이 갈수록 연락이 되는 친구가 늘어났다. 가깝게 지내던 명자도 반갑게 만났다. 1년 전부터 H보험회사에 외무사원으로 다니고 있었다.

어느 날, 자기가 다니는 회사 구경 한번 하자고 우리 집에 나를 데리러왔다. 명자네 집은 내가 사는 집에서 그리 멀지 않았다. 남편과 영석에게 아이들을 맡기고 명자를 따라 나갔다. 명자는 걸어가면서 보험회사 외무사원 이야기를 들려주었다. 가정주부들에게는 괜찮은 직업이라 했다. 월요일부터 금요일까지 일하는데 오전 10시 회사에 출근하여 조회를 하고, 그 후 시간은 자유시간이라고 했다. 오후에는 일을 마치고 각자 집으로 가면 된다고 했다. 고객 만나는 시간도 서로 형편과 사정을 살펴서 만나면 무리가 없다고 했다. 명자의 이야기를 들어가며 H보험회사 빌딩 앞까지 왔다.

회사 빌딩은 넓고 깨끗했다. 명자 옆자리에 앉았는데 주임이 와서 친절하게 인사했다. 조금 후에는 지도 주임을 만났는데 10여 년 전 생활했던 용문산 기도원 신학교 선배였다. 나는 용문산 기도원에 1년 넘게 있으면서 기도하며 공부하고 전도자로서의 삶을 준비했었다. 경상북도 용문산 기도원의 전도자로 공부하던 선배를 만나고보니 감개무량했다. 명자반 주임과 소장님 지도주임 선배 모두가 기쁘게 반겨주며 함께 일해 보자고 권유하여 이력서를 써서 H보험회사에 입사했다.

나와 명자는 쌍둥이처럼 팔짱을 끼고 다니며 열심히 일했다. 힘들어 지칠 때도 있었다. 어느 때는 속이 상했다. 절망과 좌절이 밀려왔다. 우리는 포기하지 않았다. 짜장면 한 그릇 사먹어 가면서 힘을 내어 목표를 달성했다. 많은 계약을 체결시켰다. 생명보험, 기타 보상금이 1억이나 나가는 큰 보험도 판매했다. 명자와 나는 살림해가면서 쉬지 않고 뛰면서 1년을 함께 일했다.

1974년 3월 3일, 아들을 낳았다. 딸 셋을 낳고 네 번째는 하느님이 아들을 주셨다. 산후 서너 달이 지나자 도리 없이 집에서 갓난아기를 키워야만 하는 형편이 되었다. 집에서 아이들 돌보며 쉬고 있는데 제일생명에서 연락이 왔다.

상인천 영업소 소장님의 간구였다. 지도주임으로 와달라는 부탁이었다. 아이들 때문에 안 된다고 사양했는데 남편까지 만나가면서 간청했다. 남편과 의논했다. 딸 셋 있을 때는 힘은 들어도 할 만했는데 아이들이 넷이나 되다 보니 어려웠다. DP점 영업도 예전의 사진관과 같지 않았다. 생활은 역시 어려웠다. 마침 이웃에 유모 할머니 두 분이 계셨는데 그 할머니는 직업이 갓난아이만 키우는 시누와 올케였다. 우유 먹여 잘 키워주겠다고 했다. 나는 모진 엄마였다.

사랑하는 아들을 유모 할머니에게 맡기고 나를 H보험회사로 이끌었던 명자와 함께 제일생명 지도주임으로 나가기 시작했다. 지금도 이 글을 쓰면서 아들에게 미안하고 때론 죄책감이 든다. 유모 손에 맡겨서 우유 먹고 자란 승철이는 지금 47살 중년이 되었다. 가슴에 묻어둔 사연을 공개하며 이렇게 눈물이 나고 목이 메는 것은 그때 사랑을 줄 수 없었기에 더하다. 승철아, 승철아, 아들의 이름을 불러본다.

나는 H보험회사의 경험을 바탕으로 데일 카네기의 인간관계를 접목시켰다. 첫째 꿀을 얻기 원한다면 벌통을 걷어차지 마라. 둘째 비난이나 비평, 불평을 하자마라. 셋째 솔직하고 진지하게 칭찬하고 감사하라. 넷째 다른 사람들의 열렬한 욕구를 불러일으키고 순수한 관심을 기울여라.

본사에서 전국 영업소를 대상으로 '사람을 다루는 비결과 화법'이란 제목으로 경연대회공문이 내려왔다. 부족하지만 나의 삶을 통하여 살아온 나의 일상의 이야기를 글로 써서 보냈다. 두 달 지나서 3등으로 입상하였다는 연락이 왔다. 심사위원들께서 글을 잘 써서 3등으로 뽑아 주신 게 아니고 살아온 삶에서 사용하던 화법이라 후한 점수를 주셨다고 생각한다. 감사하고 고마웠던 기억으로 남아있다.

제일생명 보험 회사는 큰 빌딩 건물 안에 인천, 동인천, 상인천 세 영업소가 각각 자리 잡고 있다. 본사에서 큰 어른이 오시면 각 영업소는 바쁘다. 아침 조회는 합동으로 3층에서 보았다. 그리고 나서 먼저 인천 영업소의 보고가 있은 후, 두 번째 동인천 영업소 보고가 끝나고 마지막이 상인천 영업소 조회였다. 보고가 끝난 두 영업소는 긴장감이 풀어지고 외무사원들도 편안한 자세로 몸이 풀려 있었다. 상인천 영업소 외무 사원들과 소장님 그리고 지도주임인 나는 긴장감이 맴돌았다. 도토리만한 체구에 화장기 없는 밋밋한 얼굴에다 짧은 카트 머리였다. 옷은 티셔츠에 베이지 색 바지를 입었다. 나는 사회를 보기위해 걸어 나가 강단 앞 마이크 앞에 섰다. 숨을 고르고 좌우를 둘러보고 상인천 영업소 직원들을 돌아보고, 눈으로 힘내라는 신호를 했다.

각반 주임에게 나와서 자기반 계약고, 미계약자들까지 발표시켰다. 어제의 상황을 상세히 보고하고 오늘의 계약 예정인 가정도 발표했다. 박수가 터졌다. 그치지 않고 박수가 터졌다. 여섯 반이 되는 주임들이 자기반 실적을 자세히 소개하고 계약을 한 반들은 활기찬 모습으로, 행복한 순간들이었다. 마지막 상인천 영업소 순서로 조회가 끝나는 시간이다. 우리 영업소는 해병대원처럼 우리들만의 개성이 돋보이는 시간을 유감없이 보여주었다. 박수가 오래도록 터졌다. 합동조회가 끝나고 모두들 자기 영업소로 내려갔다.

본사에서 오신 높은 어른께서 미소를 머금고 내 앞으로 걸어오더니 양복 저고리에서 명함을 꺼내 내게 주며 말했다. "오 주임! 서울에 오면 본사에 한번 들르세요." 성실하게 일했던 사원들이 이룬 업적 때문이었다.

화투

가을이 깊어 가면 어머니 마음은 바쁘기만 했다. 김장도 담그고 메주도 쑤어야 했다. 김장하고 나면 텃밭 여기저기 널려 있는 시래기도 엮어 처마 밑 담 벽에 걸어야 가을걷이가 끝나기 때문이었다. 일 년 양식을 준비해 놓고 나면 편안한 마음으로 인천 사는 아들네 나들이 꿈에 설렜다.

어머니는 여주에서 기차를 타고 종착역인 수원에 내렸다. 다시 수인선 기차를 갈아타고 종착역인 남인천역에 내려 택시를 타고 우리 집에 오셨다. 일 년에 서너 번 다녀가시는데 겨울에는 두어 달 머물렀다.

기다리는 어머니가 오시면 남편과 나는 바빠지고 집안에는 웃음꽃이 피어났다. 다섯 살인 손녀도 할머니 곁에 있고 싶어 하고, 두 살배기 손녀도 아장 아장 걸어서 할머니 무릎에 앉았다. 나는 어머니가 오면 신나게 남편에게 전화 했다. 어머니가 보고 싶은 사람은 우선순위가 아들이기 때문이었다. 그것을 아는 남편은 하던 일을 멈추고 다녀가도록 노력을 했다. 그래서 어머니가 온 날에는 일찍 집에 들어왔다. 앉아 계신 어머니에게 큰절을 올릴 때 나도 옆에서 남편과 똑같이 절을 하면 어머니는 웃으시며 "천생연분이구나."하셨다.

어머니는 남편과 손녀들 앞에 가져오신 떡을 내놓으며 올해는 풍년이라 농사를 잘 지었다고 했다. 여주 이천 쌀로 만든 시루떡과 인절미는 맛이 있었다. 떡을 좋아하는 남편과 아이들은 뭇국을 마셔가며 맛있게 먹었다. 저녁이 끝나고 가져오신 곡물을 꺼내놓았다. 큰댁에서 가져오신 태양초 고춧가루와 참깨, 검은콩, 등을 보여주었다. 어머니가 가져온 곡물로 우리 집은 보물 곳간이 되었다.

사람이 씨를 심고 잡풀을 뽑으며 걸음을 주어 자란 곡식이지만, 하늘에서 비를 내리고 햇빛으로 자라게 하셨기에 신의 손길로 가꾼 양식이었다. 들녘에서 땀 흘리신 사람들과 가져오신 어머니께 감사를 드렸다.

어머니가 오면 집에만 있던 아이들은 어머니를 따라 나들이를 나갔다. 놀이터도 가고 공원을 걸으면 하루가 아이들에게 즐겁기만 했다. 저녁이 되면 씻고 밥을 먹고 나면 피곤하여 잠이 들었다. 남편의 하루는 아침 일찍 일터에 나가면 직원들과 일하고 밤이면 공부하고 집으로 들어왔다. 어머니는 저녁 일을 마치고 방에 들어오는 나를 보고 일을 다 했냐고 물었다. 어머니 손에는 화투가 있었다. 어머니는 수줍은 듯 빙그레 웃으시며 내가 심심하여 화투를 가져왔다며 '육백'을 한 번 쳐보자고 했다. 순간, 어머니에게 미안하고 죄송스러웠다. 어머니에게는 심심한 겨울밤이었을 터였다. 등잔 밑에서 사시다가 항구도시 인천에 오면 겨울바다 구경도 하고 맛있는 음식도 드셨다. 유행 따라 나온 따뜻한 옷으로 추위도 지나갔지만 어머니를 즐겁게 해드리지 못해 아쉬웠다.

나는 어머니의 쓸쓸한 겨울밤을 생각하며 어머니 제가 화투를 모르니깐 책을 읽어드리면 어떻겠냐고 물었다. 그러면서 죄인처럼 죄송하다고 말씀을 드렸다. 내 말을 들으신 어머니는 너희 집에서는 화투는 안하고 살았냐고 쳐다보셨다. 우리 집에는 명절에나 부모님 제사 때 가족이 모이면 화투는 없었고 오빠, 언니들은 윷판을 벌리고 노는 것이 전부였다. 동네 동무들이 노는데 화투 놀이도 하겠지만 나는 산이

나 들로 다녔다. 공휴일에는 전도하여 예배당에 다녔다고 사실대로 말씀 드렸다. 나의 말을 들으신 어머니는 인자한 목소리로 나를 부르고 미소를 지으시며 이렇게 말했다. "네가 내 자식이 되고 너에게 바랄 것 없이 만족했다. 내게 딸이 둘 있지만 일찍 출가하여 사돈집 식구가 됐다. 하늘에 신이 너를 딸로 주셔서 감사했다. 내가 잘못한 게 많구나."하시며 다가와 내 손을 잡았다. 나도 얼른 어머니 손을 두 손으로 감쌌다. 내 나이 열세 살에 돌아가신 친정 엄마 손이었다. 나는 어머니에게 승희가 다섯 살이지만 아비 닮아서 육백을 가르쳐 주면 어머니와 화투놀이 상대가 될 수 있을 것이라고 말했다. 내일부터 승희를 가르쳐 보시고, 못하면 내가 배우겠다고 했다.

어머니는 화투판을 벌리고 손녀에게 화투 치는 것부터 시작하여 육백 노는 것 민화투까지 열심히 가르치셨다. 다섯 살 어린 나이에도 승희는 투정 부리지 않고 할머니가 가르쳐 주시는 대로 배웠다. 진갑이 넘으신 어머니는 손녀에게 화투 강의를 하느라 침이 마르셨다. 승희는 할머니의 화투놀이 상대가 되어 매일 밤 화투를 쳤다. 처음에는 동짓달 내내 승희는 지고 어머니가 이기는 승자가 되었다. 어린 손녀가 맥없이 지고 어머니가 매번 이기니깐 화투 노는 게 싱겁다고 하며 재미없다고 하셨다.

어머니가 가져오신 엿기름으로 만든 감주와 과자, 과일, 빵 등 야참을 드렸다. 그러면 야참을 맛있게 먹고 어머니와 승희는 또 재미있게 육백을 쳤다. 어느 날 밤에는 승희의 어린 손에서 손가락에 끼어있는 팔공이 떨어지고 똥도 떨어지고 흑싸리도 화투 노는 방석에 우수수 떨어졌다. 승희는 꾸벅꾸벅 졸면서 할머니와 육백을 쳤다.

동짓달이 지나고 섣달이 되었다. 어머니는 올 겨울 화투는 매번 이겨서 재미가 없었다고 했다. 그런데 큰댁으로 갈 무렵엔 어머니가 승희에게 번번이 지기 시작했다. 승희가 세 번 이기면 어머니는 한 번 이겼다. 내가 옆에서 힐끗힐끗 보면 어머니의 숨소리가 쌕쌕 느껴왔다. 진갑잔치 하신 어머니가 손녀에게 지고 계셨다. 그럴 때마다 승희는 신바람 나게 어머니와 똑같이 화투장을 화투판에 '딱' 소리 내어 던졌다. 그리고는 내가 할머니 이겼다고 소리 내어 웃었다. 나는 어머니에게 승희가 아비 닮아서 머리가 좋은가 보다고 했다. 그러면 어머니는 녀석이 아비 닮아서 영리하구나 하며 흐뭇해 하셨다. 시집가서 아이 둘을 낳고 어머니와 나 사이에 있었던 화투 이야기다.

지난 3월초 주일 예배를 마치고, 자동차를 타고 집으로 갈 때였다. 달리는 차 안에서 문득 어머니 생각이 났다. 승희에게 다섯 살 때 할머니와 화투로 육백 친 것 생각나느냐고 물었다. "그럼 엄마 내가 아마 초등학교 가기 전까지 했을 걸."하고 대답했다. 지금 할머니가 육백 치자 하면 할 수 있을 것 같냐고 물었더니, 할 수 있는데 그때처럼 할머니를 이길지는 모르겠다고 대답한다. 그때 어머니와 화투놀이를 했던 승희가 지금 쉰다섯 살 중년이 넘었다.

지나온 세월을 헤어보니 50년, 반세기가 흘러갔다. 글을 쓰면 사람이 젊어진다고 누군가 말했다. 팔십을 바라보는 나이지만 엊그제 일처럼 선명하다. 우리 어머니는 나에게는 시어머니시다. 평생을 통해 가정을 일구시고 5남매를 잘 키우신 어머니다. 우리 집에서도 12명의 증손주들을 이루셨다. 언제나 친정 엄마처럼 며느리 셋을 사랑하신 어머니! 오늘은 유난히 어머니가 그리운 날이다.

보고픈 어머니

그 해는 유난히 추웠습니다. 매운바람이 문풍지를 울리고 칼바람이 불어대는 겨울이었습니다. 그 겨울의 추억 속에 어머님이 보입니다.

이 세상에 헤아릴 수 없이 어머니는 많습니다만 며느리인 저에게는 단 한 분 시어머니입니다. 내세울 것도 가진 것도 없이 시집온 며느리를 따뜻이 품어주신 분입니다. 십 년 동안 한해도 거르지 아니하고 제 생일을 기억하시고 챙겨주실 만큼 끔찍이도 저를 아껴주셨습니다.

결혼한 다음 시댁에서 산지가 한 달이 넘었을 때입니다. 동짓달 초저녁 소죽 끓인 저희 방은 따뜻했습니다. 저녁상을 치우고 손등에 글리세린을 바르면서 친정 언니한테 편지를 쓰려고 종이를 내놓았습니다. 철부지 동생 시집 보내놓고 어찌 사는가, 궁금해 하실 것 같아 시집살이 이야기를 보내려고 연필을 들었습니다.

바로 그때 방문이 열리며 형님이 미소를 머금고 바느질그릇을 놓고 갔습니다. 저보다 여덟 살 위인 형님은 꽃다운 나이 스무 살에 시집 와서 사 남매를 낳고 시할머니 시부모님을 모시고 살아온 분입니다. 맏며느리로서 크나큰 살림을 잘하고 바느질 솜씨도 얌전하여 온 마을에 효부로 알려진 형님이었습니다. 그 동안 어르신들 모시고 살면서 등잔불 밑에서 바느질 하신 세월이 십 년이 흘렀다고 합니다. 손아래 동서에게 바느질그릇 물려주는 것도 당연하겠지만 바느질 못하는 저는 형님에게 미안하고 부끄러웠습니다.

그날 밤, 우리 방에 어머니가 들어오셨습니다. 바느질그릇을 보시고 어머니는 '이건 아니다, 아니야'하고 말씀하셨습니다. '작은애야 걱정 마라 내가하마'하고는 바느질그릇 앞에 앉으셨습니다. 어머니는 화롯불 가에서 인두판을 무릎 위에 놓고 등잔불 밑에서 바느질을 시작했습니다. 어머니는 은빛머리에 인자한 미소로 이렇게 말씀 했습니다. "사람은 한 몸에 두 지게를 못 진다. 언제 바느질 배울 시간이 있었겠니, 다 잘하면 좋지만, 한 가지만 잘해도 괜찮다."고 하셨습니다.

어머니, 제 나이가 칠십이 넘어 팔순이 가까이 오고 있습니다. 요즈음 제가 살아온 이야기를 쓰는 중에 책상 위에 외할머니와 어머니 사진을 보면서 매섭게 추었던 동짓달 밤 생각이 떠올랐습니다. 세월을 헤어보니 오십사 년이 바람을 타고 날아갔습니다. 어머니, 생각나시는지요, 제방에 들어오시면 제가 고전 춘향전을 읽어 드리면 듣기를 즐기시고 좋아하셨던 어머니. 그리고 저의 친정 부모님이 일찍 돌아가서 그 누구보다 저를 사랑하신 어머니. 어찌 그 사랑을 잊을 수 있겠습니까. 하늘보다 높고 바다보다 넓은 사랑이었습니다.

형님이 두고 간 저고리 감을 바느질 하실 때, 어머니 곁에서 제가 바늘귀에 실을 끼어 드렸습니다. 그때만 해도 강건하셔서 어머니는 돋보기안경 너머 바느질하시고 저는 책을 읽었습니다. 심청이가 공양미 삼백 석을 절에 시주하고 심 봉사 아버지와 이별하는 장면이었습니다. 심청이는 선원들과 배를 타고 임당수로 떠나갈 때 육지에 서 있는 아버지를 바라보며 애간장이 녹아드는 소리로 아버지를 부르며 점점 멀어져 갑니다. 그때서야 정신이 번쩍 떠오른 심 봉사는 땅에 주저 앉아 지팡이로 땅을 치며 대성통곡 하였습니다. 가물가물 멀어지는 딸의 이름을 부르며 청아, 청아, 청아 책 속에 부녀만 우는 것이 아니었습니다. 어머니와 저는 어깨를 흐느끼며 슬피 울었습니다. 어머니의 눈물은 인두판에 떨어지고 저의 눈물은 읽고 있던 책장을 적시었습니다. 앞산 아랫골 부엉이도 부엉, 부엉, 부엉, 서글프게 울었습니다.

3부

김포 공항에서

1977년 11월 13일, 남편과 나는 4남매를 데리고 이민 길에 올랐다. 큰 딸은 5학년 열한 살, 막내아들은 세 살이었다. 그때는 김포공항이 국제공항이었다.

셋째 언니는 한국에서 공부를 마치고 서독으로 유학을 갔다. 그곳에서도 일하며 공부했다. 다시 미국으로 가서 하고 싶은 학문을 연구했다. 언니가 한국을 떠난 지 십여 년 세월이 흘렀다. 병원에서 일하면서 한국에서 학부를 마치고 유학 온 좋은 사람을 만나서 결혼했다. 우리가 이민 가던 해에 언니가 낳은 아들이 네 살이라고 했다.

막냇동생을 넘치도록 사랑한 언니를 기억한다. 언니가 중학교, 고등학교를 다닐 수 있는 길을 열어 주었다. 언니도 힘든 상황에서 나를 학교에 입학시켰다. 언니는 한국에서 국비로 공부했다. 어려움을 이기고 우뚝 선 언니를 보면서 내 인생이 한없이 초라했다. 다시 오지 않는 시간에 나는 주 안에서 전도자의 길을 걸었다.

우뚝 선 셋째 언니를 바라보며 남편과 나는 열심히 일했다. 그때 제일 생명회사 지도주임으로 최선을 다해 뛰었다. 남편은 DP점을 운영하며 낮에는 카메라 가방을 메고 파도가 부서지는 바닷가를 누볐다. 계절에 따라 송도해수욕장으로부터, 연안부두, 작약도, 영종도 등을 다니며 사진을 찍었다.

예기치 않는 상황에 부닥칠 때마다 나는 주님을 찾았다. 그분께 다 털어놓고 주의 음성을 기다렸다. 나와 동행하시는 주님이 그때마다 일으켜 주셨다. 바다보다 넓은 그 사랑에 잠기면 그 어떤 어려움도 비껴갔다.

우리는 사글세방에서 제법 큰 기와집을 사서 숭의동으로 이사했다. 방 네 개가 있는 한옥인데 방 세 개는 전세를 놓았다. 안채에는 마루와 안방 부엌다락까지 넓었다. 큰 집으로 이사 가던 날 우리 집 녀석들이 마루에서 안방으로 안방에서 다락으로 오르락내리락 하면서 신나게 놀았다. 저희들끼리 술래잡기 놀이도 했다. 새집으로 이사 와서 아이들이 재미있게 노는 것을 보고 나는 펑펑 울었다.

녀석들은 큰소리로 뛰고 놀아서 엄마가 속상해 우는 줄 알고 놀던 것을 멈추고 잠잠해졌다. 그리고 내 품에 안겨서 잘못했다고 빌었다. 그 순간 가난하여 자식들을 고생시킨 서러움이 치밀어 올라왔다. 한없이 흐르는 눈물이 볼을 타고 내렸다. 엄마의 눈물을 고사리 손으로 닦아주며 아이들도 따라 울었다. 남편은 눈시울을 적시며 말없이 부엌 다락으로 올라갔다. 주님은 우리의 수고를 갸륵히 보아주셨다. 미국에 있는 언니가 이민 초청장을 보내왔다.

이민을 가기 위해 집을 싸게 내 놓았다. 집은 크고 좋았다. 거기에다 학교 지역이고 교통 또한 편리했다. 제물포 기차역이 가까웠다. 일주일 만에 집이 팔렸다. 이민 가는데 아이들과 빈 몸으로 가는가 싶었는데 전세 돈을 다 돌려주고도 어느 정도 목돈이 손에 들어왔다. 성경에 아무것도 염려하지 말고 오직 모든 일에 기도와 간구로 구할 것을 감사함으로 하나님께 아뢰라는(빌립보서 4장 6절) 말씀이 마음 깊이 스며들어왔다.

김포공항에는 시댁에서 아주버님과 시동생 내외가 나왔다. 공항 대합실에서 큰올케언니는 석 돈짜리 금반지를 내 왼손 가운데 손가락에 끼워 주었다. 작은언니는 석 돈짜리 금 목걸이를 나의 목에 걸어주었다. 미국에 가서도 아이들하고 몸조심하라고 당부했다. 그러면서 눈시울을 적셨다. 서른두 살 되도록 금반지와 목걸이는 처음 받아보는 선물이었다. 막냇동생이 이민 가는 길을 그대로 보낼 수가 없었는가 싶었다. 언니들이 나를 얼싸안고 슬프게 울었다. 나도 언니들의 사랑에 감격하여 한없이 울었다. 칠 남매 막내로서 혼자가 아니었다. 가족들의 아낌없는 사랑은 마음 밭에 소중한 선물로 간직되었다.

금반지와 목걸이는 핏줄을 타고 흐르는 따스한 사랑이었다. 결혼할 때도 금반지를 끼어보지 못했다. 남편과 나는 가난하여 예물을 생략하기로 했다. 의논 끝에 배다리 시장에서 진짜 같은 금반지를 사서 예물교환을 했다. 아는 사람은 아무도 없었다. 하늘에 계신 아버지는 알고 계셨다. 남편과 50년을 살면서도 어느 쪽에 서든 원망하고 후회 한 적은 한 번도 없었다. 인생은 항상 가난하지도 않고 항상 부자로 사는 것도 아니다, 주어진 삶을 살다 보면 마음이 행복하다.

비행기에 탑승 할 시간이 되었다. 미국으로 떠나는 사람들이 줄을 서서 걸어 들어간다. 남아있는 가족들에게 작별의 인사를 했다. 친구 명자, 정자와도 우정을 나누었다. 남편은 여권을 들고 앞서서 걸었다. 그 뒤를 따라 아이들이 순서대로 따라 갔다. 마지막으로 내가 걸으면서 뒤를 돌아보았다. 공항에 남아있는 가족들이 울고 있었다. 나는 입술을 깨물고 모질게 막내아들 손목을 잡고 비행기 안으로 들어갔다.

돌아보면 꿈같은 이민생활 1

서른두 살 되던 해 가을, 미국 캘리포니아 로스엔젤레스 공항에 도착했습니다. 서른여덟 살 남편과 세 딸, 그리고 세 살 난 아들을 데리고 여섯 식구가 이민을 온 것입니다.

언니는 우리 식구를 반갑게 맞아주었습니다. 기쁜 마음으로 언니 집에 잠시 머물기로 했습니다. 아이들은 태어나 처음 보는 이모를 만나 흥분하며 좋아했습니다. 언니를 마지막 본 것은 나의 결혼식이었습니다. 신부 대기실로 찾아온 언니는 잠시 인사를 나눈 다음 서독 가는 날이라며 김포공항으로 떠났습니다. 그 후, 언니와의 연락은 막혀버리고 소식도 모른 채 십년 도 넘게 세월이 지나갔습니다. 그 사이 언니는 서독에서의 일을 마치고 미국으로 옮겨 공부해 꿈을 이루었습니다. 그 언니가 동생을 잊지 않고 미국으로 초대해 준 것입니다.

우리는 언니 집에 머물면서 언니와 형부에게 폐가 될 것을 염려하였습니다. 나는 남편과 의논하고 언니 집에서 멀지 않은 곳 오래된 아파트에 싼 방 하나를 계약했습니다. 언니 집에 도착한 지 사흘째 되던 날 우리 집을 마련하여 이사를 하게 된 것입니다.

여섯 식구가 아파트로 옮겼습니다. 그곳에서 엘에이 코리아타운이 멀지 않았습니다. 언니 사는 곳과도 먼 거리는 아닙니다. 막내 녀석은 여기 냄새나는 아파트는 싫고 이모 집이 좋다고 투정을 부렸습니다.

세 딸은 왜 냄새나는 아파트로 이사 왔느냐고 묻지 않고 그저 침통한 표정으로 엄마 아빠만 바라보았습니다. 저녁은 남편이 콜라와 햄버거를 사들고 와서 여섯 식구가 맛있게 먹었습니다.

작은 방 하나에 침대와 부엌, 화장실과 샤워장이 있고 작은 소파가 하나 있는 아파트입니다. 카펫은 신을 신고 다닌 지 오래된 것입니다. 우리처럼 가난한 사람들 끼리 모여 사는 아파트입니다. 동양인은 보이지 않고 스페인 말을 하는 사람들이 많았습니다, 지나가는 사람들이 반갑게 인사를 했습니다. 기분이 유쾌했습니다.

첫 날부터 아이들에게 잠자리를 정해 주었습니다. 세 딸들은 한 침대에서 자고, 막대 아들은 작은 소파에서 자라고 했습니다. 엄마 아빠는 카펫 바닥에 담요 깔고 자면 걱정 없다고 말했습니다. 엄마 말을 듣고 있던 큰 애가 왜 엄마 아빠가 바닥에서 자느냐 하면서 저희들 셋이 바닥에서 자겠다고 하였습니다. 엄마 아빠가 침대에서 자야한다고 말했습니다. 열한 살짜리 딸의 말을 듣고, 남편은 조용한 목소리로 아이들이 침대에서 자고 어른이 바닥에서 자도 괜찮다고 했습니다. 하나님은 어린이들이 엄마 말을 잘 듣는 것을 기뻐하신다고 말하고 한 놈씩 가슴에 품고 기도해주었습니다. 아이들이 눈 감고 누워 있는 모습을 보고 이민 가방을 열어 이불을 덮어 주었습니다. 나는 남편과 등을 돌리고 흐르는 눈물을 손등으로 닦으며 목덜미 위로 이불을 끌어 올렸습니다. 누워 있는 남편도 소리 없이 속으로 울고 있었습니다,

아이들이 잠자리에 누운 지 십분도 안 되어 아들이 무섭다고 내 품을 파고들었습니다. 침대에서 자던 딸들도 무섭다고 일어나 벌벌 떨었습니다. 남편이 벌떡 일어나 불을 켰습니다. 어두운 방안에 벌레들이 바

닥에서부터 벽과 침대는 물론, 소파에도 사람 몸에도 기어 다녔습니다. 바퀴벌레였습니다. 남편이 허둥지둥 매니저를 불렀습니다. 매니저는 소독제와 벌레 죽이는 약물을 뿌리며 미안하다고 '쏘리 쏘리' 거듭 사과를 했습니다. 약품 냄새가 고약했습니다. 한참동안 창문을 열어 놓았습니다.

이사한 아파트 주소를 따라 인근학교로 전학을 시켰습니다. 학교에서는 한국에서 가져온 전학 증명서를 보고 우리 부부에게 자기네 학교에 온 것을 환영하고 축하한다고 인사를 하였습니다. 딸 승희, 승아, 승혜는 학교에 다니고 아들 승철이는 세 살이라 집에서 돌보고 있었습니다.

광고를 보고 우리 부부는 일 할 수 있는 식당을 구했습니다. 나는 오전 10시부터 오후 5시까지 헬퍼 일을 하고 남편은 오후 7시부터 새벽 2시까지 접시 닦는 일을 하였습니다. 그 당시 주급으로 헬퍼는 조금 많았고 접시 닦는 일은 주에 100불을 받았습니다. 일해서 받는 돈은 적었지만 아파트 월세도 적었고 자동차도 없어서 조끔씩 저축을 할 수 있었습니다. 수고에 비해 보수는 적었지만 열심히 일했습니다. 홀에서 일하는 웨이트리스들이 팁을 받는 대로 인색하지 않게 나누어 주었습니다. 우리 부부는 고마워서 더 열심히 일했습니다.

아파트에서 일하는 식당까지 걸어 다녔습니다. 운동도 되고 좋았습니다. 남편은 새벽 두 시에 일이 끝나고 아파트까지 걸어오는데 늘 불안했습니다. 미국 올 때 국제 운전면허증도 가지고 왔습니다. 언니 집에 있을 때 형부가 남편에게 두어 시간 운전을 가르쳐 주었습니다. 그리고 형부차로 운전면허 시험에 합격하여 운전면허를 취득하였습니다.

나는 시간을 내어 아침마다 틈틈이 운전학교 교사에게 운전을 배웠습니다. 첫 시험에 좋은 성적으로 합격해서 시험관이 스마일 그림을 그려 주었습니다. 운전면허증을 받아들고 미국에 살려면 자동차와 운전면허는 반드시 있어야겠다는 생각이 들었습니다.

그 무렵, 어떤 사람이 이십년 넘은 자동차를 폐차시키기 아까워 400달러에 팔고 싶어 한다는 소식을 들었습니다. 아주 오래된 차라 수동식인데 힘이 있는 사람은 괜찮다고 했습니다. 브레이크나 핸들 조작이 힘들고 내부 기계들도 불편하다고 합니다. 정비사에게 자동차를 보여 주고 차의 성능을 알아보았습니다. 바퀴를 자주 검사하면 타고 다니는 데는 아무 지장 없다고 했습니다. 남편은 건강했고 씨름꾼인데 합기도가 검은 띠였습니다. 힘이 있는 남자라 수동식 운전쯤이야 생각하고 400달러를 주고 차를 샀습니다.

아파트 옆에 있는 30여 명되는 개척교회에 등록했습니다. 시간은 꿈같이 흘러갔습니다. 주일날이면 가족이 걸어서 교회를 출석했는데 중고차를 몰고 예배드리러 가게 되었습니다. 즐겁고 행복했습니다. 아이들이 차에서 내려 교회로 걸어들어 가면서 빛바랜 누런 똥색차인데도 쓰다듬으며 우리 차가 예쁘다고 합니다. 아이들처럼 순수하고 아름다운 마음이 어디에 또 있을까 싶습니다. 나도 저 아이들처럼 세상을 살고 싶었습니다.

어느 날, 예배를 마친 후 광고가 있었습니다. 베이커스 필드에 살고 있는 성도가 전 교인을 자기 집으로 초청했다며, 초청자의 집 지도와 주소를 주었습니다. 교회 마당에서 각자 출발했습니다. 우리는 중고차라 주유소에 가서 바퀴 바람을 점검하고 가스를 가득 채웠습니다.

아이들을 뒤에 앉히고 엘에이 벌몬 길을 출발하여 5번 프리웨이를 달렸습니다. 오래된 차라 차가 덜덜 떨리며 달려갑니다. 매직 마운틴을 지나 자동차는 산중턱으로 오르고 있었습니다. 차가 더 심하게 흔들리기 시작합니다. 뒤에 앉은 아이들이 무섭다고 울었습니다. 딸아이들은 공포에 떨었습니다. 앞뒤로 심하게 흔들리고 좌우로는 덜덜 떨렸습니다. 뒤에 오던 차, 양 옆 차선에서 달리는 자동차들이 빨리 출구로 나가라고 창문을 열고 바퀴를 손짓하며 지나갔습니다.

옆은 높고 험한 계곡입니다. 골짜기로 굴러 떨어지면 살아올 사람은 없을 것입니다. 깊은 계곡을 지나자 출구가 보였습니다. 속도를 줄이고 출구로 나가는데도 자동차는 계속 흔들렸습니다. 가스 스테이션을 찾아 마당 끝에 차를 세웠습니다. 바로 그 순간 '쿵'하고 소리를 내며 차가 멈추었습니다. 차에서 여섯 명 생명이 다 살아서 나왔습니다. 사망의 음침한 골짜기에서 자동차가 구르지 않고 우리 가족의 생명을 보호하신 하나님 은혜에 감사를 드립니다.

"내가 사망의 음침한 골짜기로 다닐지라도 해를 두려워하지 않을 것은 주께서 나와 함께 하심이라 주의 지팡이와 막대기가 나를 안위하시나이다."(시편 23편 4)

식당 일을 한 지 넉 달이 되었습니다. 아는 목사님을 우연히 만났습니다. 우리 집을 방문하여 우리가 사는 모습을 보더니 깜짝 놀라시며, 그 즉시 매니저에게 말하여 비어 있는 교회 사택 이층으로 이사를 시켜주었습니다. 방 두 개 화장실, 부엌 리빙룸이 크고 넓었습니다. 그렇게 방 한 칸에서 살다 큰 집으로 이사를 했습니다.

아파트 청소 일자리가 생겼습니다. 식당 일을 그만 두었습니다. 식당에서 같이 일했던 정든 사람들과 인사를 나누었습니다. 식당 사장님은 언제라도 오면 헬퍼보다 더 중요한 일을 주겠다고 합니다. 이민 초기 어려운 시절 기회를 주신 주인 내외분께 감사를 드렸습니다. 같이 일했던 사람들이 내 손을 잡고 놓지 않았습니다.

돌아보면 꿈같은 이민 생활 2

교회 사택으로 이사 온 후 아이들이 넓은 집에서 학교를 다녔습니다. 미국에 살면서 자동차는 꼭 있어야 한다는 것을 알았습니다. 우리 부부는 자동차를 사려고 여기 저기 알아보았습니다. 식당에서 일하며 조금씩 모아두었던 돈이 있었기에 가능했습니다.

자동차를 사오던 날의 풍경이 지금도 눈에 선합니다. 뷰익 딜러로 갔습니다. 그 해에 나온 여러 모델의 차를 타보고 구경 했습니다. 여섯 식구인 우리 집에 맞는 은색 레 세이버 자동차를 샀습니다. 우리는 만족했습니다. 남편이 운전하여 집으로 왔습니다.

교회 마당에 차를 세우고 남편이 이층으로 올라가 아이들에게 자동차를 샀다고 말했습니다. 아이들이 뒷문 층계로 뛰어내려왔습니다. 딸들은 놀란 얼굴로 황홀한 눈빛으로 새 자동차를 빙글 빙글 돌았습니다. 막내아들도 좋아서 깡충 깡충 뛰면서 신바람이 났습니다. 남편은 아들을 번쩍 들어 안으며 볼에 입을 맞추었습니다.

이층 옆에 사는 집사님, 아래층에 사는 전도사님, 담임 목사님, 사택에 사는 사람들이 다 나왔습니다. 차를 보고 좋은 차 샀다고 덕담을 나누며 차 문을 열었습니다. 짙은 자주색 가죽 소파는 앞자리나 뒷자리나 편안 했습니다. 목사님이 감사의 기도를 드렸습니다. 주일날 교회 온 회중이 기뻐하며 축하해 주셨습니다. 나는 지금도 뷰익 딜러를 보면 서른세 살 어느 봄날, 자동차를 샀던 그날이 생각납니다.

사택에 살면서 주중에는 아파트 청소를 다녔습니다. 우리 부부가 3년 수학기간인 신학원에 입학했습니다. 저녁 시간에 함께 학교를 다녔습니다. 주말에는 교회에서 각각 전도사로 사역을 맡아 주의 일을 하였습니다. 신학원에는 함께 공부하는 목사님 전도사님 여러분이 계셨습니다. 덕망이 높고 겸손하신 목사님 좋은 멘토로 우리 부부를 지도해 주신 목사님, 그 외에도 많은 권사님과 선교사님, 한국에서 유학 온 목사님과 영성이 깊은 분들과 함께 공부 할 수 있어서 큰 축복이었습니다.

어린 시절 주일 학교에서 꿈꾸던 꿈을 미국에서 이루었습니다. 나는 부모님 일찍 돌아가시고 집이 없이 방랑자의 삶을 살았습니다. 시련과 아픔 속에서 눈물샘이 마르지 않았습니다. 그때마다 떠오르는 말씀이 있었습니다. "나 여호와가 너를 항상 인도하여 마른 곳에서도 네 영혼을 만족케 하며 네 뼈를 견고케 하리니 너를 물 댄 동산 같겠고 물이 끊어지지 아니 하는 샘 같을 것이라."(이사야 58장 11절)

그 무렵 초여름, 사택에서 놀웍으로 이사를 왔습니다. 큰 딸은 고등학교, 둘째 딸은 중학교, 셋째와 막내아들은 초등학교 다닐 때였습니다. 신학원에서 우리와 함께 공부하던 권사님의 기도와 적극 권유로 집을 살 수 있었습니다. 그 권사님은 교회도 같아서 신학원도 삼년 동안 우리가 모시고 다녔습니다. 고상한 품격에 지성인이었습니다. 주의 여종으로 풍성한 삶을 나누며 살아 오셨습니다. 우리는 권사님의 은혜를 잊을 수가 없습니다. 생전에 강건 하실 때 보답해 드렸습니다. 이 모두가 하나님의 은혜였습니다.

막냇동생이 놀웍으로 이사 했다는 소식을 듣고 한인 타운에 사시던 큰언니와 형부가 오셨습니다. 조용한 동네에 스페인 언어를 사용하는 사람들이 옹기종기 모여 사는 이웃이 정다워 보였나 봅니다. 뒤뜰을 본 언니는 속이 다 시원하다고 좋아하였습니다. 각종 과일 나무들이 숲을 이루고 울타리는 꽃나무들로 둘러있어 꽃동네를 이루었습니다. 뒤 정원도 아름답고 마당도 넓어서 아이들 뛰어 놀고 술래잡기해도 부족함이 없는 집이였습니다.

울타리 끝자락에는 전 주인이 튼튼한 나무로 기둥을 세우고 차고를 크게 만들어 놓았습니다. 언니와 형부는 침대하나 사다 놓고 책상도 사오고 하여 방으로 만들었습니다. 그리고 가난한 동생 집으로 이사를 왔습니다. 언니는 항상 가난하게 사는 동생을 사랑하며 안쓰러워 했습니다. 내외가 일하면서 공부하는 형편이니 언니가 살림을 돌보고 조카들을 보살핀다는 생각을 하며 우리 집으로 오신 것입니다. 그렇게 생각이 깊은 분들이었습니다. 형부는 청소차가 오는 날이면 아침에 일찍 일어나 폐품을 줍고 또 옆 공원에 가서 폐품을 모아서 팔았습니다. 그 돈으로 우유와 빵, 햄과 계란을 사다 냉장고를 채웠습니다.

3년이 어느 사이에 지나갔습니다. 우리가 학교를 졸업하는 날 아침, 고생한 보람이 있다고 제일 먼저 언니와 형부가 축하해주었습니다. 아이들은 예쁜 꽃다발을 만들어 안겨 주고, 엄마 아빠 축하한다며 좋아했습니다. 목사님과 선, 후배 강도사님과 전도사님, 교우들의 축하 물결이 넘쳤습니다. 나는 신학원에서 석사로 졸업한 것이 꿈만 같았습니다.

돌아보면 고통의 늪에서 방황할 때도 있었습니다. 그때마다 하나님께 뿌리를 내리며 울었습니다. 한국에서 이루지 못한 꿈을 이 나이에 미국에서 이루었습니다. "그는 물가에 심기운 나무가 뿌리를 강변에 뻗치고 더위가 올지라도 두려워 아니하며, 그 잎이 청청하며 가무는 해에도 걱정이 없고 결실이 그치지 아니함 같으리라."(예레미야 17장 8절)

남편은 논문을 일찍 끝내고 싶어 오랫동안 해오던 아파트 청소를 그만 두고 낮 수업으로 바꾸었습니다. 여섯 식구가 먹고 살아가기 위해 일을 해야 했습니다. 아는 목사님 소개로 밤 빌딩 청소를 하기로 했습니다. 큰 건물이었습니다. 2층은 사무실이 있고 아래층은 24시간 일하는 큰 공장이었습니다. 쇠 깍는 소리가 요란하게 울리는 공장을 지나가면 쓰레기통이 있고 주차장이 있었습니다. 저녁에 빌딩에 들어가면 자정을 훨씬 넘어 첫 닭이 우는 시간에 밖으로 나옵니다. 하늘에는 별이 반짝이고 달님이 비추어 주는 새벽길에 집으로 돌아왔습니다. 두 사람이 일하기는 힘들고 벅찬 일이였습니다.

남편은 오전에는 학교로 가고 오후에는 운전교사를 했습니다. 이민 온 사람들이 면허를 따도록 가르치는 일이었지요. 그리고 저녁에는 나와 함께 빌딩으로 가서 청소를 했습니다. 그렇게 개미 쳇바퀴 도는 생활을 하면서 한 해가 지나갔습니다. 또 한해가 지나가고 큰 딸이 고등학교 졸업반, 둘째가 고등학생, 셋째가 중학생, 막내는 아직도 초등학생입니다.

따스한 봄날, 남편이 졸업하였습니다. 바라던 논문이 통과되었습니다. 꿈이 이루어진 것입니다. 온 가족이 하나님께 감사했습니다. 친척 가족들도 기뻐하고 축하해 주었습니다. 목회 준비를 시작하였습니다.

그해 졸업한 전도사님 세분은 강도사 시험에도 모두 함께 했습니다. 노회에서는 목사 안수식에 강도사 세 분이 안수를 받았습니다. 목사님이 되신 세 분들은 이민 초기부터 학교를 같이 다니고 주의 일꾼으로 훈련 받으신 분들이었습니다.

큰언니는 동생 남편 신 목사를 신뢰하며 사랑했습니다. 처자식만을 알고 생활력이 강한 가장이라고 본 받아야 한다고 늘 말했습니다. 정말 신 목사는 하나님과 처자식 밖에 몰랐습니다.

우리 부부가 꿈을 이루었습니다. 하나님 은혜와 축복이 넘치고 넘쳤습니다. 나는 노년에 글쓰는 일을 시작하여 삶을 보람 있게 살고 있습니다.

"오직 성령이 너희에게 임하시면 너희가 권능을 받고 예루살렘과 온 유대와 사마리아와 땅 끝까지 이르러 내 증인이 되리라 하시니라."(사도행전 1장 8절)

그리운 당신

한 해를 보내는 아쉬움도
비탈길에 묻히신 당신 생각에
지금도 여전히 당신은 변함없는 승희 아빠 입니다.
꽃가게 들려 꽃을 사서 당신 이름 앞에 놓았습니다.
당신의 숨차게 살아오신 삶의 흔적이
건강한 열매되어 익어 갑니다.
아침 햇살 사이로 빛나고
달빛 풀어헤친 밤에도 빛나고
백설이 뒤 덮인 만수산 제일봉 장송도 청청 합니다.
여기
당신이 누워 있는 자리는 꽃동네가 되었습니다.
지천으로 아름다운 꽃들이 가득합니다.
제가 없어 쓸쓸하거든
꽃과 함께 춤을 추며 기다려 주세요.
두 눈이 아프도록 아니 오거든
버들피리를 불어 주세요.
그래도 아니 오면
당신과 살아온 세월을 헤어 보세요.

그러노라면
진달래 한 그루 사 가지고
속살대는 아지랑이 소식과 함께
봄바람에 실려 날아오렵니다.

그리운 어머니

1965년 10월 25일, 인천에서 결혼식을 마치고 어머니와 큰 형님이 사시는 여주에서 살았습니다. 겨울이 지나 봄이 되어 인천으로 이사를 나왔습니다. 저희 부부는 인천에서 아이들 낳고 키우고 학교 보내며 10년을 살았습니다.

어머니는 큰형님 댁에서 바쁜 일손을 도우시다가 가을걷이를 마치면 인천 저희 집에 와서 손주들과 함께 지냈습니다. 지내시는 동안 어머니는 손주들 위해 온 정성을 다 쏟았고, 아이들은 그런 할머니를 무척이나 따르며 좋아했지요. 어머니가 집에 계시면 집안에 웃음이 그치지 않았습니다. 인천에서 10년 세월은 저희 부부와 아이들에게 복된 시간들이었습니다.

제 친정 부모님이 일찍 돌아가신 줄 아는 어머니께서 친정어머니 몫까지 다 해주셨습니다, 아이 낳을 때도 어머니가 도우시고 산모 미역국을 끓여 주고 집안 살림까지 다 맡아주었습니다, 제가 승희를 낳을 때도 첫 딸은 살림밑천이라 하시며 해산을 도우시고, 둘째 승아를 낳을 때도 딸이 둘은 돼야 한다고 말씀 하신 어머니. 셋째 딸 승혜를 낳을 때는 며느리를 위로해 주려고 고전에 나오는 최진사 댁 이야기와 할미꽃 이야기를 하시며, 셋째 딸은 착하고 효녀이며 시집가는 것도 걱정 없다고 제 등을 쓰다듬어 주었습니다.

어머니는 네 번째 아이로 손자를 받으셨습니다. 따스한 눈빛으로 손자를 안고 묵상하시던 어머니는 정겨운 목소리로 "너는 부자다. 가정에는 딸도 있고 아들도 있어야 좋다." 말씀하셨습니다. 하늘에 신이 네게 복을 주셨구나, 하시며 제 등을 토닥토닥 두드리던 어머니의 모습이 눈에 선합니다.

어디 이것뿐이겠습니까. 어머니와 저는 살아오면서 끝없이 아름다운 이야기를 만들어 왔습니다. 어머니, 생각나시는지요. 승희가 세 살 되던 여름입니다. 어머니가 여주 큰댁에서 일손을 도우실 때입니다. 할머니가 보고 싶다고 울고 보채는 승희를 데리고 여주에 갔습니다. 그 시대 여주는 읍에만 전기가 있었습니다. 농촌과 시골 마을들은 석유로 등잔불과 남포등을 사용하여 불을 밝히던 때였지요.

큰댁에 가는 십 리길을 어머니가 승희를 업고 걸으셨습니다. 제가 어머니께 허리 아프니 승희를 걷게 내려놓으시라고 말씀드렸지요. 조금 후, 어머니 목소리가 들려왔습니다. "얘야, 사랑은 무겁지 않다." 그 어떤 명시가 이처럼 감동을 주겠습니까. 그 무엇이 어머니의 사랑을 이 보다 더한 말로 표현할 수 있겠습니까. 지금도 그때 어머니의 그 말씀이 귓가에 울려옵니다.

어머니는 사랑의 바다이십니다. 어머니, 보고 싶습니다. 1975년 오월 라일락 향기 속에 어머니 돌아가시고, 그 이듬해 가을 저희 가족은 이민으로 미국에 건너왔습니다. 이민 올 때 아이들이 모두 어렸습니다. 승희가 열한 살, 승아가 여덟 살, 승혜가 다섯 살, 승철이가 세 살이었습니다. 녀석들이 모두 아범을 닮아서 열심히 공부했지요. 그리고 때를 따라 결혼하여 네 명의 손주들이 각각 아이를 세 명씩 낳아서 모두 열두 명 증손이 되었습니다.

이 아이들은 어머니의 피로 만들어져 세상에 태어나고 어머니의 사랑을 마시며 자란 네 명의 손주가 낳은 후손들입니다. 어머니께서 우리와 함께 계시다면 증손들을 얼마나 사랑하셨을까. 눈을 감고 어머니와 살았던 그 행복했던 세월을 되돌아봅니다.

어머니의 사랑은 순결합니다. 소박한 국화꽃 향기입니다. 어머니, 아범이 떠난 지도 어느새 4년이 지났습니다. 못 견디게 어머니가 그리운 날, 국화꽃 향기로 편지를 띄워 보내 드립니다.

오강교회 사람들

나의 친정 부모님은 겨우 50평생을 사셨습니다. 결혼하여 일곱 남매를 낳으셨습니다. 내가 태어나기 전 아버지가 돌아가시고 열세 살 때 엄마도 돌아가셨습니다. 막내딸 영애가 일흔 여덟에 이 글을 쓰고 있습니다.

아버지는 보성 오씨 오복남입니다. 고향은 충남 예산이고 직업은 철도원이었습니다. 엄마는 진주 강씨 강홍란입니다. 고향은 충남 홍성입니다.

아버지는 수인선 종점인 남인천역에서 근무 중 쓰러져 곧바로 도립병원으로 옮겨졌습니다. 병명이 확실치 않았다고 합니다. 입원한 지 두 주일 만에 44세의 짧은 일기로 세상을 떠나셨습니다.

철도국에서는 유가족을 위하여 가족들에게 일자리를 주었습니다. 큰오빠는 화성역 철도원으로, 큰언니는 수원역 교환수로, 엄마는 화성역 건널목 간수로 각각 채용되었습니다. 돌아가신 아버지는 20년 넘게 모범적으로 일하셨다고 합니다. 장항선, 수여선에서도 성실하게 근무하신 책임감 있는 분이었다고 합니다. 나는 어려서부터 정거장에서 기적소리를 들으며 자랐습니다. 아버지 친구한테 아버지 이야기를 들었습니다. 우리 아버지가 존경스럽습니다. 오늘도 보고 싶은 아버지를 떠올리면 눈물이 흐릅니다. 꿈속에서라도 아버지를 보았으면 하고 간절히 기도합니다.

아버지가 돌아가시고 수원 화성역으로 이사를 왔습니다. 엄마는 남편 잃은 슬픔을 딛고 자녀들을 위하여 꿋꿋하게 사셨습니다. 매교동 건널목 간수로 10년 동안 단 한 번의 사고도 없이 간수 일에 충실했습니다. 한 생명도 귀하다고 하루도 쉬지 않고 건널목을 지키셨습니다. 매교동 건널목에서 살 때 우리 가족은 서로를 어루만지며 도와주고 격려하며 살아갔습니다. 돌이켜보면 그때가 가장 행복한 날들이었습니다.

세월은 바람 같아 어느 새 저는 아홉 살이 되었습니다. 언니 오빠도 어른이 되어서 저마다 목표를 세우고 꿈을 이루기 위하여 집을 떠났습니다. 언니 둘은 결혼하고 오빠 둘은 군에 있었습니다. 셋째 언니는 서울에서 공부를 했습니다.

어느 봄 날, 철도국에서 엄마에게 전근 명령이 내려왔습니다. 수여선 오천역 건널목 간수로 전근이 되었습니다. 우리는 오천역으로 이사를 갔습니다. 아름다운 농촌 마을에 시냇물이 맑게 흘렀습니다. 엄마가 마장 초등학교에 오빠는 5학년 나는 4학년으로 전학시키셨습니다.

그 무렵 큰오빠는 자유결혼 후 올케 언니를 집에 두고 군에 입대했습니다. 올케 언니는 서울에서 공부를 많이 한 지성인이었습니다. 겸손하고 친절했습니다. 시어머니를 정성껏 모시고, 시동생, 시누이를 사랑했습니다. 올케 언니는 아들과 딸도 낳았습니다. 엄마는 할머니의 삶을 즐기셨습니다. 나도 귀여운 조카가 고모 고모하고 부를 때 행복했습니다. 언니는 시집올 때 가지고 온 성삼문의 시조를 안방 책상 앞에 걸어 놓았습니다. "이 몸이 죽어가서 무엇이 될고 하니 봉래산 제일봉에 낙락장송 되었다가 백설이 만건곤할 때 독야청청하리라." 나는 성삼문의 시조가 너무 좋아서 지금까지 마음 속 깊숙이 새기고 살아갑니다.

엄마는 추운 겨울이면 지병인 해소 천식으로 고생을 많이 하셨습니다. 왜정 때 관사에서 칠 남매를 낳으시고 산후조리를 제대로 할 수 없었습니다. 다다미방에서는 산후조리를 할 수 없었기 때문입니다. 오천에 와서는 전쟁 폭격으로 관사를 새로 지었습니다. 그 땐 방에 온돌을 놓을 수 있었습니다. 엄마가 자리에 누우신 그 해 겨울은 유난히 추웠습니다. 칼바람이 불고 눈보라가 몰아치는 날이 많았습니다. 기침으로 자리에 누우신지 두 주일 만에 가래가 막혀서 2월 7일, 52세로 돌아 가셨습니다.

엄마가 돌아가시고 강산이 두 번 바뀌었습니다. 칠 남매에게도 변화의 물결이 찾아왔습니다. 성공한 사람도 있었습니다. 가난을 딛고 일어나려고 몸부림치는 가족도 있었습니다. 미국에서 자리를 잡은 언니는 뜻을 이루고 작은 오빠와 막냇동생을 초청해 주었습니다. 그 후에는 작은오빠가 한국에 남은 가족을 초청했습니다. 두 가족은 미국으로 오고 두 가족은 이민을 사양했습니다.

5남매가 한국을 떠나 온 지도 어느덧 반세기가 됩니다. 우리는 이 땅에 와서 목표를 세우고 꿈을 이루고자 숨 고르는 시간도 아까워하며 열심히 살았습니다. 돌아보면 가난한 자를 부유하게 하시는 하나님의 은혜였습니다.

이민 온 5남매는 고생과 수고를 끝내고 모두 은퇴했습니다. 잘 쉬면서 노년을 보낼 방법을 생각할 때였습니다. 그러나 작은 오빠가 65세로, 큰언니가 80세로, 셋째언니가 75세로 돌아가셨습니다. 저희 집은 당뇨가 유전입니다. 세 분 모두 당뇨로 돌아가셨습니다. 그리고 여러 해가 지나서 2015년 10월 2일 77세로 제 남편 신응선 목사가 하나님의 부르심을 받았습니다. 가족 중에서 가장 건강하시던 큰형부가 100세를 눈앞에 보면서 2020년 12월 23일, 95세에 노환으로 하늘나라에 가셨습니다. 이제 남은 사람은 올케언니 세 분과 셋째 오빠와 막내인 저뿐입니다.

우리가 처음 이민 왔을 때 식구가 20여명이었습니다. 우리 가족은 주말이면 만났습니다. 서로 바쁠 때도 한 달에 두어 번씩은 모였습니다. 그 동안 부모 손잡고 이민 온 아이들이 장성하여 모두 결혼했습니다. 한국에서 결혼하여 가족을 데리고 이민 온 조카도 있습니다. 5남매의 자녀들이 23명입니다. 그들이 자라서 모두 결혼했습니다. 하나님께서 손자를 30명 주셨습니다. 5명의 손자가 11명의 증손자를 낳았습니다.

미국에서 받은 축복을 헤어보니 손자와 증손이 합하여 41명입니다. 손자 중에는 마흔 넘어 50이 된 손자도 있고, 초등학교 1학년 손자도 있습니다. 오복남 고조할아버지 강홍란 고조할머니의 핏줄을 타고 흘러서 64명의 후손을 받았습니다. 성경에 "내가 반드시 너를 복 주고 복 주며, 너를 번성케 하고 번성케 하리라."(히브리서 6장 14절)는 하나님의 믿음의 조상 아브라함과 맺은 언약의 축복을 우리 가족에게도 주셨습니다.

우리 가족에게는 좋은 일 궂은 일이 많았습니다. 그럴 때마다 젊은 조카들과 자녀들이 앞에서 끌고 뒤에서 밀며 어려운 일을 헤쳐 나왔습니다. 부모님을 공경하고 동기간에 우애 있게 살아가라는 부모님의 가르침을 따라서 살아왔습니다.

주님이 주신 사랑을 느끼며 부모님의 교훈을 따라서 살아가는 우리는 20여명 자손이 70명으로 번성하는 축복을 누렸습니다. 할아버지 보성 오씨와 할머니 진주 강씨에서 두 분 성씨를 따와, 오강교회를 이루었습니다. 두 분의 사랑으로 똘똘 뭉치는 행복한 가족으로 커가고 있습니다. 아버지와 엄마의 가르침으로 주님의 사랑을 배웠습니다. 우리는 한 사람 한 사람이 주님의 전도자입니다. 교회 건물은 없습니다. 그러나 주님은 우리 가족과 함께 하십니다. 우리 가족이 바로 교회입니다.

오강교회 안에 타인은 한 사람도 없습니다. 오강 가족의 자녀들이 이민 와서 옹기종기 남가주에 모여 삽니다. 멀리는 캐나다에 손녀가 살고 뉴욕에서 일하는 손녀도 있습니다. 아이오와에서 사는 가족도 있고 북가주에 사는 가족도 있고, 샌디에이고에 사는 가족도 있어서 가족 모임에 더러 참석 못 할 때도 있습니다. 그러나 큰 일이 있으면 모두 달려옵니다.

나는 사랑하는 젊은 조카들이 꾸준히 책을 읽기를 바랍니다. 독서는 우리의 몸과 마음을 성장시킵니다. 우리의 생각이 넓어지고 판단력도 예리해지게 됩니다. 그리고 독서는 우리의 뇌를 지적으로 바뀌게 하고 삶을 바꾸는 창의적인 뇌로 발전시킵니다. "너희는 여호와의 책을 자세히 읽어보라 이것들이 하나도 빠진 것이 없고 하나도 그 짝이 없는 것이 없으리니 이는 여호와의 입이 이를 명하셨고 그의 신이 이것

들을 모으셨음이라."(이사야 34장 16절)

모이면 오강 할머니 할아버지의 사랑을 생각하고 흩어지면 주님의 사랑을 전하는 우리 오강교회가 커가는 모습을 그려봅니다. 생전 보지도 못했던 오복남 아버지와 강홍란 어머니의 얼굴이 자손 대대로 오강교회를 통해 퍼져 나가기를 바랍니다.

우리 개척하러 가자

2015년 여름, 남편을 중환자실로 옮겼다. 여름 내내 위기를 겪으며 병원을 들락날락 하였다. 여름방학에 할아버지 집에 온 손주들은 재미있는 시간을 할아버지와 즐길 수 없다는 것을 알았다. 어린 손주부터 대학을 졸업한 손주까지 이제 할아버지를 언제까지 볼 수 있을까 걱정하며 두 손 모아 기도했다. 이번 방학이 할아버지와의 마지막이라 생각하고 저마다 마음을 적시며 돌아갔다.

초가을이 되었다. 남편이 회복되는가 싶었다. 16년간 뇌졸중으로 왼쪽은 사용을 못했다. 오른쪽 팔다리와 입, 코, 눈은 정상이었다. 그러나 오른쪽 하나로는 아무것도 할 수가 없었다. 휠체어에 앉는 것도 혼자서는 할 수 없었다. 남편은 삶이 불편해도 가족과 함께 즐기며 기쁨으로 살아왔다. 도토리만한 아내와 결혼하여 50년 세월을 별 탈 없이 고마워하며 살았다. 그리고 네 자녀들과 손주를 사랑했다. 그 놈들을 바라만 보아도 미소를 지으며 기뻐했다. 긴 병석에서도 믿음과 소망, 꿈을 잃지 않았다.

어느 날, 남편은 병원에 또 입원했다. 주치의와 각 분야별 의사들이 다녀갔다. 곧바로 주치의가 가족에게 준비하라고 진찰 결과를 알려주었다. 넘지 못할 슬픔이 파도처럼 밀려왔다. 입술을 깨물고 주님께 맡겼다. 예배가 필요했다.

남편과 젊은 시절 목회를 하면서 심령수련회와 청소년 전도 집회를 다녔다. 교회에서나 기도원에서 부르던 찬송과 성경을 준비했다. 병원 복도에 들리지 않게 작은 소리로 남편 귀에만 들리게 예배를 보았다. 찬송은179장, 이 기쁜 소식, 189장 마음에 가득한 의심을 깨치고, 193장 예수십자가에 흘린 피로서, 등을 반복하여 불렀다. "수고하고 무거운 짐진 자들아 다 내게로 오라, 너희를 쉬게 하리라."(마태복음 11장 28절)과 "주께서 인생으로 고생하게 하시며 근심하게 하심은 본심이 아니시로다."(예레미야애가 3장 33절) 두 말씀을 여러 번 읽고 또 읽었다. 예배를 30분정도 드렸다. 남편이 '승희 엄마'하고 불렀다. 그리고는 "우리 개척하러 가자."하였다. 나는 놀란 눈으로 남편을 보면서 어디로 가느냐고 물었다. 남편은 오래 전 한국에서 가슴에 묻어두었던 개척의 섬마을 영종을 말했다. "우리 인천 영종 섬으로…."

인천 영종 섬은 남편이 가장 힘들었던 시절 2년 동안 사진 찍으러 다녔던 섬이었다. 인천 만석동에서 배를 타고 영종으로 다녔다. 섬을 가면서 그 곳에 교회를 세우고 싶었던 꿈을 간직한 것을 알지 못했다. 지금은 영종 섬이 국제공항이 되었다고 말하지 않았다. 임종을 앞두고. 예배를 통하여 가슴에 묻어둔 꿈이 생각났다. 전도해야 한다는 찬송과 말씀을 듣고 영종 섬으로 개척하러 가자고 말했던 것이다. 하나님께서는 남편의 품성을 아시고 전도자의 사명 의식을 깨닫게 해 주셨다. 전적으로 하나님의 은혜였다.

얼마 남지 않은 남편의 마지막 길을 외롭게 보내고 싶지 않았다. 16년 동안 병석에 누웠던 남편의 마음을 헤아려 보았다. 이민 와서 함께 신학원을 다니며 공부하던 많은 친구들, 졸업하고 목사 안수를 받고 주의 일을 시작한 선배와 동료들 모두가 보고 싶은 얼굴들이다. 내가 그분들과의 관계를 잘 아는 것은 나도 남편과 같이 학교를 다녔기 때문이다.

나는 남편에게 '보고 싶은 친구들, 이름 부를 때 만나고 싶으면 눈까풀을 깜빡깜빡 하라'고 얘기했다. 그리고 이름을 부르기 시작했다. 여러 친구를 만나고 싶다고 했다. 연락을 했으나 통화가 이루어지지 않았다. 그 중 다섯 분 목사님과 통화가 되었다. 무척 반가워했다. 그 다음날 약속시간에 목사님들이 모두 오셨다. 남편이 있는 병실은 천국이 되었다. 누워있는 남편은 미소만 짓다가 너무 좋아서 입을 다물지 못하고 웃고 있었다. 병원에 오신 목사님들이 예배를 마치고 그 자리에서 장례식 순서를 만들었다. 누워있는 남편은 눈을 감고 숨소리는 조용했다. 장례 집례 목사님은 온 가족이 출석하는 L교회 담임 목사로 오래전에 선약이 되어 있었다. 그래서 기도, 축사, 축도 순으로 환송예배와 하관예배까지 모두 준비를 해 주었다. 남편의 잠든 편안한 모습을 보고 목사님들은 발길을 돌렸다.

4월 6일은 남편 생일이다. 작년 생일에는 코로나 바이러스로 산소에 갈 수 없었다. 올해는 이곳에 사는 두 딸네 가족과 다녀왔다. 할아버지 묘지에서 가족사진을 찍고 구호를 외쳤다. "우리 개척하러 가자." 병상에서 마지막 간직한 평생의 소원을 남기신 할아버지의 유언을 자손들 가슴에 새기면서 다시 한 번 외쳤다. "우리 개척하러 가자."

25년 전부터 큰 딸은 동남아에 선교의 문을 열었다. 지금도 활발하게 개척해 나가고 있다. 12명 손주들이 어떠한 인물이 되어도 할아버지의 뜻을 따라 선교의 꿈을 가지고 살아가길 소원한다.

할아버지의 미소

어느새 12월이다. 아이오와에 사는 둘째 딸은 아침이면 'Hi Mom'으로 하루를 연다. 둘째는 북가주에서 대학을 졸업했다. 법대는 남가주에서 마쳤다. 졸업하던 봄에 친구가 결혼하여 들러리를 섰다. 결혼하는 신랑이 수술의사인 친구를 둘째에게 소개했다. 두 사람 모두 생각이 깊은 지성인이라 좋은 인연이 되었다. 양가 부모들도 다른 의견이 없었다. 하나님의 뜻이라 믿고 결혼식을 올렸다.

결혼한 다음 남편이 일하는 병원과 가까운 뉴포트비치에서 살았다. 그 후 택사스로 이사했다. 그곳에서 13년 살면서 4남매를 낳았다. 첫 아들은 그날로 병원에서 의사의 실수로 하늘나라로 갔다. 딸과 사위는 아들이 살아보지도 못하고 가버린 아픔을 품고 살았다. 시간이 지나면서 하나님은 그 가정에 3남매를 주셨다. 그때 많은 사람들의 위로와 격려를 받고 성금까지 보내왔다. 그 돈을 버몬트 옆 오렌지카운티 도서관에 기증했다. 태아로 하늘나라에 간 나의 손자인 눅기스 이름으로 장학재단이 세워졌다. 나도 언제인가는 생이 끝날 때에는 하늘나라에서 눅기스를 만나리라 믿는다.

둘째는 남편 고향인 아이오와에 산 지 10년이 되었다. 큰 손녀는 올해 대학을 졸업했다. 아이오와에서 대학원 공부를 하고 있다. 손자는 16살 고등학교 3학년이고, 막내 손녀는 14살 중학교 8학년이다. 둘째는 틈만 나면 혼자 사는 엄마 목소리를 듣고 싶어 전화한다. 오늘도 오후 4시경 전화했다. 그 시간에 나는 부엌 식탁에서 글을 쓰고 있었다.

둘째가 신기한 일이 있다고 하며 흥분된 목소리였다. 나는 무슨 좋은 뉴스냐고 물으며 얼른 영상통화 버튼을 눌렀다. 둘째 얼굴이 보였다. 평화스런 아이오와에서 자녀들 키우며 일하는 52살 중년이 지나갔다. 나를 보고 웃는 모습이 함박꽃이다. 둘째가 "내가 아버지를 많이 닮았나 봐."하면서 오늘 있었던 이야기를 했다. 오후에 노아는 트럼펫 배우는 시간이다. 선생님이 가르치고 지금 갔다고 한다. 가시는 선생님에게 감사한 맘으로, 미소를 머금고 인사를 했다. 선생님이 떠나고 안으로 들어온 노아가 놀란 표정으로 신기하고 놀란 일이라고 했다. 노아는 엄마에게, 선생님에게 미소지으며 인사한 것 처럼 다시 미소지어 보라고 했다. 엄마의 인사 속에서 돌아가신 외할아버지의 미소를 보았다고 한다. 외할아버지가 보고 싶다고 하며 노아는 엄마에게 미소로 인사해 보라고 졸랐다고 한다.

나는 이야기를 듣고 놀라고 신기하지 않았다. 당연한 것에 감사를 했다. 우리부부는 주 안에서 결혼하고 반세기를 살았다. 나는 남편과 살면서 4명의 자녀를 주시는 대로 받았다. 그들 중에서 둘째와 넷째가 아버지를 많이 닮았다. 밥 먹는 모습 미소로 인사하는 태도와 말씨 걷는 뒤 모습도 남편의 모습이다.

노아는 5살부터 트럼펫을 배우고 불었다. 아이오와에는 매년 10월이면 트럼펫 경연대회가 열린다. 그 대회에서 작년에는 5등 했는데 올해는 4등으로 올라갔다. 5년 전 외할아버지가 돌아가셨을 때 환송예배와 하관예배에 영정사진을 들었다. 11살 나이인데도 침착하게 장례가 끝나는 시간까지 할아버지의 미소 띤 사진을 가슴에 들고 보고 또 보고 했다.

성장하면서 노아의 꿈이 변해갔다. 처음에는 친할아버지와 아빠 같은 의사가 된다고 했다. 주일날이면 온 가족이 교회 가서 예배를 드린다. 특별한 예배에는 특송으로 트럼펫을 불 때도 있다. 그리고 노아는 성가대에서 성가를 부른다. 교회에서 성경을 배우고 봉사하며 가난했던 목사 외할아버지의 삶을 생각했는가 싶기도 하다. 외할아버지의 꿈은 선교하며 복음을 전하는 것이었다. 그만 뇌졸중으로 쓰러지며 할아버지의 꿈은 멈추고 말았다. 노아가 그 꿈을 이루고 싶어 하는지도 모른다.

노아는 방학이 되면 외할아버지 집으로 왔다. 휠체어를 타는 할아버지와 아이오와 이야기도 나누며 웃고 재미있게 보냈다. 아이오와에 없는 맛집이 있어서 국밥집에서 설렁탕도 먹고 중국집에서 자장면도 먹었다. 노아에게는 어린 시절 할아버지와의 추억이 그리움으로 남았나 싶다. 엄마의 미소 띤 인사를 보면서 할아버지 모습이 좋아서 감격하는 노아가 고맙고 감사했다.

생전의 남편은 병상에서도 손주들이 오면 웃음꽃이 피었다. 조부모가 내리 사랑하는 손주들 앞에서 건강한 삶을 보여주지 못해 미안함이 가득했다. 자녀들에게도 잘못이 없음에도 언제나 미안하다고 했다. 도토리만한 아내에게는 항상 빚 진 마음으로 고맙고 감사하다며 자랑했다.

나는 반세기 동안 남편의 미소 속에서 울고 웃으며 살았다. 남편을 아는 사람들은 미소를 짓고 가만히 앉아 있어도 기분이 좋아진다고 했다. 우리가정에 하나님께서 가훈으로 주신 성경이 있다."항상 기뻐하라, 쉬지 말고 기도하라, 범사에 감사하라."(데살로니가 전서 5장 16~18절)이 있다. 매우 간결하지만 강력한 인상을 남기는 구절이다. 오늘도 마음에 새긴다.

네 엄마 만나서 잘 살았어

10월입니다. 이맘때가 되면 아이오와에 사는 딸과 북가주 아들이 아빠를 그리워하고 보고 싶어 합니다. 남편은 10월 2일 2015년 77세로 부르심을 받고 본향으로 떠났습니다. 어느덧 6년이 흘렀습니다.

플러튼 사는 셋째 딸이 정오에 아빠 산소에서 만나자고 연락을 했습니다. 과일과 음료수는 가지고 온다고 합니다. 옆집 사는 큰 딸도 점심으로 돈까스 도시락을 준비 했습니다. 나무 그늘에 앉아 점심 먹을 돗자리까지 싣고 딸네 가족과 나는 차에 탔습니다.

올해도 마틴은 남편 산소에 다녀간다고 전화를 주었습니다. 그는 남편이 양로병원에 있을 때 우리가 간호보조원으로 풀타임 채용한 사람입니다. 1년에 세 번, 남편 기일과 생일, 크리스마스에는 반드시 꽃다발 셋을 들고 로즈힐 언덕을 오릅니다. 남편 산소 위에는 큰언니와 형부 산소가 있어서 각 산소 앞 꽃병에 꽃을 담아 놓고 내려갑니다. 그 인연으로 마틴과 우리 집은 가족이 되었습니다. 우리네 인생에서 소중한 추억은 그리움인가 싶습니다.

산소에 도착하니 먼저 온 큰 조카 내외와 작은 조카 며느리가 우리를 기다리고 있습니다. 어느새 남편 산소와 큰언니 형부 산소까지 깨끗하게 청소를 해놓았습니다. 비석이 반짝 반짝 빛나서 보기 좋았습니다.

오늘 산소에 온 두 조카며느리는 남편이 살아 있을 때 결혼했습니다. 저마다 시고모부, 시이모부의 추억이 있습니다. 특별히 큰 조카 내외는 이모부가 양로병원에 6년 있는 동안 매주 다녀갔습니다. 조금 늦은 저녁 시간에 오면 이모부가 잠자는 모습만 바라보다 돌아가는 날도 있었다고 합니다. 큰 조카 내외는 큰언니 아들과 며느리요 작은 조카며느리는 작은 오빠 며느리입니다.

정오입니다, 나무 그늘 아래 돗자리를 깔았습니다. 마침 플러튼 딸네 가족도 도착했습니다. 가족이 앉아서 맛있는 도시락을 먹으면서 생전의 남편 이야기를 했습니다. 조카는 이모부가 가족과 자식들을 위해 얼마나 헌신하며 사셨는지 존경스럽다고 회상했습니다. 자식들 장성하고 손주들 재롱 한창 즐기셔야 할 텐데 너무 일찍 가셨다며 아쉬워했습니다. 딸은 남편이 병원에 있는 동안 괴로운 중에도 늘 주님께 감사하며 가족을 격려하던 모습을 떠 올립니다. "내가 너희 엄마 돌보지 못하고 먼저 가게 돼서 미안해, 너희들이 엄마 잘 모시도록 해라, 나 네 엄마 만나서 잘 살았어!" 아빠 말씀을 회상합니다.

아름다운 계절, 가을에 로즈힐을 내려오며 스치는 바람결에 눈을 감고 가을에 만난 남편을 생각했습니다. "돈을 잃는 것은 조금 잃는 것이요, 명예를 잃는 것은 많이 잃는 것이요, 건강을 잃는 것은 전부 잃는 것이다."라고 했습니다. 이 말은 저희 시어머니가 늘 하시던 말씀입니다. 조금만 더 일하고 쉬겠다는 것이 건강을 챙기는 일은 뒤로 밀리지 않았나 싶습니다. 남편은 당뇨병 환자로서 이상 신호가 오는데도 견디며 일했습니다.

그 당시 텍사스에 사는 둘째 딸이 아빠를 걱정해서 얼바인 병원에 종합진찰을 예약했습니다. 마침 보스턴에서 학교를 졸업하고 고향집에 내려온 막내아들이 아빠를 모시고 병원에 갔습니다. 병원에 들어가 보지도 못하고, 문턱에서 뇌졸중으로 62세에 쓰러져 왼쪽을 움직이지 못하는 반신불수가 되었습니다.

남편은 군에서 제대하고 고향에서 중학교 못간 학생들을 가르치는 28살 야간학교 총각선생이었습니다. 뜻이 같은 친구와 운영하고 있었습니다. 두 사람 선생으로 부족하여 같이 일할 선생을 구하고 있었습니다. 나는 그때 지방 보육원에서 보모로 일하는 22살 선생이었습니다. 같이 일하는 K 선생이 S 선생에게 소개하였습니다. 나는 학생을 가르칠 만한 자격이 없는 사람입니다. 그래서 적극 사양했습니다. K 선생은 S 선생을 한번 만나 보라고 권유하였습니다.

저녁 7시 읍내 다방에서 S 선생을 만나는 날입니다. 아무리 생각해도 자신이 없어서 시계만 보는데 시계 바늘은 빠르게 7시로 가고 있었습니다. 순간 어떤 정신과 의사의 말이 떠올랐습니다. "바보가 되어라." 내세울 만한 학벌도 없이, 자질구레한 이력을 늘어놓고 창피 떠는 것보다 바보가 편할 것 같았습니다. 아예 바보가 되기로 은근히 다짐하고 나가면서도 걱정이 되었습니다. 어떻게 하면 바보가 되는 것일까, 그것도 쉬운 일은 아니었습니다.

다방에서 기다리던 S 선생은 나를 보자 따뜻한 미소로 인사를 했습니다. 소문대로 친절하고 용모도 준수하고 첫 인상도 좋았습니다. 나는 우선 표정부터 바보스럽게 입을 약간 벌리며 인사하고 자리에 앉았습니다. 눈에 광채가 돋거나 날카로운 기운이 서리면 큰 일이였습니다. 눈을 게슴츠레하게 뜨고 꿈벅꿈벅 하였습니다. S 선생은 나를 보고 앉아 있습니다. 나는 테이블에 레지가 갖다 놓은 커피를 조금 두었다가 단숨에 소리 내어 마셨습니다. 그리고 손등으로 입가를 닦았습니다.

S 선생은 첫 만남에서 인터뷰하는 형식으로 만나 본 것입니다. 그런데 이 바보 선생에게 어떻게 무엇부터 물어야 할지 모르는 상황이 되었습니다. S 선생 앞에서 바보 연습을 끝내고 인사하며 다방을 나왔습니다.

나는 지방 보육원을 떠나 인천 보육원으로 옮겼습니다. 일 년이 지난 어느 가을 날, 다방에서 만났던 S 선생이 뜬금없이 찾아 왔습니다. 그는 일 년이란 긴 시간을 보내면서 깊이 있게 많이 생각하며 기도하고 왔다고 했습니다. 중매로 만난 여자와는 깨끗이 정리하고 각각 자기 길을 가기로 했다고 담담하게 말했습니다. S 선생은 결혼해 달라고 청혼을 하였습니다. 청혼을 받고는 가슴이 설레었지만 그 사람의 진실한 마음을 알고 싶었습니다. S 선생은 그 고장에서도 괜찮은 사람이라는 것이 믿어지게 되었습니다. 그 사람에게 약혼한 사실이 있다 하더라도 이해가 가고 그럴 수도 있다고 믿음이 가는 사람이었습니다. S 선생은 꿈도 이상도 모두가 사람답게 살고 싶다는 것이었습니다. 눈에 보이는 것은 그리 중요하지 않았습니다. 그분의 삶은 평소 내가 본받고 싶은 사람의 것이었습니다.

양가 축하 속에 S 선생과 결혼했습니다. 결혼하고 인천에서 10년 살았습니다. 그 사이 하나님이 주시는 대로 4남매를 받았습니다. 딸 셋 아들 하나 네 녀석을 데리고 미국으로 이주 했습니다.

미국에 와서 우리 가족은 고생을 많이 했습니다. 지금도 그때를 생각하면 마음이 아려옵니다. 돌아보면 그 시절 그 어려움이 아이들에게 힘이 되고 용기가 되었습니다. 지금은 튼튼하고 건강한 나무가 되어 그늘을 만들어 주고 있습니다. 이 또한 아이들을 키워 주신 하나님의 은혜였습니다.

김대중 전 대통령의 마지막 일기(2009년 1월 14일) 한 부분을 소개합니다. "인생은 얼마만큼 오래 살았느냐가 문제가 아닙니다. 얼마만큼 의미 있고 가치 있게 살았느냐가 문제입니다. 그것은 얼마만큼 이웃을 위하여 그것도 고통 받고 어려움에 처한 사람들을 위해 살았느냐가 문제입니다." 우리 집 아들과 딸 손주들도 가치 있는 삶을 살아가길 기도 합니다.

미국에 온 우리는 목적을 갖고 살았습니다. 공부하고 싶어서 왔고 아이들은 공부를 했습니다. 남편과 나는 삼년을 같이 신학원을 다녔습니다. 저는 삼년 만에 졸업하고 남편은 삼년을 더 공부하여 졸업했습니다. 그리고 우리 부부는 담임 목사님 밑에서 배우면서 전도사로 일했습니다. 그렇게 10여 년 강산이 한 번 변하고 이민 목회 개척을 위해 준비 했습니다.

그 당시에는 한국 기도원이 없었습니다. 그래서 남편은 미국 기도원에서 40일 금식기도를 은혜 속에 마치고 교단에서 목사 안수를 받았습니다. 이민 목회를 개척하며 열심히 일했습니다. 저는 운전학교를 운영했습니다. 처음에는 운전교사로 시작하여 20년이 되어서는 30명 운전 교사가 일하는 터전이 되었습니다. 이민 목회와 운전학교를 운영하며 남편과 저는 생각의 차이로 닭 싸우듯이 많이 싸웠습니다. 돌아보면 싸우던 시절이 행복했던 날이었습니다.

남편이 뇌졸중으로 쓰러지고 반신불구가 되었습니다. 집에서 간호한 세월이 10년이 흘렀습니다. 남편을 간호하려면 내가 건강해야 하므로 10년 동안 새벽에 마라톤을 달렸습니다. 저는 한국 사람들 중에도 아주 작은 편인데 남편은 미국 사람처럼 몸집이 무척 큽니다. 그래도 하나님의 은혜로 남편을 휠체어에 태워 앉히고 붙잡아 내리며 살아올 수 있었습니다.

남편과 쓰던 2층 침실을 쓰지 않고 아래층 남편 방문 앞 복도에 삼단요를 깔고 잠을 잤습니다. 두어 시간 마다 소변을 받아 버려야 하기 때문에 깊은 잠을 잘 수가 없었습니다. 그래도 하나님께 감사한 것은 오른 쪽은 모두 움직일 수 있고 말하고 듣고 보는 것도 어려움이 없다는 것이었습니다.

남편이 병상에서 살아온 시간 시간이 은혜요 감사였습니다. 남편이 건강할 때 닭 싸우듯 싸웠던 그 시절이 한없이 그립습니다. 오늘 남편과 결혼한 10월 25일에 이 글을 씁니다.

우리의 년 수가 칠십이요 강건하면 팔십이라도 그 년 수의 자랑은 수고와 슬픔뿐이요 신속히 가니 우리가 날아가나이다.(시편 90편 10절)

큰언니 이야기

큰언니 돌아가신 지 15년이 되었다. 세월이 참 빠르다. 형부는 한 평생 학구적이고 낙천적이며 긍정적인 삶을 사셨다. 언니 가신 후 혼자 사시다가 지난해 12월 95세로 소천 하셨다.

언니는 칠 남매 맏딸로 여섯 동생들 돌보며 엄마에게 효성이 지극하였다. 우리 집에서는 기둥이요 언덕이며 새벽 별처럼 빛나는 언니였다. 이십년이나 나이 차이가 나, 엄마나 다름 없다. 언니는 직장에서 일이 끝나고 집에 오면 '영애야' 부르면서 들어왔다. 나는 언니 목소리가 들리면 어디에 있으나 큰 소리로 '언니'를 부르면서 뛰어 나갔다. 언니는 나를 꼬옥 안아주고 오늘 잘 놀았냐며 머리를 쓰다듬어주었다. 막내인 나에게 더욱 사랑이 깊은 것은 애기 때부터 그 손때 묻은 잔정 때문이 아닌가 싶다.

언니는 내가 세 살 때 직장에서 만난 사람과 자유 결혼을 했다. 형부의 고향은 수원에서 가까운 반월면이었다. 그 당시 형부는 공무원이라 지방도시서 살았다. 언니는 틈나는 대로 친정에 다녀갔다. 우리 집에 언니가 왔다 가면 나는 언니네 집을 좇아 갔다. 그때는 단칸방에 사는 언니 집에 가는 것이 그렇게도 좋았다. 어느 때는 나를 따돌리고 밖으로 내 보내 놓고 몰래 나갔다. 그런 날은 이웃과 건널목과 매교동이 떠나갔다. 소리쳐 울다 쓰러지면 잉잉잉 힘이 없이 울면서 먹지도 않고 하루 종일 투정을 부렸다. 언니는 그 후부터 마음 아프다고 미리 준비하여 떠날 때는 나를 데리고 갔다. 내가 집으로 올 무렵이면 시장에 가서 예쁜 옷감을 사와 빨강 치마 노랑 저고리를 언니가 만들어 입혔다. 언니가 만든 때때 옷을 입고 집으로 올 때는 엄마와 언니 오빠, 이웃사촌들이 예쁘다고 했다.

눈이 펑펑 내리던 어느 날, 큰언니가 막차로 왔다. 기다리던 큰 딸을 본 엄마는 얼굴이 환하게 밝아졌다. 아버지 돌아가신 다음 엄마는 큰언니를 의지하고 의논하며 살아 오셨다. 그 동안 세 식구가 살다가 큰올케언니가 들어와 조카를 낳아 여섯 식구로 늘어나는 축복을 받았다. 우리 집은 부자가 되었다. 이놈들이 엄마에게 할머니라 부르면서 재롱을 부리고 기쁨과 행복을 주었다. 나와 큰언니를 '고모, 고모' 부르면서 좋아했다. 큰언니도 오랜만에 보는 조카들이 많이 자라서 함박웃음을 터뜨렸다.

언니는 저녁밥을 맛있게 먹었다. 수인선 기차 타고 수원까지 왔다. 다시 저녁 기차 타고 오천까지 왔으니 얼마나 배가 고팠을까. 무우국에 잘 익은 김장 김치와 깍두기를 맛있게 먹었다. 언니가 김장 김치가 맛있게 간이 들었다고 했다. 엄마는 "승자 에미야, 니가 보내 준 젓갈이 곰이 잘 삭아 올 김장은 맛있다."고 하셨다.

저녁상을 물리고 엄마와 언니는 화롯가에 앉아서 이야기를 나눴다. 엄마는 인두로 불씨를 다독다독 묻었다. 언니는 궁금하실 엄마에게 소식을 하나 하나 알리고 있었다. 아버지 고향 예산에는 큰 아버지가 아직도 살아 계시고 친인척 사촌들은 그곳에 살면서 서울로 자녀들 보내 공부 시키는 이야기를 들려주었다. 엄마의 고향은 홍성이었다. 두 분 외삼춘 댁 사촌들은 학교 선생님이 되고 좋은 자리에서 일한다는 소식 등을 알려주었다. 엄마는 아버지가 돌아가시고 건널목 간수로 일하면서 시댁과 친정에 갈 수가 없었다.

나도 엄마 고향, 아버지 고향에 아직까지 한 번도 못 갔다. 그리고 엄마와 언니가 살아온 이야기, 일제치하의 3·1운동, 8·15해방, 6·25동란, 1·4후퇴 등, 두 분이 겪어온 이야기를 들었다. 엄마와 언니는 살아 있는 역사책처럼 분명하고 확실했다. 그 어려운 시대에 인생의 풍랑을 굳굳이 견디어 낸 그 힘이 도대체 어디서 나왔을까. 큰언니는 빛나는 새벽 별이었다.

내 나이 겨우 열세 살에 엄마가 돌아가셨다. 공부하리라는 불타는 마음으로 새벽 기차를 탔다. 인천으로 와서 화수동 판자촌에서 살았다. 학교는 시오 리 길이었다. 나는 뛰어 다녔다. 학교를 졸업할 때까지 큰언니와 큰 올케 언니가 비상금을 손에 쥐어 주었다. 시골에서 간장, 된장, 고추장 등을 계절 따라 갖다 주어서 반찬은 염려 없었다. 언니와 조카들이 주말이면 가져 왔다.

중학교를 졸업했다. 고등학교는 반년을 앞두고 졸업을 못했다. 철이 들면서 타관으로 가서 일하며 공부했다. 스물이 넘어 결혼 할 적령기에는 보육원에서 일하면서 원생들을 지도 했다. 가난하고 착한 사람을 만나서 결혼하고 사남매를 낳았다. 삶이 힘들었다. 아이들 교육을 꿈꾸며 이민을 왔다. 그즈음 큰언니와 형부도 비슷한 시기에 이민 오셨다.

먼저 이민 온 가족 중에는 안정되고 여유가 있는 가족도 있었다. 큰언니는 가난한 우리 집에서 함께 사셨다. 개척교회를 도우면서 조카들 먹을 것을 냉장고에 넣어 주셨다. 청소차가 오는 날이면 집 앞 쓰레기통에서 빈병과 캔을 주웠다. 그리고 가까운 공원에도 다니며 주웠다. 폐품을 팔아서 마켓에 가서 빵과 계란 우유를 사다 아이들을 먹였다, 언니의 고마움은 헤아릴 수 없이 하늘에 별처럼 반짝인다, 언니는 돌아가실 때까지 막냇동생을 사랑하셨다.

언니가 돌아가시고 15년이 지나 이 글을 쓴다. 자꾸만 언니 모습이 떠오른다. 눈시울이 무거운 것은 그 만큼 언니의 사랑이 깊었기 때문이다. 언니 미안해요, 정말 미안해요. 그리고 감사해요.

여호와는 나의 목자시니 내가 부족함이 없으리로다. 그가 나를 푸른 초장에 누이시며 쉴 만한 물가로 인도하시는 도다.(시편 23편 1절-2절)

북가주에 사는 선배

내가 선배를 처음 만난 것은 26년 전 UCLA 졸업식장에서였다. 나는 셋째 딸 졸업식에 갔었고, 선배는 막내아들 졸업식에 남편과 함께 참석했었다.

자녀들 졸업식장에서 한국 부모님을 만나 반가웠다. 선배 아들과 내 딸은 대학 정치학과에서 같이 공부한 가까운 사이었다. 우리는 선배 가족하고 졸업사진도 함께 찍으면서 두 가족이 유쾌한 시간을 보냈다.

식을 마치고 사진을 찍다보니 점심시간이 지났다. 학교 근처 식당은 졸업하는 날이라 빈자리가 없었다. 우리는 언니 오빠를 비롯 졸업식에 참석한 식구가 많았다. 학교와 좀 떨어진 지역에 멋지고 고급스런 중국 요리 집이 있었다. 우리 식구와 선배 식구가 모두 그곳으로 가서 맛있는 청요리로 늦은 점심을 함께 먹었다.

그 자리에서 고향이야기와 가족이야기로 덕담을 나누었다. 아이들 키우면서 힘들었던 이야기를 하며 두 집 부모들의 눈시울이 뜨거웠다. 부모들의 기대에 어긋나지 않게 자식들이 열심히 공부하여 좋은 대학을 졸업하게 된 것에 대해 모두들 가슴 뿌듯해 했다.

선배는 남편이 인턴으로 동부로 와서 추운 곳에서 아이들 삼 남매를 낳았다고 했다. 우리부부보다 십여 년 먼저 온 셈이었다. 우리는 사 남매를 데리고 여섯 식구가 카터 행정부 때 이민 온 목사부부라고 설명해 드렸다.

선배 아들은 대학원을 USC 법대로 진학하고 우리 딸은 그대로 UCLA 법대로 진학하여 졸업했다. 두 사람은 학교 졸업 후 직장에서 1년 일하고 길영환 목사님 주례로 양가 가족과 친척, 이웃과 친구들의 축하를 받으며 결혼을 했다. 졸업식장에서 만난 인연으로 우리와 선배가족이 사돈지간이 되었다.

세상을 살다 보면 사람들 사이가 멀어지기도 하고 불편한 관계로 끝날 수도 있다. 하지만 흠 없는 사람이 어디 있을까? 성경에 사도 야고보는 "우리가 다 실수가 많으나 만일 말에 실수가 없는 자면 곧 온전한 사람이라."(야고보서 3장 2절)고 했다. 선배는 잘한 일은 진심으로 칭찬하고 흠이 보이면 눈감는 지혜로 관계를 유지했다. 선배와 나는 26년이란 세월을 섭섭함 없이 유유히 깊은 바다로 흘러갔다.

선배의 남편은 의사로 일하다가 팔십 가까운 나이에 은퇴했다. 동부에서 북가주로 이사 와서 만난 길영환 목사님과 교회를 개척하여 43년 동안 교회를 돌아보며 주안에서 성도들과 교제하며 노후를 보냈다.

그는 지난 6월23일 84세 일기로 하나님의 부르심을 받았다. 자녀들은 아버지가 돌아가시자 혼자 남은 어머니를 그대로 둘 수가 없었다. 뉴욕에 사는 큰딸이 장례를 치르고 여름 방학이라 엄마와 슬픔을 나누었다. 학교 개학이 되자 딸 가족이 뉴욕으로 떠났다. 남가주에 사는 막내아들이 어머니를 모셔왔다.

선배는 막내아들 집에 도착하자 곧바로 내게 전화했다. 남편 장례에 위로와 격려 조사까지 보내주어 깊은 감사를 드린다고 했다. 우리네 인생이 나그네 길이어서 세월의 주름이 이마에 파도치고 어느새 반세기 이민의 삶을 걸어왔다. 선배는 남편과 함께 하는 노후의 삶을 계획했을 것이다. 그러나 우리의 생은 예측하기가 어려워, 남편이 먼저 가시고 선배 혼자 남았다.

옆집에 사는 큰딸은 주중에는 일하고 주말이면 동생 시어머니를 초청하여 저녁이나 점심을 대접한다. 큰딸 덕분에 주말이면 맛있는 음식을 먹으며 선배를 만나 즐겁게 생활하고 있다. 11월이 되자 가을 날씨가 갑자기 추워졌다. 따뜻한 옷만 준비하여 남가주에 온 선배가 춥다고 했다. 나는 저녁을 빨리 먹고 집으로 와 옷장을 뒤져 주섬주섬 겨울 옷가지들을 한 짐 만들었다. 당장 필요한 겨울바지, 스웨터 조끼 등 겨울옷을 많이 담았다. 선배는 옷 보따리 속에서 핑크 빛 조끼를 꺼내 입고 어린애처럼 주머니에 손을 넣고 등이 따뜻하다고 좋아했다.

선배가 겨울옷을 보면서 좋아하는 모습에 나는 눈시울이 뜨거워졌다. 선배는 웃는 얼굴이지만 눈가는 젖어있었다. 손녀딸들이 우리들의 모습을 물끄러미 바라보았다. 친할머니와 외할머니가 눈물짓는 것을 보았다. 선배가 "외할머니하고 나하고 할아버지 생각나서 우는 것이라."고 말했다.

선배는 나보다 여섯 살 위인 언니 같은 인생 선배이다. 나는 선배를 늘 존경해왔다. 많은 학문을 쌓았고 해박한 지식을 겸비한 지성인이다. 선배는 아들을 낳아서 내게 주었고 나는 딸을 낳아 선배에게 주었다.

나도 선배도 남편을 먼저 떠나보냈다. 나머지 인생을 문학이 있는 동산에서 강의도 듣고 책도 읽으면서 선배와 함께 뒹굴며 보내고 싶다.

이웃사촌 Tom 할머니

24년 전, 우리가 사는 동네는 라이언 건설회사 소유였다. 산에는 늑대와 여우가 살았고 기름 푸는 기계들이 서있었다. 회사는 이 산을 주택단지로 조성하여 많은 주택을 지어 분양했다.

그때, 우리도 이사 오고 탐 네는 우리보다 두어 달 늦게 이사 왔다. 이사 온 탐 집은 우리 큰 딸네 옆집이다. 탐 할머니는 한국 명문여자대학에서 식품영양학부를 전공 했다고 한다. 그래서인가 음식솜씨가 담백하고 구수하며, 김치 맛도 옛날 집에서 먹던 김장김치 맛이다. 나보다 몇 년 아래인 듯싶은데 오랜 세월 이웃사촌으로 지내면서도 나이는 묻지 않았다. 그 댁은 아들만 둘인데 모두 장성하여 결혼했다. 큰아들은 타 주에 살고 막내아들은 같이 산다. 큰아들은 손주 3명을 낳았고 막내도 손주 1명 낳아 손주만 4명이다. 탐 할아버지 할머니는 오래 전부터 골프를 쳐서 지금도 정답게 골프장으로 두 분이 간다.

탐은 일곱 살 2학년이다. 나는 탐을 애기 때부터 귀여워했고 지금도 그를 보면 흐뭇하고 사랑스럽다. 탐은 저희 아빠 닮아서 순하고 착해서 이웃으로부터 귀여움을 받는다. 이웃집 할머니인 내게 할머니라 불러도 되는데 언제나 할렐루야 할머니라고 부른다.

새로 지은 주택단지로 이사 와서는 새집이라 손볼 데 없이 편안하게 십여 년 잘 살았다. 강산이 여러 번 바뀌고 보니 비바람에 손볼 데가 여기 저기 생겼다. 그러면 탐이 아빠가 와서 간단한 것은 손봐주고 간다. 탐이 아빠는 나에게 언덕이 되어 주었다.

내 나이가 칠십이 넘어가며 척추가 굽어지고 뼈가 약하여 그런지 제대로 펴지 못했다. 혼자서 운동을 마음대로 할 수 없었다. 워커에 의지하며 걸어야만 했다. 오후 시간 집 앞에서 워커를 밀며 걷다 보면 탐이 할아버지도 운동하며 만난다. 만나면 말씀도 나누고 듣기도 하신다. 탐이네와 우리 집은 이웃사촌으로 가족 같은 관계로 지낸다.

집에서 남편을 간호하던 때 이야기다. 그날도 방에 누운 남편을 일으키러 들어갔다. 휠체어에 앉히는 순간 벨트를 움켜진 오른손에 힘이 빠졌다. 그만 남편을 바닥에 떨어뜨렸다. 나는 밖으로 뛰어나가 도움을 청했다. 그때 탐이 할아버지가 걸어오고 있었다. 탐이 할아버지와 나는 힘을 합하여 남편을 휠체어에 앉혔다. 이웃의 고마움은 잊을 수가 없다.

남편은 생을 마치고 우리 곁을 떠났다. 마지막 가는 환송 예배에 이웃사촌들이 다녀갔다. 험한 세상을 살아가며 예기치 않는 일들이 찾아온다. 세상은 혼자 사는 게 아니었다. 사랑과 슬픔을 나누는 이웃사촌이 있어 삶은 그만큼 더 아름답다.

남편을 보내고 기도하며 깊은 생각을 했다. 아이들도 반대 의견이 없었다. 남아있는 시간을 할미꽃처럼 구부러진 지팡이에 의지하며 살 수가 없었다. 생사화복을 주관하시는 하나님께 맡겼다. 위험한 허리 수술을 했다. 담당의사는 수술이 잘 되었다고 했다. 뼈가 약하여 가루로 부서져서 힘든 수술이었다고 했다. 두 딸네 집에서 각각 일주일 간호 받고 집으로 왔다. 그날 저녁 내가 돌아왔다는 소식을 듣고 탐이 할머니는 죽을 쑤어왔다.

어제도 탐이 할머니는 내가 콩나물밥 좋아한다고 아침에 콩나물밥을 가지고 왔다. 텃밭에 심은 열무로 물김치 담그면 작은 병에 담아오고, 알타리 무 심어서 총각김치 담아도 맛보라고 작은 병에 담아온다. 김장김치 하는 날은 큰 병에 담고 깍두기는 작은 병에 담아온다. 여러 해 동안 김치만 담아오는 것이 아니었다. 녹두전 부치는 날에는 녹두전, 김치전 부치는 날에는 김치전, 콩 비지를 김치 넣고 맛있게 끓여서 한 대접 담아온다. 내입에는 탐이 할머니 음식만큼 맛있는 게 있을까 싶다.

이웃과의 우정은 하룻밤 사이로 이루어지지 않는다. 의미 있는 관계를 유지하며 주거니 받거니 하면서 진실을 말하고 진실을 담으면 된다. 그러노라면 시간이 흘러도 이웃사촌은 변함이 없다,

'우정은 더디 익은 과일과 같다'는 이 근사한 말은 고대 철학자 아리스토텔레스가 한 말이다.

이웃사촌 아이린(Irene)

우리가 Hillsborough Collection으로 이사 온 지가 23년 되었다. 당시 두 딸은 결혼하였다. 큰애는 보스턴에 살았고 둘째는 휴스턴에 살았다. 집에는 대학원 다니는 셋째 딸과 북가주에서 공부하는 아들이 있었다.

이사 오기 전, 이 땅은 기름 푸는 기계들이 여기저기 서있는 사막 산이었다. 다람쥐와 토끼가 살았고, 여우와 늑대도 살았다. 이러한 산을 라이온 건설회사에서 오랜 시간 주택단지로 조성하였다.

나는 제일 먼저 완성된 Alpine Pl. 길에 주택을 분양 받았다. 이 길은 단지 안에서 제일 넓고 길면서 막힌 골목이라, 사람들이 선호하는 동네였다. 내 걸음으로 다섯 번 골목을 돌아 걸으면 3.1마일, 십 리길 운동코스다.

이웃으로는 오른쪽 왼쪽 모두 중국 사람인데, 오른쪽 사는 토니네는 몇 해 살다가 리버사이드로 이사했다. 한국사람 주인이 몇 번 바뀌고 지금도 한국 사람이 사는데 사이가 좋다. 왼쪽에 사는 알윈은 우리와 같은 해, 우리보다 조금 먼저 이사 왔다. 이미 조경까지 마친 아름다운 집이었다. 그녀는 남편이 암으로 병원에 입원하여 눈만 뜨면 병원으로 갔다.

우리도 이사하고 보니 덩그러니 집만 지었지 앞뒤가 흙바닥 땅이었다. 조경을 하려고 크고 작은 회사에 설계와 견적을 받아 보았다. 다행이 한국분이 경영하는 큰 회사를 만났다. 설계와 견적을 받아보니 믿음이 가는 회사였다. 우리는 조경을 시작했다.

일을 하다 보니 옆집 알윈 집 조경이 잘못된 것이 발견됐다. 우리 땅을 한 걸음 차이로 침범하여 넓게 담을 쌓았다. 앞뜰에서 의자로도 앉을 수 있는 예쁜 담을 만들었다. 분양 받은 관리사무실에서 지도를 확인하고 담을 헐고 다시 만들어도 된다고 했다. 누가 보아도 남의 땅을 침범한 실수였다. 조경하는데 한두 푼 드는 것도 아니었다. 그렇다고 네 땅, 내 땅 구별하여 시멘트나 플라스틱으로 줄을 그어놓은 것도 아니었다. 우리 부부는 깊이 생각했다. 그리고 이미 만든 담은 그대로 두라고 했다. 우리는 담을 쌓지 않고, 알윈의 잔디밭과 우리 잔디밭이 넓고 푸른 잔디밭으로 만들겠다고 했다. 알윈도 우리도 모두 좋아했다.

알윈의 남편은 한 해를 넘기지 못하고 세상을 떠났다. 혼자 살아가는 알윈은 담 하나 사이로 다정한 이웃이며, 친구가 되었다.

이사 온 지 두 해가 지난 어느 날, 남편이 뇌졸중으로 쓰러졌다. 아이들 키워놓고 살만하니 쓸어졌다고 할 수 있지만, 누구 탓도 아니고 아이들 때문도 아니었다. 건강만은 각자의 몫이라 내가 관리하고 내 몸을 지키는 것이다.

나도 육십이 되어서 내 몸을 돌아보고 정신을 차렸다. 우선 남편을 간호 하는데 체력이 딸렸다. 남편을 제대로 간호하려면 내 몸부터 단단하게 훈련 해야만 했다. 운동을 시작했다. 새벽 5시면 일어났다. 달리기를 시작하여 7시가 되면 집으로 돌아왔다.

아침 운동을 마치고 뒤뜰 화분에 물주는 소리가나면 담 너머로 얼굴을 보이며 알윈은 나를 부른다. 거두절미하고 "헤이, 영. 우리 이번 봄에 여행가자, 아니면 온천에라도 다녀오자."는 등, 나와 여행가는 꿈을 꾸면서 졸라댄다. 그러면 나는 알윈의 우정에 고마워서 '미안해, 정말 미안해'하면서 긴긴 시간을 흐르는 강물에 띄워 보냈다.

어느덧 십 년의 세월이 흘렀다. 동네 사무실에서 페인트를 하라는 편지가 왔다. 나는 형편이 어려웠다. 이웃들 가격보다 조금 싼 가격에 페인트를 맡겼다. 알윈이 얼마에 칠하는 거냐 물었다. 가격이 괜찮다고 알윈의 사촌언니의 집 세 채를 맡기고 페인트를 하였다. 가격을 지불하고 집을 바라보면 속이 상했다. 잠이 오지 않았다. 누가 보아도 페인트가 마음에 들지 않았다. 새집이 헌 집이 된 꼴이었다. 싼 것이 비지떡이라고, 나만 칠하고 말것을 이 꼴이 무언가 싶었다.

아이린이 아는 회사에 부탁하여 다시 페인트를 칠하게 되었다. 눈에 띄는 앞부분 현관문과 차고 문을 다시 칠했다. 앞부분만 칠했는데 새집이 되고 마음에 들었다. 우리 집도 알윈이 칠해주고 페인트 색깔도 알윈의 집과 똑같았다. 페인트 가격도 알윈이 지불했다. 고맙다는 인사와 함께 미안하다고 정말 미안하다고 했다.

그 동안 남편은 오랜 투병 생활에 불평 없이 밝고 감사하게 살았다. 77세를 일기로 우리 곁을 떠났다. 이웃들이 왔고, 알윈과 그녀의 언니도 로즈힐 장지까지 와서 우리를 위로해주었다.

지나온 이십 년 세월을 알윈과 이웃으로 울고 웃으며 잘살았다. 한 번도 얼굴 찡그리는 일 없이 화목하였다. 나라와 민족이 다르고 언어가 틀려도 따뜻한 가슴과 사랑스런 눈빛이 있었다. 늙어도 늙지 않고 우리의 삶은 희망차고 용기가 넘쳤다.

우리가 이웃으로 만나 이십 년 되는 그 해 여름, 알윈은 동생과 조카가 사는 미션비에호로 이사했다. 새로 지은 콘도를 샀다고 했다. 노년에 조카가 돕기로 하여 가족이 있는 곳에서 살기로 마음을 정했다고 한다. 알윈이 떠나면서 소원이 있다고 했다. 더 늙기 전에 나와 여행가는 게 꿈이라고 했다. 고마웠다. 알윈은 나에게 가장 아끼고 소중한 꽃접시를 선물했다. 자기가 보고 싶으면 이 꽃을 보라고 하였다. 함박꽃이 화사하게 피어있는 접시였다.

아이린이 내 곁을 떠난 지 삼 년이 되었다. 험한 세상이라 하지만, 그래도 세상은 살만하다.

선배와 여행을

이른 아침 막내딸이 전화를 했다. 새크라멘토 주 의사당과 레이크타호를 3박 4일 여행할 수 있느냐고 물었다. 꼭 가고 싶었던 곳이었다. 일상으로부터 벗어나 어디론가 여행을 떠난다는 것은 상상만으로도 가슴 설레는 일이다.

플러튼 사는 손녀가 올 여름 북가주 새크라멘토에서 열리는 수영 대회에 선수로 출전한다. 손녀는 코치를 비롯한 선수들과 함께 먼저 떠났다. 이번 대회도 선수와 코치만 입장 할 수 있다. 예년 같으면 관람객 입장이 가능하겠지만, 팬데믹으로 인해 관계자 외 누구도 대회장에 들어갈 수 없다. 대회가 끝나면 참가선수를 부모가 데려와야 한다. 딸은 어미와 함께 먼저 여행일정을 소화한 다음, 수영대회가 끝나는 일정에 맞춰 손녀를 데리고 함께 집으로 내려온다는 계획을 말해주었다.

막내딸은 이번 여행을 위해 직장에 휴가를 얻었다. 나는 딸에게 늘 고맙고 미안하다. 부모의 은혜가 있는가 하면 자식의 보은도 있다.

북가주 여행을 준비하며 막내 딸 시어머니인 선배 생각이 났다. 딸에게 선배도 같이 모시고 가면 어떠냐고 물었다. 이번에도 두 분이 같이 여행하면 더 없이 좋겠다고 쾌히 승낙했다. 여름 방학이라 선배 집에는 뉴욕 사는 딸 가족이 내려와 있다고 한다. 선배에게 연락하여 여행이 가능하신지 알아보겠다고 했다. 조금 후, 여행 갈 수 있다는 연락이 왔다. 나와 딸이 북가주로 가는 날 선배 집에 들려 함께 가기로 약속 했다.

선배와 함께하는 여행은 이번이 처음은 아니다. 첫 번 나들이는 애리조나 주 런던다리와 그랜드 캐년을 2박3일로 다녀왔다. 그때도 딸이 운전하며 안내를 했다. 우리는 처음 나들이라 서로 조심하며 구경을 했고 즐겁게 시간을 보냈다. 그렇게 시간이 흐르면서 선배와 편안한 사이가 되었다. 그녀는 온유하고 겸손한 사람이었다. 두 과부들의 노년 희망 사항도 같아서 의미 있고 보람 있는 시간이었다.

드디어 출발이다. 이번 여행은 또 어떤 새로운 것과 마주치게 될까, 가슴이 설레었다. 새로운 풍물을 보고 그대로 흘려버리기에는 아쉬울 때가 많다. 5번 프리웨이를 시원스럽게 달렸다. 점심시간 무렵 선배 집 가까운 곳에 도착했다. 우리는 한국 가게를 찾아 김밥과 떡, 만두 등을 사서 선배 집으로 갔다. 그 곳에서 점심을 먹었다. 선배를 태우고 새크라멘토로 떠났다. 두 시간을 달려 주의사당에 도착했다.

팬데믹 때문인지 관람객은 적었다. 들어가는 입구에서 마스크를 쓰고 예방접종카드를 보여 주었다. 전에는 안내하는 사람이 있었으나 지금은 없다고 한다. 우리는 딸이 안내를 잘 해 주었다. 1층으로부터 3층까지 올라가 주를 위하여 헌신하며 열심히 일하고 봉사한 분들 사진 앞에서 그들의 개척 정신과 역사를 배웠다. 미국과 캘리포니아를 상징하는 조형물 앞에서 영혼이 맑아지는 듯 평화와 자유로움을 느꼈다. 언제고 손주들과 꼭 와보고 싶었던 의사당이었다. 주 의사당을 걸어 나오며 캘리포니아 주가 오늘에 이르기까지의 발자취를 보고 들으니 약동하는 숨결이 전해졌다.

우리 일행은 저녁을 먹고 예약한 호텔로 갔다. 선배는 나를 배려하여 먼저 샤워하라고 양보한다. 이번 두 번째 여행에서도 선배가 온유하고 겸손한 사람임을 다시 느꼈다. 나도 선배를 따르고 존경하게 되었지만 선배도 나를 퍽 좋아한다. 밤늦도록 얘기꽃을 피웠다. 황해도 고향에서 13살 나이로 서울로 피난 온 이야기부터 텃밭에 풋고추 따러 갔다가 초록 뱀에게 물린 추억을 회상했다. 그때 그 마을에는 병원이 없었단다. 모두 위험하다고 했는데 한방과 침으로 나쁜 피를 뽑아내고 오랫동안 치료 했더니 하나님의 은혜로 살았다고 한다. 그러면서 초록 뱀에게 물린 복숭아 뼈 옆 흉터가 아직도 남아 있다고 내게 보여 주었다.

나도 선배에게 숨길 것이 없었다. 나는 건널목 간수의 딸이라고 했다. 북가주에는 기찻길과 정거장이 많았다. 사람들이 많이 애용하고 관광으로도 타는 것 같았다. 새크라멘토에는 강이 많았다. 우리는 아름다운 강을 따라 걸었다. 정거장을 떠나는 기차가 기적을 울렸다. 걸음을 멈추고 건널목 앞에서 지나가는 기차를 바라보았다. 열차 안에서 사람들이 손을 흔들어 인사하고 건널목에 서있던 사람들도 손을 흔들며 인사했다. 건널목 차단기가 올라가고 우리는 다운타운을 걸었다. 나는 건널목을 걸으며 좌우를 살폈다. 내가 13살까지 엄마는 건널목에서 기차가 지나갈 때까지 초록색 깃발을 들고 서 있었다. 내 고향은 기적소리와 건널목이다.

이튿날 새크라멘토를 떠나 레이크 타호로 달렸다. 가는 길에 과수원과 포도밭이 창가를 스치고 지나갔다. 한 여름인데도 엘에이 기후와

비교 할 수 없을 정도로 추웠다. 산기슭 올라가는 길에는 숲과 나무가 하늘을 찔렀다. 울창한 숲과 나무를 바라보는 순간 어느새 레이크 타호 한 복판을 달리고 있다는 흥분을 느낄 수 있었다. 바다같이 크고 넓은 호수를 덮고 있던 안개가 서서히 걷혔다. 호수 주변이 꿈결처럼 떠올랐다. 우리 일행은 차에서 내렸다. 경치를 바라보는 순간 우리 모두는 "와…" 저절로 감탄의 함성이 터졌다. 은빛 감도는 호수를 바라보면서 "참 아름다워라 주님의 세계는" 노래를 다 같이 합창으로 불렀다.

레이크 타호는 크고 넓었다. 동으로 네바다 서로는 캘리포니아다. 눈이 시리도록 아름다운 호수에 크고 작은 배들이 떠 있고, 파란 하늘에는 흰 구름이 떠 있다. 계곡마다 맑은 물이 넘치게 흘렀다. 흐르는 물결을 따라 가족들이 고무보트를 타고 물놀이 하고 있었다. 바라만 보아도 재미있고 행복해 보였다. 물소리와 새들이 어울려 지상 낙원이었다. 나는 속으로 이토록 아름다운 호수를 오늘 다 볼 수 있을까 생각했다. 딸이 내 마음을 읽었는지, 걱정하지 말란다. 점심 먹고 조금 쉬었다. 네바다 주로 가서 레이크 타호를 다 돌아보고 캘리포니아 쪽으로 내려갈 계획이라고 했다.

딸에게 고마웠다. 직장 휴가를 받고 이천 마일이 넘는 길을 엄마를 위해 운전하며 온 딸이 이 세상에 얼마나 있을까 싶었다. 나는 젊어서도 늙어서도 자식에게 진 빚이 많은 사람이다. 점심을 먹고 네바다에 있는 레이크 타호로 달렸다.

호수를 끼고 달리는데 큰 도시가 나왔다. 쇼핑센터와 대형 마켓, 은행, 그 밖에도 큰 도시에 있는 학교, 병원 호텔 등이 모두 있었다. 산속이라 해도 생활은 편리했다. 네바다 편에 있는 레이크 타호는 작은 라스베가스였다. 내 평생 잊을 수 없는 여행이다. 고이 간직하고 싶다. 선배도 아름다운 호수를 걷고 우리와 함께 뜻 있는 이번 여행을 흡족해하며 즐거워했다.

계곡을 내려와 보니 해질 무렵이다. 저녁 식사는 맛있는 스시로 먹었다. 호텔에서 샤워를 끝내고 선배와 나는 하나님께 감사기도를 드렸다.

여호와는 나의 목자시니 내가 부족함이 없으리로다. 그가 나를 푸른 초장에 누이시며 쉴만한 물가로 인도 하시는 도다. 내 영혼을 소생시키시고 자기 이름을 위하여 의의 길로 인도 하시는 도다.(시편 23장 1절-3절)

북가주에 사는 아들

어머니날이다. 오십이 다 된 아들이 전화를 했다. "엄마, 승철이야, 오늘 어머니날이야." 나에게 감사하다고 했다. 아들 옆에 앉아 있는 며느리 손녀들이 옹기종기 모여 앉아서 "할머니 감사합니다." 합창으로 노래했다. 이 세상에는 보람된 일이 많이 있지만 귀한 걸로 치면 인생에서 자식 농사만 하랴 싶다.

중년이 되어 늙어가는 아들에게 미안하고 가슴이 아리다. 딸 셋을 낳고 막내로 아들을 낳았다. 그때 우리는 인천 송림동에서 방 한 칸 얻어서 살았다. 남편은 배를 타고 영종도로 사진을 찍으러 다녔다. 여름에는 송도 해수욕장과 작약도에도 갔다. 그렇게 남편은 일하면서 틈틈이 공부하던 어려운 시절이었다. 그때 나에게 두 보험회사에서 지도주임으로 와 달라는 청탁이 들어왔다. 내 전공은 아니지만 형편에 따라 여자도 일하는 것은 중요하다고 생각이 들었다. 두 회사 중 J보험회사 지도주임으로 출근했다.

딸 셋은 시어머니가 돌봐 주셨다. 아들 승철이는 갓 낳은 아기였다. 이웃 동네에 소문난 유모집이 있었다. 시누와 올케가 갓난아기만 우유를 먹이며 키워주는 할머니들이었다. 아들을 겨우 서너 달 젖을 물리고 유모집에 맡겼다. 그때 내 마음은 슬프다 못해 저렸다. 입술을 깨물고 나를 다스렸다. 철철 넘쳐나는 젖을 물리지 못하고 아파오는 통증을 참으며 지도주임으로 달리고 달렸다. 지금 생각해도 아들에게 죄인으로 후회가 되고, 서글퍼진다.

이민 올 무렵 아들은 3살이었다. 이민 가기 위하여 직장도 그만 두었다. 아들도 유모 집에서 데려왔다. 가을이었다. 날씨가 추워졌다. 연탄불에 보리차를 끓였다. 펄펄 끓는 주전자를 방안 책상 위에 올려놓았다. 아들이 보리차 주전자를 건드렸다. 끓는 보리차가 아들 오른팔과 가슴 배까지 쏟아졌다. 아이들 키우는 집에서 위험한 것은 어미인 내가 잘 간수해야 하는데 큰 실수였다. 동네 병원으로 아이를 업고 정신없이 달렸다. 이미 오른쪽 팔은 다 익어 뭉그러졌다. 그때 아들은 고통 중에 죽는구나 생각하고 엄마가 너를 죽게 했다고 울부짖었다. 치료받으며 병원에 다니는데 이민 비자가 나왔다. 비자를 받고도 떠날 때까지 승철이는 치료를 받았다.

동네 병원 의사는 미국 가면 좋은 병원에서 치료받고 수술하면 괜찮다고 했다. 그러나 미국에 와서는 한 번도 아들을 병원에 데리고 가지 못했다. 네 명의 아이들과 이곳에서도 형편이 어렵기는 마찬가지였다. 신분이 확실치 않는 사람, 노숙자들이 사는 낡은 빌딩에서 살았다. 바퀴벌레는 낮이나 밤이나 건물 가득 기어 다녔다. 목사님이 와서 보고 깜짝 놀라며 교회 사택으로 우리를 옮겨 주셨다.

내 평생에 아들을 품에 안고 키우지 못한 슬픔에 가슴이 아파온다. 지금도 늙어가는 아들의 오른팔을 보면 눈물이 그 팔위로 떨어진다. 그러면 아들은 슬며시 방으로 가서 긴 팔 옷을 입고 내려온다. 긴 팔 옷으로 울퉁불퉁 찌그러져 엉킨 팔을 덮는다.

그리고는 다정하게 엄마를 부르고 이제 다 나아서 괜찮다고 한다.

내가 못나서 아이들 네 놈들은 어려운 환경에서 수많은 고생을 하며 자랐다. 그 중에도 아들에게는 더 애착이 간다. 젖도 제대로 먹이지 못했기 때문이다. 그러나 하나님께서는 딸과 아들을 맑고 푸른 바다처럼 철저하게 키워 주셨다.

승철이는 보스턴에서 학교를 졸업했다. 오랜만에 남가주 고향에 내려왔다. 부모가 운영하는 운전학교를 도우며 잠시 쉬는 시간을 가졌다. 그때 뉴욕에서 인터뷰 요청이 들어왔다. 뉴욕으로 올라가 인터뷰하고 그 자리에서 채용이 되었다.

뉴욕에서 20년 세월이 흘렀다. 직장에서 만난 백인 아가씨와 결혼했다. 며느리는 대학에서 퀸으로 뽑힐 정도로 지성미를 갖춘 미인이며 품성은 천사다. 며느리 집안은 대대로 카톨릭 가정이다. 사돈댁에서 두 번 초청하여 아들 가족과 함께 다녀왔다. 품위 있는 삶을 사는 가정이었고, 사돈 내외와 그 가족은 품격 있는 사람들이었다. 며느리 친정에서 넘치는 대접을 받고 돌아오는 길에 감사한 것을 세어 보았다. 너무도 많았다. 하나님의 은혜였다.

아들에게 캘리포니아 북가주로 가라는 전근 명령이 내려왔다. 뉴욕을 떠나 북가주로 이사 온 지도 2년 되었다. 큰 손녀는 국민학교 5학년, 둘째는 3학년, 셋째는 1학년이다. 딸 셋을 낳고 한 쌍의 비둘기처럼 잘 살고 있다.

돌아가신 시어머니 말씀이 떠올랐다. "늙으면 내리사랑이란다." 자식보다 손자들이 더 좋은 걸 알게 하셨다. 승철아, 나는 엄마로서 자식을 제대로 돌보지도 못하면서 억척스럽게 살아온 삶이 부끄럽다.

이 글을 쓰면서 특별히 아들한테 용서를 구한다. 가난하고 어려운 환경에서 누이들과 네가 고생하며 살았다. 그 속에서 너희들이 목표를 세우고 포기하지 않고 목적 있는 삶을 이루었다. 이 또한 하나님의 돌보신 사랑이구나.

사랑하는 아들 승철아! 너에게 하고 싶은 말을 편지로 띄운다. 먼저 너를 낳으신 아버지를 기억하라. 신씨 가문의 정체성을 따라서 그리스도의 일꾼들이 많이 있으면 좋겠다. 아버지는 하나님이 허락하신 가정을 위하고 또 남을 도우며 사셨다. 아버지의 삶을 통하여 좋은 것은 닮고 버릴 것은 가차 없이 버려라.

아버지는 공부하고 싶었던 분이다. 책읽기와 학문에 열중한 분이었다. 네가 그대로 닮아서 책 읽는 습관을 가져라. 그리고 도전하고 삶을 즐겨라. 늘 감사하는 습관을 가지고 잠들기 전에는 받은 축복을 세어보아라. 그러면 나눔과 봉사하는 좋은 습관을 평생 갖게 될 것이다.

"흩어 구제하여도 더욱 부하게 되는 일이 있나니 과도히 아껴도 가난하게 될 뿐이다. 구제를 좋아하는 자는 풍족하여 질 것이요 남을 윤택 하게 하는 자는 윤택하여 지리라."(잠언 11장 24~25절)

옆집에 사는 큰딸

큰딸 승희가 옆집으로 이사 온지도 어느덧 3년이 되었다. 큰딸은 교육자이며 목회자이다. 학교에서는 수학, 생물, 컴퓨터를 가르치는 교사이다. 목회는 동부 보스턴에서 7년, 뉴저지에서 2년, 그리고 남가주에서 5년을 했다. EM 영어권 목회로 대학생과 일반 영어권 사람들을 대상으로 사역을 했다. 보스턴에서 대학원 공부하며 세계선교에 비전을 가지고 여름방학 2개월은 전도자로 동남아를 시작으로 러시아까지 복음을 전파하는 선교사이다.

가족으로는 대학원을 같이 졸업한 친구와 결혼하여 딸 2명에 아들 1명 3남매를 하나님이주셨다. 선교 갈 때에는 온 가족이 선교하고 돌아온다. 승희는 이 세상에서 험하고 힘든 전도자의 길을 걸어오면서 사명감으로 최선을 다했다. 성령의 교통하심으로 권능을 받고 사마리아 땅 끝까지 복음을 증언하는 자로서 20년 세월이 흘렀다. 얼마 전 미국 교단에서 목사안수를 받았다.

승희는 시댁이 사는 여주에서 낳았다. 시어머니는 산파가 안겨준 첫 손녀를 받고 기뻐하셨다. 그리고 큰 딸은 살림 밑천이라고 더 좋아하셨다. 어머니 말씀대로 맏딸은 집안에 기둥이었다.

이민 오던 해 승희가 11살, 막내아들이 3살, 4남매 모두가 어린아이들이었다. 우리 집은 곧 바로 가정예배 제단을 쌓았다. 매일 저녁이면 가족이 둘러앉아 예배를 드렸다. 아빠 엄마가 함께 예배드릴 때 주로 남편이 예배를 인도했다. 엄마 아빠가 없을 때에는 승희가 예배를 인도했다.

세월은 강물처럼 흘러서 승희가 18살 대학생이 되었다. 남가주에 있는 대학교에 입학했다. 정든 집을 떠나 기숙사에 들어가는 날 승희 손에 집 키를 쥐어주었다. 학교에서 공부하다 힘이 들면 언제고 엄마 아빠가 있는 집으로 오라고 하였다. 남편과 나는 큰딸부터 막내아들까지 대학교로 떠나는 날 승희한테 하듯 집 키를 각자 손에 쥐어주었다. 대학공부 하면서 힘들고 집이 그리우면 돌아오라 하였지만 4녀석들은 돌아오지 않고 그 길로 떠나서 집에 오지 않았다. 녀석들은 건강하고 튼튼하게 미국 속에서 뿌리를 내리며 큰 나무가 되었다.

승희는 대학 4년을 일하면서 공부했다. 월요일부터 금요일까지 오전에는 공부하고 오후에는 교수사무실에서 파트타임으로 일했다. 토요일은 이민 온 자녀들을 가르치는 가정교사로 가정을 방문하여 영어 수학을 가르쳤다. 주일 오전에는 섬기며 봉사하는 교회에서 오후에는 오렌지카운티 개척교회 예배에 피아노 반주로 봉사했다. 주일에도 쉼 없이 주의 일을 하고 기숙사로 돌아갔다. 승희는 하나님의 사랑하는 딸이었다.

승희는 대학 시절 부모와 동생들을 사랑하고 우리와 함께 사시는 큰이모 이모부까지도 챙겼다. 승희는 대학교에서 하루 한 끼는 금식하고 두 끼만 먹고 일하고 공부했다. 한 끼 식권을 한 장 한 장 모았다. 모은 식권이 8장이나 10장이되면 주말에 시간을 만들어 온 가족을 대학교 기숙사 뷔페 저녁을 대접했다. 물론 이모와 이모부까지 포함한

전 가족이었다.

어머니 말씀대로 맏딸은 빛나는 보석이다. 옆집으로 이사 온 큰딸 덕분에 잘 먹고 잘 지내고 있다. 노년에 고상하게 늙어가려고 책도 보며 자전거도 탄다. 아이들에게 고마움을 느낄 때 마다 떠오르는 어머니의 그리움은 내속 어디에서 올라오는 것일까. 어머니! 승희가 7월이면 55살입니다. 승희를 받으시면서 '살림밑천'이라고 한 어머니의 말씀이 생각납니다.

승희가 옆집으로 이사 온 이후 마음이 든든하다. 2020년 크리스마스에는 손주들이 마음을 모아 큰 선물을 하였다. 할아버지가 생전에 쓰고 공부하셨던 볼펜과 노트를 한 박스 보내왔다. 손주들은 할아버지 쓰시던 볼펜으로 좋은 글 많이 쓰라고 했다. 저희들끼리도 할아버지 쓰던 볼펜으로 공부 한다고 했다. 참 귀한 선물이다. 손주들에게 고마웠다. 인생에서 가장 중요한 자녀의 교육은 부모가 본보기가 아닌가 싶다.

아이오와에 사는 둘째 딸

이른 아침 눈을 뜨면 제일 먼저 'Hi Mom'하고 둘째 딸이 인사를 건넨다. 녀석은 북가주에서 학부를 마치고 남가주에서 법대를 마쳤다. 친구의 결혼식에서 딸은 들러리를 섰다. 신랑이 친구를 소개하여 인연이 되었다. 딸은 아이오와가 고향인 의사와 결혼했다. 결혼한 다음 캘리포니아 뉴포트에서 1년 살았다. 그리고 텍사스로 이사를 했다.

이사 가던 날 저녁, 이삿짐 회사 직원이 강도로 변하여 총을 들고 들어왔다. 강도는 딸을 인질로 잡고 총으로 머리를 내리치며 보석가방을 가져오라 했다. 딸을 끌고 안방으로 들어가는 사이, 틈을 타서 사위가 리빙룸 창문을 깨고 뛰어나가 경찰을 불렀다. 온 몸은 유리에 찔리고 찢겨 피투성이가 되었다. 방안에 있는 딸은 보석가방을 강도 앞에 내 놓았다. 강도는 열어보라고 소리쳤다. 가방 안에는 값비싼 보석이나 돈은 없었다. 결혼증명서, 집문서 등, 학교졸업장과 두 사람을 증명하는 소중한 서류들 뿐 이었다. 강도는 경찰과 대치 끝에 잡혔다.

딸과 사위는 병원차에 실려 입원하였다. 사위는 맨 몸으로 유리창을 깨뜨려서 상처투성이인 팔과 몸을 수술했다. 딸은 머리를 심하게 얻어맞아서 MRI를 찍었다. 머리에서 피가 흘러 마르고 까만 딱지가 굳어 있다고 했다. 그러나 뇌수술을 하기에는 너무 위험하다고 해서 그냥 퇴원했다. 그 여파로 지금도 딸은 머리가 아파서 고통을 받을 때가 있다. 죽음의 문턱에서 살아나는 기적을 체험하며 더욱 하나님의 은혜에 눈물을 지었다. "주께 피하는 자를 그 일어나 치는 자에게서 오른손으로 구원하시는 주여, 주의 기이한 인자를 나타내소서. 나를 눈동자같이 지키시고 주의 날개 그늘아래 감추사."(시편 17편 7절 8절) 강한 힘과 능력으로 보호하신다는 하나님의 은혜였다.

인생이란 평탄한 길만 있는 것이 아니었다. 이민 와서도 우리 가족은 생명의 위험과 고난의 시련을 여러 번 겪었다. 시련을 극복할 수 있었던 것은 "나의 힘이 되신 여호와여 내가 주를 사랑 하나이다."(시편 18편 1절)의 고백이 힘과 기쁨이 넘치는 감격의 주님을 의지하며 살기 때문이었다.

딸이 텍사스로 이사 간지 1년이 지났을 무렵, 첫 딸을 낳았다. 첫 딸이 세 살 때 두 번째 아기를 하나님이 주셨다. 이번에는 아들인데 예정일이 한 달 남았을 때였다. 어느 날 갑자기 배가 아파서 병원에 갔다. 맹장이 터졌다고 했다. 수술을 해야만 했다. 예정일 보다 먼저 아기를 꺼내기로 했다. 아들인 줄 알고 이름도 미리 지어 놓았다. 첫 아들의 이름은 누기스였다. 딸은 병원 침대에서 누기스를 보았다고 했다. 그러나 누기스는 절개수술을 하는 중에 의사의 실수로 심장이 찔려서 피를 흘리며 이 세상을 떠났다. 딸 내외의 심정을 헤아리며 세상에 태어나자마자 가엾게 죽어간 누기스를 생각했다. 찢어지는 아픔과 슬픔을 견디는 딸과 사위를 위하여 '주여, 주여' 기도만 했다.

둘째 딸은 신앙이 깊은 사람이었다. 사위도 아들을 잃은 슬픔에 잠잠히 있어서는 안되는 일이었다. 그러나 두 사람은 조용히 용서와 관용을 베풀기로 했다. 의사라 할지라도 자식을 잃은 안타까움에 법에

호소해도 되건만 한마디 말도 없이 속으로 아파하며 오히려 수고하였다고 인사하였다. 감동과 감격의 소문은 속히 퍼져 나간다. 병원 의사들도 딸 내외를 다시 보며 고마워했다. 이웃 동네와 그 지역 구석구석에 누기스의 이야기가 펴져 나갔다. 누기스를 위한 위로금이 딸 내외에게 많이 들어왔다.

하늘나라에 간 누기스를 위하여 텍사스에 있는 오렌지 카운티 도서관에 누기스 장학재단을 만들었다. 모아진 위로금은 전액 재단에 기부했다. 누기스는 평생 딸의 가슴에 묻혔지만 보람 있는 일을 한 누기스는 하늘에서 웃고 있으리라 믿는다. 이 글을 쓰는 외할머니가 눈물을 흘리며 누기스의 웃는 얼굴을 그려본다.

딸은 텍사스에서 두 딸과 아들 하나, 3남매를 키우며 13년을 살았다. 텍사스로 이사 가던 첫 날 강도를 만났지만 하나님은 살려주셨다. 첫 아들을 잃었지만 자녀를 셋이나 주셨다. 주님은 강산이 변하고도 남을 동안 사위를 통하여 아픈 환자들을 치료해 주셨다. 하나님의 은혜에 감사를 드리며 딸네는 위스콘신으로 이사했다.

사위는 위신콘신 병원에서 3년을 일했다. 큰 병원인데 인턴을 지도하는 의사로 갔다. 수술의사들과 3년 동안 일하고 그리던 고향 아이오와로 이사 갔다.

어느덧 아이오와에 산지도 8년이 넘었다. 가족은 화목하고 행복하다. 3남매는 아빠의 고향 땅에서 건강하게 잘 자라고 있다. 큰 딸은 아버지의 뒤를 이어 의사가 되기 위하여 공부하고 있다. 아들은 고등학교 4학년 딸은 1학년에 다니고 있다. 아이오와는 대자연 속에서 어느 곳을 가던지 아름답고 평화스러운 곳이다. 딸은 하루에 3번도 넘게 나에게 전화한다. 점심시간에 하는 전화는 나를 특별한 은혜의 시간으로 인도한다.

딸이 사는 곳은 아이오와 대학교 근처에 있는 대학촌이다. 교수 아니면 의사들이 사는 동네다. 큰 집도 작은 집도 아니고 그만그만한 비슷한 집들이다. 딸이 사는 동네에 중국 할아버지와 할머니가 살고 있다. 나이가 70이 넘어 보인다. 할아버지는 건강하시다. 할머니는 오랫동안 병상에 누워 계시는 환자로 보였다. 할아버지가 자전거에 튼튼한 줄을 매어 뒤에 리어카를 매달아 끌고 다닌다. 할머니는 리어카 바닥에 담요를 깔고 앉아서 자전거가 가는 대로 좌우를 살피며 꽃구경도 하고 사람 구경도 한다. 딸은 할아버지의 헌신적 모습에 너무도 감격하여 그 광경을 영상에 담아 나에게 보내준다.

노 부부의 정겨운 산책은 하루도 빠짐없이 진행되고 있다. 아이오와가 오후 1시면 남가주는 오전 11시가 된다. 어떤 때는 딸은 전화를 하여 할아버지 할머니의 아름답고 숭고한 모습을 영상으로 중계해 보이면서 감동하고 감격하여 눈물까지 흘린다. 나 역시 이 정다운 모습을 보면서 딸과 함께 눈물을 흘리고 은혜를 받는다.

이맘때가 되면 아이오와에는 옥수수 여무는 소리, 새들이 서로 부르는 소리, 새끼 송아지가 어미 소를 찾는 소리를 들을 수가 있다. 딸이 살고 있는 곳에서 조금만 벗어나면 끝이 보이지 않는 옥수수 밭이 펼쳐진다. 딸이 시골길을 운전하며 전화해서 영상을 보내준다. 옥수수 밭 한 켠에 있는 농장에서 일하는 젊은 부부의 모습은 참으로 아름답다. 아내인 듯 여자는 우유를 짜고 남편은 옆에서 힘든 일을 하는 아름다운 농촌 풍경이다. 마치 구약에 나오는 보아스와 룻을 상상하게 한다. 나는 그만 '우아'하고 소리를 지르며 감탄했다. 딸은 젊은 부부를 바라보면서 "엄마, 시골생활이 얼마나 힘들겠냐."고 했다. 나는 딸의 말대로 힘든 농촌의 삶과 고생을 함께 느끼기보다는 하나님의 경이로운 창조 자연에만 시선이 머물러 있었다. 딸에게 미안한 마음이 들었다.

둘째 딸은 생각이 깊다. 말수도 적고 무던하고 참을성이 많다. 제 아빠를 꼭 닮았다. 아직도 이 세상은 살만한 가치가 있다. 나는 매일 아이오와에 사는 딸의 이야기를 들으며 울기도 하고 감동을 받는다. 이 또한 하나님의 은혜다.

"범사에 감사하라. 이는 그리스도 예수 안에서 너희를 향하신 하나님의 뜻 이니라."(살전 5장 18절)

플러튼에 사는 셋째 딸

다섯 살에 이민 온 셋째 딸이 마흔아홉 중년이 되었다. 남가주에서 대학을 졸업하고 같은 학교에서 법을 전공했다. 교수 추천으로 일하던 직장에서 지금까지 일하고 있다. 같은 과에서 공부하던 친구와 결혼하여 아들 하나, 딸 둘을 낳고 플러튼에 산 지 23년 되었다.

아이들한테는 남가주가 고향이다. 4남매는 고등학교를 졸업하고 각자 희망하는 대학으로 떠났다. 대학원도 본인들 전공대로 공부하고 졸업했다. 막내인 아들까지 보스턴에서 졸업하고 잠시 고향집에 내려왔다. 남매들이 흩어져 학교 다니던 어려운 시절 집이 그리워도 꾹꾹 눌러가며 공부했다고 한다. 남편과 나는 황무지로 남매들을 내보냈지만 하나님은 튼튼한 나무로 키우시고 좋은 열매로 축복해 주셨다.

어느 틈에 녀석들이 장성하여 어른이 되었다. 이민 와서 어린 시절 울고 웃으며 지나온 세월이 아름다운 추억으로 남았다. 아이들이 집을 떠나 공부 하던 사이 아빠는 61세 노년이 되었다. 아빠가 당 수치가 200을 넘어서는 당료 환자라는 사실을 알고 놀란 텍사스에 사는 둘째 딸이 서둘러 얼바인 병원에 종합 진찰을 예약했다.

아들은 누나가 예약한 날짜에 맞추어 병원으로 아빠를 모시고 갔다. 안타깝게도 병원에 도착하자 그만 뇌졸중으로 아빠가 쓰러졌다. 너무 늦게 건강에 관심을 가졌던 탓이었다. 응급실을 거쳐서 입원했다. 반신불구가 되었다. 왼쪽다리와 왼팔 손은 전혀 움직이지 않았다. 아들의 전화 목소리는 눈물을 삼키면서 울먹이듯 띄엄띄엄 들려왔다. 그때 삶의 모든 것이 멈추었다. 고요한 가운데 하나님의 말씀이 떠올랐다. 나도 모르게 요절 외우듯 기도하며 묵상 했다. "주께서 인생으로 고생하며 근심하게 하심이 본심이 아니시로다."(예레미야애가 3장 33절)

이민 온 다음 우리 부부는 23년 동안 일하지 않으면 삶이 무너지는 줄 알고 살아왔다. 인생을 길게 보며 잘 쉬는 방법까지 생각했다면 바보처럼 살지는 않았을 것이다. 사노라면 예기치 않는 절망과 고통이 찾아온다. 극복할 수 있는 길은 감사와 기적 밖에 없었다. 다행히 왼쪽은 움직이지 못해도 오른쪽 다리와 팔은 사용할 수 있었다, 그리고 뇌와, 듣고, 보고, 말하는 것은 정상이었다. 감사한 일이었다. 누군가 움직이지 않는 팔과 다리가 되어주면 힘은 들어도 휠체어를 타고 살 수 있는 상태였다.

김삼관 목사님이 문득 떠올랐다. 그 분이 주례사에서 이렇게 말씀했다. 부부가 살다 보면 남편의 부족한 부분을 아내가 채우고 아내의 부족한 부분을 남편이 채워주면 그 가정은 축복받은 부부로 행복하다고 했다. 나는 움직이지 못하는 남편의 왼쪽이 되기로 결심했다.

남편이 병원에 입원한 지 한 달 되던 날, 휠체어를 타고 퇴원하여 집에 왔다. 나는 평상시와 똑같이 따뜻하게 맞았다. 그 날 저녁은 아들, 딸, 손주, 사위 가족이 함께 저녁을 먹어서 행복했다. 아빠가 퇴원하여 집에 왔다고 아들과 딸이 좋아하고 손주들도 할아버지 손을 만지며 휠체어에 매달렸다.

큰 딸은 보스턴에서 7년 동안 목회를 했다. 아버지가 쓰러진 그해 초여름에 남가주로 이사 왔다. 남가주에 와서도 목회 사역을 계속했다. 학교에서는 학생을 가르치고 여름방학이면 동남아 선교지로 사역하러 떠났다. 개학 무렵 집으로 돌아왔다. 아이오와에 사는 둘째 딸은 딸을 데리고 왔다. 병원에서 아빠를 간호하고 퇴원한 후에 아이오와 집으로 떠났다. 막내아들도 아빠 퇴원을 보고 뉴욕에 있는 직장으로 갔다.

셋째 딸은 풀타임으로 2년간 성실하게 열심히 일했다. 아버지가 쓰러지고 나서 셋째 딸은 직장에 집안 형편과 사정을 자세히 편지로 써서 보냈다. 뇌졸중으로 쓰러진 아빠를 돌봐 주어야 한다는 것, 그리고 엄마는 짧은 영어로 아버지의 병을 치료하고 간호하는 의사들과 의논할 수 없고, 당뇨와 천식으로 막막한 몸이라는 것. 부모를 공경하기 위해 필요하니 풀타임을 파트타임으로 허락해 달라는 간절한 편지였다.

한 달 후 파트타임을 할 수 있다는 허락과 함께 아버지 간호에 전념하라는 격려를 받았다. "네 아버지와 어머니를 공경하라 이것이 약속 있는 첫 계명이니 "(에베소서 6장 2절) 파트 타임으로 일하고 부터는 아빠를 도와 병원에 다니고 엄마까지 병원에 데리고 다녔다. 아빠가 하던 집안 살림, 서류 편지, 보험 등, 모든 사무정리를 도맡아 했다. 오랜 세월 동안 아빠 물리치료 하는 병원을 다우니, 플러튼, 롱비치, 얼바인등 여러 곳을 다녔다. 생각해 보면 이 딸의 헌신이 아니었다면 남편은 16년이라는 긴 세월을 병마와 싸우지도 못하고 일찍 생을 접었을 것이다.

아버지의 생명을 연장시킬수록 딸의 사회생활은 줄어들었다. 아버지의 고통을 줄어들게 하면 할수록 딸의 고생은 더 늘어나는 것을 보았다. 아버지의 투병이 지속되면 지속될수록 이 딸의 생활은 궁핍해갔다. 한 번도 무엇을 탓하거나 원망하는 기색을 볼 수 없었다.

언제 보아도 즐겁고 행복한 마음으로 대하는 이 딸의 모습을 보면서 녀석이 "인간 신인가?" 나 자신에게 질문해 본다. 언니들의 영향을 받아서 그런 줄로 안다. 생각하면 생각할수록 이 딸의 헌신을 무엇으로 보답할 수 없을까 되 뇌이고 되뇌어 본다.

나도 반신 불구가 된 남편의 왼쪽이 되어야겠다고 다짐했다. 그러나 200파운드가 넘는 거구의 남편을 연약한 여자로서 돕기에는 너무나 힘이 들었다. 체력을 길러야 할 필요성이 생겼다. 체력을 훈련하고 단련하는 데는 달리기만큼 좋은 운동은 없다고 했다. 마침 이웃에 마라토너 이 보우 코치가 살았다. 지금은 80세가 넘어 90세 가까이 되었는데도 아직도 현역으로 달리기를 하신다. 그 분이 나에게 마라톤 팀을 소개하여 .내 나이 쉰여덟에 달리기 팀에 들어갔다. 나는 이분과 함께 새벽 5시 일어나 달리고 7시면 집에 들어와 남편의 식사를 챙겼다. 달리기는 내가 운동한 만큼의 결과를 보여주었다. 달리기 자체가 삶이라 생각한다. 그 후 매년 서너 번씩 마라톤 대회에 나가 뛰었다.

딸도 나와 아버지를 간호하려면 체력을 늘려야 하는 것을 알았다. 그래서 함께 마라톤을 시작했다. 셋째 딸이 나를 데리고 타주까지 다니며 마라톤을 뛰었다. 십년 전에는 딸이 마라토너 그룹을 만들었고 나는 그 그룹의 회원으로 가입하여 달리고 있다.

남편은 서른여덟 살 나이에 어린 자식 손목을 잡고 이 땅에 왔다. 23년간 가정을 지키고 목회를 했다. 자신을 위해 챙기는 일은 없었다. 몸은 피로가 쌓이고 기능은 쇠약해 가는 줄을 알지 못했다. 돌이켜 보면 맨손체조라도 했으면 좋았을 걸 하는 아쉬움만 쌓여있다.

예순한 살에 병원에서 쓰러진 후 16년 세월이 흘렀다. 아들과 딸 셋이 낳은 손주 12명과 마지막 사진을 찍었다.

아빠가 돌아가시고 딸은 두어 달 지나서 한 통의 편지를 받았다. 아빠가 돌아가셨으니 이제부터는 풀타임으로 일 해달라는 편지였다. 그동안 아빠가 쓰러지고 16년간 부모를 공경하게끔 배려해준 미국의 제도에 감사를 드렸다. 딸은 2016년부터 풀타임으로 감사하며 열심히 일하고 있다.

이웃사촌 유경아

우리 동네는 길이 넓고 크며 가로등이 곳곳에 있어 밤에 걷기가 좋다. 새벽이나 저녁에 집 주변을 몇 바퀴 걸으면 3마일을 거뜬히 완주한 셈이 된다.

나는 초등학교 시절부터 걷고 뛰는 것을 좋아해 들로 산으로 많이 쏘다녔다. 지금은 70세가 넘어 노년이 되었다. 집에서 자전거 타고 스트레칭으로 근육을 늘린다. 그리고 유산소 운동으로 걷는다.

오래 전 이야기다. 초겨울 저녁 싸늘한 밤이었다. 운동복을 입고 딸이 사준 팥죽색 조끼를 입고 집 앞을 걸었다. 등 뒤에서 누가 '엄마'하고 불렀다. 딸의 목소리 같았다. "왜 그래?"하고 뒤를 돌아보았다. 딸이 아니고 우리 동네 사는 젊은 여자였다. 일 갔다 들어오면서 밤중에 엄마가 혼자 걸어가는 모습을 보며 걱정이 되어 불렀단다. 돌아본 할머니는 엄마가 아니었다. 젊은 여자가 미안해 쩔쩔 매였다. 그동안 이웃에 살면서도 잘 모르고 살았다. 엄마의 팥죽 색 조끼가 나의 조끼와 같아서 엄마라고 불렀단다. 그 일이 인연이 되었다.

젊은 부인은 무역을 하는 유사장이었다. 남편은 미국 회사에 다닌다고 했다. 전 세계의 물품을 인터넷으로 구입해서 배달해 주는 회사를 운영한단다. 한국 상품을 가장 많이 취급한다고 했다. 친정 엄마는 충청도 고향에 사신다. 겨울이면 기후 좋은 미국 딸네 집으로 오시고 봄이 되면 한국으로 가신다고 했다. 그렇게 매년 겨울이면 오셨는데 지금은 팬데믹으로 고향에서 살고 계신다.

나는 보통 새벽 5시가 되면 걷기 위해 집을 나선다. 유사장네 집 앞을 걷다 보면 큰 집에 언제나 불이 켜 있다. 내외는 운동을 즐겨서 남편은 자전거를 타고 아내는 자동차를 타고 팀이 기다리는 곳으로 운동하러 나간다. 운전하며 나가다 내가 눈에 띄면 차를 멈추고 반갑게 안부까지 물어보며 인사를 한다. 이웃사촌인 늙은이에게 마음 씀씀이가 착하고 고마웠다. 나는 유 사장 차가 정문으로 나갈 때까지 두 손을 흔들어 준다. 이웃 관계는 혼자 만드는 것이 아니다. 서로가 쌓아가는 것이다.

지금 세상은 코로나 바이러스로 마스크를 쓰고 사는 시대가 되었다. 어느 날 아침에 유 사장은 한국에서 보내준 마스크 두 봉지를 주었다. 이웃의 어려움이 나의 어려움으로 생각하고 나누면 이웃도 내 몸같이 사랑을 느낄 수 있다. 유 사장은 젊은 사람으로 심성이 착하다. 외모로도 풍기는 느낌도 넉넉하고 풍성하다.

2020년 크리스마스가 돌아왔다. 움츠리고 있었던 이웃들이 바쁘게 움직였다. 기쁜 성탄을 축하하며 집집마다 예쁜 트리로 장식했다. 유 사장이 크리스마스 선물로 게장과 고구마를 주었다. 옆집에 사는 딸네도 똑같이 선물을 해 주었다. 바쁜 크리스마스에 직원들이 쉴 틈없이 뛰며 일 했다고 한다. 집에 들어가면 가족들과 집 밥을 먹으라고 게장과 고구마를 한 박스씩 크리스마스 선물로 주었다고 한다. 그 덕분에 이웃사촌인 우리집까지 게장과 고구마를 주었다. 나는 받은 선물에 감격했다. 나의 이웃은 봉사와 나눔으로 품위 있는 삶을 살아간다.

나도 밸런스를 맞추려고 고심했다. 큰딸이 내 뜻을 이루어 주었다.

7월에 북가주에 사는 아들이 다녀갔다. 그때도 유 사장은 월남 쌈을 싸서 건내 주었다. 얼마 전에는 캘리포니아 롤을 예쁘게 말아서 두 딸네 가족과 맛있게 먹었다. 평범한 이웃이 모여 살면서 이렇게 아름다운 이웃사촌을 이루어 살아가고 있다. 인생은 서로 언덕이 되어주고 허물을 덮어줄 때 마음이 평화롭다.

금년 여름 유 사장 기업에 축하할 새로운 뉴스가 생겼다. 여러 해 동안 의학박사와 한 팀을 이루어 연구한 샴푸 약이 승인을 받았다. 머리 빠지는 사람들이 사용하면 빠진 자리에 머리가 새로 나고 앞으로도 빠지지 않는다는 희소식이었다. 한국에서는 선전을 통해 많이 알려졌다고 한다. 유 사장의 간절한 꿈이 미국에서도 이루어져 샴푸약이 머리 빠지는 사람에게 치료약으로 사용되기를 기도한다.

저는 시냇가에 심은 나무가 시절을 좇아 과실을 맺으며 그 잎사귀가 마르지 아니함 같으니 그 행사가 다 형통하리로다."(시편 1편 3절)

두 다리를 잃은 남편, 그리고 마틴(Martin)

마틴은 양로병원에서 남편을 돕는 간호보조원으로 6년 동안 일했다. 양로 병원에는 간호사와 간호보조원이 있다. 우리 집에서는 자녀들이 간병인을 개인적으로 구하는 중이었다. 양로원에서 몇 사람 추천을 받았다. 셋째 딸이 인터뷰하여 마틴을 채용했다. 나이 삼십이 넘었고 경험도 풍부하고 아들까지 있는 필리핀 남자였다. 가족은 어머니를 모시고 형과 여동생 등, 온 가족이 함께 살아 마음에 들었다, 집에서 양로병원으로 출퇴근하는데 자동차로 15분이 걸린다고 했다.

남편은 종합 진찰받으러 간 병원 문 앞에서 쓰러졌다. 그 후, 10년 동안 합병증을 조심하며 모든 것을 하나님께 맡긴 채 집에서 투병생활을 했다. 10년 세월은 고통과 아픔을 휘감아 깊은 바다로 흘렀다. 남편이 71세가 되었다. 당뇨병이 깊어 갔다.

어느 봄날이었다. 샤워장에서 목욕을 시켰다. 물기를 타올로 닦다가 왼발 등에 까만 점 하나를 발견했다. 아침, 저녁, 운동을 시키면서도 눈에 띄지 않던 점이었다. 불안했다. 셋째 딸에게 전화를 했다. 그 날은 딸이 일하는 날이었다.

이튿날, 딸은 아빠를 모시고 풀러튼에 있는 성 쥬드(St. Jude) 병원 당뇨 전문의사를 만났다. 의사는 환자의 증상을 세밀하게 보았다. 당뇨병 환자에게 오는 합병증으로 왼발이 상하고 있다고 했다. 발에 생긴 염증이 고통과 통증을 가져왔는데 약으로 치료가 되면 좋겠으나 이 상태에서는 수술하는 것만이 살 수 있는 길이라 했다. 의사는 앞으로 통증이 더 심해지면 병원으로 다시 오라 했다.

병원을 다녀온 딸은 흩어져 있는 언니 동생들에게 아빠의 상황을 알렸다. 아이들은 수술해서라도 아버지가 오래 사는 것을 바랬다. 고생하며 키워 주신 엄마, 아빠는 일찍 돌아가시면 안 되는 것이었다. 지금까지 아빠는 힘의 근원 되시는 하나님과 동행하였던 믿음의 삶을 살았다. 그 어떠한 어려움과 역경에서도 하나님의 은혜로 살았다.

수술 하자는 쪽으로 의견을 모았다. 10년 동안 아빠를 간호했던 엄마도 쉴 수 있는 시간을 드리자고 했다. 공부하고 싶다는 엄마의 꿈을 이루도록 책을 읽을 수 있는 시간이 필요하다고도 했다.

10년 동안 집에서 하던 간병생활을 접고 양로병원으로 옮겼다. 양로병원에서는 처음부터 마틴이 남편을 맡아서 풀타임으로 돌봤다. 힘든 일은 마틴이 하고 나는 운전을 했다. 세 사람이 공원으로 바닷가로 식당으로 다니며 즐거운 시간을 가졌다.

마틴은 심성이 착한 사람이었다, 처음부터 남편을 아빠라 부르고 나를 엄마라 불렀다. 마틴 가족은 참 좋은 사람들이었다. 천주교 가정인데 마틴 어머니로부터 형, 동생을 비롯 온 가족이 환자에게 죽도 쑤어 보내오고 당뇨병 환자에 좋은 음식도 만들어 보내주었다. 8시간 풀타임으로 일하는 것으로 약속했다. 일주일마다 주급으로 지급했다. 그런데도 8시간 끝내고 나면 아빠 혼자 있는 것이 쓸쓸하다고 2시간 늘려서 10시간 일하고 갔다. 우리 가족은 마틴과 그의 가족들의 정성에 큰 감동을 받았다.

남편이 양로원으로 온 지 1년이 넘었다. 왼쪽 다리에 생긴 염증은 참을 수 없는 고통이었다. 아픔을 견뎌내는 남편의 모습을 곁에서 보면서 내 가슴도 타들어갔다. 고통을 참으며 살아야 하는가, 의사 말대로 다리를 잘라내야 하는가는 오로지 환자의 결정에 달린 일이었다. 한쪽 다리를 잘라내는 끔직한 상황은 피할 수 있으면 피하고 싶었다. 내 마음이 이런데 본인의 심정은 어떻겠는가. 고통도 고통이지만 살기 위해서는 잘라내야 한다는 의사의 진단이 나왔으니 어쩌겠는가. 환자가 결단을 했다.

수술 하던 날. 나는 집도 의사의 허리를 붙잡고 한참 동안 흐느꼈다. 의사는 조용히 내 등을 두드려 주었다. 내 심정을 다 안다는 듯, 안심하고 믿고 기다리라는 듯, 그렇게 나를 위로해 주었다. 고르고 고른 훌륭한 수술 의사라고 했다. 수술은 잘 끝났다. 그렇게 남편은 왼쪽다리를 절단했다.

평생 두 다리로 걸어 다니던 사람이 한 다리가 떨어져 나가 외다리가 되었다. 수술을 마친 다음부터 내 어깨에 의지하고 걸었다. 멀쩡한 사람이 이렇게 장애인이 되어가는구나, 하는 생각이 들었다. 한 다리를 절단한 상태에 점점 익숙해져 갔다. 두 다리로 살아가는 사람은 느낄 수 없는 불편함이 한두 가지가 아니겠지만, 남편은 내색 하지 않고 잘 적응해 나갔다.

수술 후 2년 동안 통증을 모르고 살았다. 양로원 생활 3년이 되었다. 이번에는 멀쩡하던 오른쪽 발등에 까만 점이 퍼져 나갔다. 발등과 발목을 타고 올라와 오른쪽 다리가 쑤시고 아파 잠을 자지 못했다.

다시 의사의 진단이 떨어졌다. 남은 다리마저 잘라내야 한다는 것이었다. 살기 위해서는 그 방법 밖에 도리가 없다고 했다. 다리 하나를 잘라낸 다음 환자가 겪어내야 했던 아픔과 심리적 박탈감을 익히 보아왔던 터였다. 누구도 입을 열지 못했다. 결정은 결국 환자의 몫일 수밖에 없었다.

수술 하는 날. 지난번과 같은 의사였다. 그는 나를 알아보고 조용히 등을 두드려 위로해주었다. 수술실에 들어가는 남편의 모습을 울면서 지켜보았다. 수술실을 나와 다시 만날 남편의 모습을 상상하기조차 힘들었다. 겁이 났다. 대여섯 시간 걸려 수술이 끝났다. 남편이 수술침대에 누운 채 돌아왔다. 이불을 들추어 보았다. 남편의 몸은 두 다리 없는, 몸통만 있는 상태가 되어있었다. 꿈에도 생각지 못하던 일이 눈앞에 벌어진 것이다. 남편의 상반신을 끌어안았다. 울음도 나오지 않았다.

그 후 2년은 통증을 모르고 살았다. 우리 부부의 소원대로 하나님께서 12명의 손주를 허락하셨다. 병실에서 그들의 손을 하나하나 만져보고 사진을 찍은 것이 마지막이었다.

남편이 양로병원에 사는 동안 큰언니 아들인 조카 내외가 90세 된 큰형부를 모시고 일주일에 서너 번씩 밤이면 다녀갔다는 말을 간호사와 일하는 직원들에게 들었다. 조카 내외는 다운타운에서 일마치고 집에 와서 저녁 먹고 온 가족이 이모부를 만나고 가는 게 일상이었다고 한다. 그런 사실을 여러 해가 지나고 알았다. 내 생애를 통하여 고맙고 감사한 것은 마음 밭에 깊이 심었다. 조카 내외가 그토록 이모부를 문안드리며 염려했던 것은 큰언니의 영향이 아닌가 싶다. 큰언니는 생전에 칠 남매 맏이로 막냇동생의 남편을 사랑하며 귀히 여겼다.

늦은 시간에 이모부를 찾아온 조카는 마틴이 항상 그 자리에서 이모부를 간호하는 모습을 보았단다. 그는 우리 가족이라며 동생과 다름없이 대해주곤 했다. 이모부가 오랜 투병 생활을 하면서도 품위 있고 깨끗하게 살아가셨던 것은 마틴의 덕택이라며 칭찬을 아끼지 않았다.

남편은 10월에 처음 나를 만났고 그 이듬해 10월에 결혼했다. 그리고 50년을 함께 살고 10월에 부르심을 받았다. 남편이 떠나자 마틴은 한 없이 울었다. 어느 가족이 그렇게 슬피 울며 애달파할 수 있을까.

남편이 우리 곁을 떠난 지 6년이 된다. 마틴은 신응선 아빠가 돌아가신 날, 크리스마스 연휴, 4월 6일 아빠의 생일을 잊지 않고 꽃다발과 풍선을 안고 로즈힐 언덕에 오른다. 그 뿐이 아니다. 남편이 누워있는 자리에서 멀찌감치 큰언니가 누워있고 또 형부가 누워 계신다. 마틴은 그 분들 앞에도 꽃을 바치는 것을 거르지 않는다. 조카 말대로 그는 진정 우리 가족의 한 사람이다. 마틴은 하나님의 사랑으로 맺어준 우리 식구이다.

고 조명래 선생님

2020년 6월 23일, 향년 84세로 주님의 품에 안기신 조명래 안수집사 천국환송 예배가 있었습니다. 북가주 콩코드 침례교회 웹사이트에 온라인으로 오후 5시부터 7시까지 생중계 되었습니다.

소식을 듣고, 유가족을 위로하고 천국환송 예배에 참석 하고 싶었으나 COVID-19로 갈 수가 없었습니다. 위독하시다는 소식을 듣고도 내심 고비를 넘기면 노환이라 전처럼 그만 해지겠지 생각했습니다. 막상 부음을 듣고 후회가 막급했습니다. 선생님이 우리 곁에 있을 때는 그 분이 얼마나 소중한 존재인 줄 몰랐습니다. 선생님이 떠나시고 보니 후손들을 위해서라도, 좀 더 계셨더라면 하는 아쉬움에 마음이 아려옵니다.

제가 선생님 내외분을 처음 만난 것은 1994년 6월 초여름 UCLA 대학졸업식 날입니다. 북가주에 사는 선생님은 막내아들 졸업이라 오셨고, 우리 부부는 셋째 딸 졸업이라 갔습니다. 졸업식이 끝나고 우리 가족과 선생님 가족이 함께 점심을 먹었습니다.

그 후 선생님 아들은 USC 법대에 진학하고, 저희 딸은 UCLA 법대에 들어갔습니다. 아이들이 학교는 다르지만 대학교 동창이라 여전히 사이좋은 친구로 공부 했습니다.

그렇게 인연이 되어 선생님의 막내아들 다니엘과 우리 셋째 딸 그레이스가 길영환 목사님 주례로 결혼식을 올리게 되었습니다. 은행잎이 사뿐히 내려앉은 초가을, 1998년 9월5일 파도소리 들리는 아담하고 예쁜 교회에서였습니다. 신랑 신부가 간절히 원했던 결혼이었고, 양가 부모님과 가족들도 하나님의 뜻이라 믿으며 축복하고 기뻐했습니다. 그때의 일이 엊그제 인양 눈에 선합니다.

선생님은 경북의대를 졸업하고 한국에서 전문의 취득한 다음, 대구에서 동산소아과 병원도 개업 하셨습니다. 1971년 미국 이민을 와서 의사 면허를 취득했습니다. 78년에 소아과 개업 하고 한 병원에서 37년 동안 어린이를 치료하셨습니다. 2009년 CHDP에서 헌신한 공로상을 받으시고 은퇴하셨습니다.

선생님의 생애는 반세기 넘도록 어린이들을 헌신으로 치료하시고 봉사하신 삶이었습니다. 언제나 아이처럼 다정하셨고 언제나 그런 순수한 사람들 사이에 있기를 좋아하셨습니다. 그리고 가난한 사람들의 살아가는 이야기에 귀를 기울였던 분이었습니다.

어느 날 마켓에서 침례교단 길영환 목사님을 우연히 만나셨다고 합니다. 그때 목사님은 교단에서 북가주로 파송 받아오신 분이었습니다. 두 분 모두 낯선 북가주에서 만나 콩코드 침례교회를 개척하였습니다. 서리집사로 임명 받아 초대 안수집사에 이르기까지 강산이 네 번 넘게 흘러갔습니다. 47년이라는 긴긴 시간 속에서 말없이 교회의 밑거름이 되셨습니다. 변함없는 믿음 한결같은 사랑으로 따뜻하고 밝은 미소를 심어놓으신 선생님. 주 안에서 사랑합니다. 곧 천국에서 만나 뵙겠습니다.

수술 받은 손자 '메튜'

플러튼에 사는 셋째 딸이 전화를 했다. 손자가 6월17일 오전 7시, 두 번째 수술을 한다고 했다. "엄마, 기도해 주세요." 울적한 목소리로 전화를 끊었다.

손자는 다섯 살부터 야구를 시작했다, 공부도 잘해서 가고 싶은 대학에 진학했다. 2학년이던 2019년 7월, 남가주에서 대학야구 게임이 있었다. 손자는 팀에서 세컨드 베이스를 맡았다. 게임이 재미있게 진행되는 중 상대 선수가 반칙으로 손자 무릎을 밟았다. 순간 비명을 지르고 땅에 쓰러졌다. 신발 바닥에 스파이크가 있어서 무릎이 찢어지고 뼈가 으스러졌다. 손자 팀의 코치가 필드로 뛰어가고 관중석에 앉아 있던 딸 내외가 달려갔다. 야구 게임은 잠시 중단 되었다. 무릎에서 피가 흘러 황토 흙을 적셨다. 손자는 끊어지는 통증으로 괴로워했다. 딸 내외는 아들을 태우고 병원으로 갔다.

병원 응급실에서 무릎 전문 의사를 만났다. 의사는 치료방법은 수술밖에 없다고 했다. 수술만 하면 앞으로 살아가는데 어려움 없이 생활할 수 있다고 했다. 야구 선수로서도 아무런 문제가 없다고 했다.

그해 여름 방학에 북가주에서 아들 가족이, 아이오와에서 딸 가족이 왔다. 온 가족이 모두 수술을 위해 하나님께 기도드렸다. 딸 가족과 수술 받는 손자는 의사 말에 희망과 꿈을 가졌다. 온 가족과 의사의 위로를 받으며 손자는 용기를 갖고 수술을 받았다.

수술 후 2년이 흘렀다. 손자는 대학 4학년 스물한 살의 성인이 되었다. 팬데믹으로 1년 넘도록 학교 문이 닫혔다. 손자는 온라인으로 공부했다. 대학교 건물 안에 야구장이 있었다. 실내 필드에서 선수들끼리 가볍게 몸을 풀었다.

대학 야구는 봄부터 시작한다. 오월엔 오레곤 주에서 게임이 있었다. 손자는 세컨드 베이스에서 캣처 자리로 옮겨 야구를 했다. 코치의 계획대로 게임의 승자가 되기 위해 자리가 바뀌기도 한다. 손자는 캣처로 열심히 공을 받으며 던지는데 수술한 왼쪽 무릎이 아파왔다. 통증이 점점 심해졌다. 왼다리 무릎을 움직일 수 없었다. 손자는 팀의 코치와 함께 병원에 갔다. 의사의 처방대로 진통주사도 맞았고 약도 먹었다. 다리가 아파서 야구는 하지 못하고 삼학년을 마쳤다. 사위는 아들 학교에 가서 짐을 정리하고 손자를 집으로 데리고 왔다.

집에 온 손자는 부모와 함께 처음 수술한 의사를 만났다. 지금까지의 수술경험을 거울삼아서 두 번째 수술은 평생 후유증 없이 건강한 다리로 걷고 운동할 수 있도록 한다고 했다. 무릎을 움직이지 않도록 철판을 깔고 종아리 양쪽에 철 기둥을 세워 무릎을 보호하면 튼튼한 다리로 살 수 있다고 했다. 물론 야구를 해도 괜찮다고 했다. 나는 수술 날이 정해지고 부터 묵상하며 틈틈히 기도했다.

오늘은 손자가 두 번째 수술 받는 날이다. 7시 수술이라 집에서 새벽 6시에 손자와 딸 내외는 병원에 갔다. 수술하는 날은 왜 그렇게 하루가 긴지 모르겠다. 딸에게 전화를 자꾸 했다. 정오에도 전화를 했다. 아직 수술이 끝나지 않았다고 했다. 점심을 먹고 또 전화를 했다. 수술실에서 나와 병실에 누워서 마취가 깨기까지 자고 있다고 했다. 대학 졸업도 하기 전에 다리 수술을 두 번씩이나 받는 손자가 가엾고 불쌍했다. 착한 손자가 두 번씩 생명을 걸고 수술한 것에 분노가 치밀어 올라왔다. 홀로 집에서 냉수를 벌컥벌컥 마셨다. 물을 많이 마신 때문인지 화장실을 자주 들락거렸다. 수술이 잘 되었다는 소식을 들었다. 그제야 여러 생각이 정리되었다.

손자는 두 번의 수술에도 고생과 통증을 견디며 살아났다. 지금은 잘 먹으며 회복하는 중이다. 생각할수록 하나님의 은혜다. 스파이크 달린 신발로 머리나 목을 밟았다면 손자는 지금 어찌 되었을까. 반칙을 한 선수를 이해할 수 없었다. 그러나 오늘은 이해할 수 없는 선수를 용서하고 싶었다. 운동하다 보면 그럴 수도 있겠다 싶었다.

홀로 있는 방 어디선가 주의 음성이 들린다. 책상 앞에 놓여있는 큰 성경책을 넘기며 주의 음성을 귀로 들으며 눈으로 읽었다. "네가 물 가운데로 지나갈 때에 내가 함께 할 것이다. 강을 건널 때에 물이 너를 침몰치 못할 것이며 불 가운데로 행할 때에 타지도 아니할 것이요, 불꽃이 너를 사르지도 못하리니."(이사야 43장 2절) 그 어떠한 고난에서도 함께 하시는 하나님의 사랑스런 음성이었다.

딸 내외와 손자가 집에 도착했다. 수술 받고 돌아온 손자가 전화로 말했다. "할머니, 매튜 집에 왔어. 할머니가 기도해서 나 괜찮아." 할머니 냄새를 맡고 싶다고 했다. 손주들이 아주 어렸을 때부터 미역국과 김치찌개를 많이 끓여 먹였다. "미역국이나 김치찌개는 할머니 냄새라 나는 좋아.", "할머니 냄새가 나는 좋아." 아이들이 말하곤 했다. 지금도 손주들이 나에게 "할머니!" 하고 전화를 하면 어린아이처럼 눈물이 두 볼을 타고 흐른다. 내가 눈물을 흘리면 손주들은 할머니 보고 싶다고 합창을 한다. 내일은 손자가 먹고 싶다는 김치찌개를 만들어 갖다 주어야겠다.

가족

연휴에는 산소에 다녀온다. 겨울 크리스마스와 봄 부활절, 여름 방학과 가을 추수감사절. 온 가족이 모이면 우선순위가 할아버지 산소에 다녀오는 일이다.

손주 가운데 할아버지가 건강할 때 본 손주는 두 녀석인데 어려서 본 할아버지 기억이 가물가물 하다고 한다. 나머지 손주들은 할아버지가 병상에 있을 때 태어난 아이들이라 할아버지 기억은 휠체어를 타는 장애자 할아버지뿐이고 건강한 할아버지는 상상을 못한다. 손주들은 자라면서 병상에 있는 할아버지를 통하여 생각이 깊어지고 할아버지의 고통과 아픔을 보면서 장애자를 바라보는 눈빛과 사랑이 남다르게 되었다.

방학이면 할아버지 집에 온다. 할아버지를 저희들이 돕겠다며 할머니는 쉬라고 한다. 아이들은 할아버지와 함께 재미있는 시간을 보내고 집안에는 웃음꽃이 피어난다.

우리는 카터정부 때 이민을 왔다. 벌써40여년이 지났다. 아이들이 모두 중년이 되었다. 이민 올 때 6섯 식구가 왔는데 22명이 되었다. 축복을 받았다.

남편은 62세에 뇌졸중으로 쓰러졌다. 휠체어에 앉아서도 긍정적인 사람이라 힘이 들어도 불평불만 없이 밝은 미소로 가족을 걱정 했다.

왼쪽은 움직이지 못해도 오른쪽 다리와 팔은 사용할 수 있어서 감사했다. 정신이 맑고 귀와 눈도 잘 듣고 잘 보여 다행이었다.

병원에서 퇴원한 남편을 아래층 방 베드에 뉘었다. 누워있던 남편은 나를 보자 미안한 얼굴로 미소를 머금고 '집이 편해, 오고 싶었어' 오른손을 내밀어 내 작은 손을 잡았다. 남편은 힘없이 손을 잡은 채 잠이 들었다. 남편의 숨소리를 들으며 남편과 살아온 세월을 헤어 보았다.

후회 없는 삶을 살아 왔다. 가난한 추억들이 아카시아 꽃처럼 향기로웠다.

남편은 군에서 제대를 하고 뜻이 같은 친구와 야학을 시작 했다. 두 사람 선생으로 부족하여 내게 선생으로 함께 일하자고 만난 것이 처음 인연 이었다. 그 후 이민 와서는 아이들 키우면서 어려웠던 시절을 보냈다. 목회도 제대로 못하면서 티격태격 다투었다. 그리움이 서러움이 되었다. 이제야 철이 들었다.

병석에 누워 있는 남편이 물리치료를 받아야 하기 때문에 장애자 차가 필요 했다. 아들과 딸이 의논 하여 GMC 수퍼카라벤 새 자동차를 사서 장애자 차로 개조해 주었다. 도토리만한 나는 16년 동안 그 차를 운전하여 남편과 함께 병원을 들락거렸다. 얼바인 병원 . 다우니 병원. 롱비치 병원. 플러튼 센쥬드 병원 등, 개인이 운영하는 물리 치료소에도 다녔다. 그러면서 나는 집에서 남편에게 아침저녁 운동을 시켰다. 이를테면 나는 돌팔이 물리치료사였다.

황소 같은 남편을 간호 하는데 나의 힘은 고목나무에 한 마리 매미였다. 건강해야 남편을 도울 수 있다고 각오 하고 매일 아침 오전 5시에 뛰기를 시작했다. 두 시간 동안 달리기를 마치고 7시에 집에 들어와 남편과 함께 그날 시간표를 점검 했다. 내가 새벽거리를 달렸던 10년이 넘은 세월은 억만 금을 주고도 살수 없는 값진 시간이었다. 마라토너로 달리게 한 남편은 언덕이 되어 주었다. 이민 와 20년이 넘도록. 숨차게 살아온 남편은 꿀벌처럼 살아온 아버지요 남편이었다.

2015년 초가을, 입원한 지 일주일 지나던 날 담당의사가 가족에게 마지막을 준비하라는 최종 진단을 알려주었다. 아이들과 나는 이제는 아버지를 편안하게 보내 드리는 것이 아버지를 위하는 길이라고 말했다.

조용히 눈을 감고 남편을 생각했다. 그 많은 벗이며 스승님들, 가까이 지내던 이웃들이 얼마나 그리울까. 두 눈에 눈물이 고였다. 긴 병에 효자 없다고 처음에는 너도나도 오고 갔지만 병상 생활이 길어지면 잊혀 지게 마련인 것을. 섭섭하다고 토라질 것이 무엇이며 세상인심 탓할 게 어디 있담. 한없이 흐르는 눈물을 훔치며 그럴 수도 있지 생각했다.

눈을 감고 있는 남편을 불렀다. 남편은 감았던 눈을 뜨며 나를 보았다. "내가 이름 부를 테니까 만나고 싶은 얼굴이 떠오르면 힘드니까 말하지 말고 눈만 깜박깜박 하세요." 말하고 이름을 부르기 시작했다. 남편이 만나고 싶어 할 성 싶은 사람이 한 명씩 스쳐갔다. 미국에 와서 남편과 함께 3년 신학원 공부를 했기 때문에 남편이 마음에 들어 하는 친구를 알 수 있어 가능한 일이었다.

전화를 받고 스승과 친구들이 병실로 달려왔다. 누워 있는 남편을 보는 순간 병실은 천국으로 변했다. 남편의 얼굴은 평강이 넘치고 기쁨이 가득 했다. 예배를 마치고 그 자리에서 장례순서를 만들었다. 로즈힐 큰 예배 실에서 입관 예배를 드리고 곧바로 장지에서 하관 예배를 드리기로 했다. 예식을 진행 하는 분들도 정했다. 그동안 출석 했던 교회 담임목사님이 장례 집례를 하고, 기도는 미국 이민 와서 함께 교회를 개척한 목사님이 맡기로 했다. 조사는 신학원 친구 목사님이, 축도는 신학원 헬라어 교수 목사님이 담당하기로 했다. 하관예배는 그대로 담임목사님이 하고 기도는 신학원 친구 목사가 하는 것으로 정했다. 그들이 모두 떠난 다음 남편의 숨소리가 아기 숨소리처럼 들렸다.

이번 주말에는 로즈힐 산소에 다녀와야겠다.

생일

2020년 3월 24일, 코로나 비상사태가 선포되고 미국이 문을 닫았다. 아직 치료약이나 백신이 나오지 않은 상태에서 코로나 바이러스 전쟁에서 이길 수 있는 길은 사회적 거리 밖에 없다고 한다. 바이러스가 사람 몸에 침투할 틈을 주지 않기 위하여 다른 사람과 6-10 피트 거리를 유지하라고 한다. 특히 바이러스에 약한 노년이나 질병이 있는 사람은 자녀, 손자, 손녀 방문자 까지도 경계하라고 뉴스는 알려준다.

바이러스 난국에도 봄은 왔다. 우리 집 뒤 뜰 자스민 나무도 하얀 꽃이 피어 향기를 날리며 꿀벌을 부르고 수많은 벌들은 꽃 속에서 꿏을 만든다. 오늘은 3월 24일, 음력 3월 1일 77살 내 생일이다. 이른 아침부터 아이오와, 북가주에 사는 아들과 딸 가족이 영상통화로 생일축하 인사를 하고 이웃에 사는 두 딸 가족도 바이러스로 오고 가지 못하면서 생일축하를 했다.

나는 칠 남매 막내로 수원 매교동에서 태어났다. 당시 오빠 둘은 군에 있었고 언니 둘은 결혼하고 셋째 언니는 서울에서 공부하고 오빠와 나는 인천으로 이사를 했다. 공부를 해야 성공 한다는 큰언니 뜻에 따라 중학교에 입학을 했다. 인천 화수동 부두가 무허가 판자촌에 사글세 방 한 칸 얻어 학교를 다니는데 눈보라 치는 바람이 불면 창호지 문짝은 떨어지고 추운 겨울에는 손이 곱아 일하면서 공부하기가 힘들었다. 부두에서 학교는 약 시오리 길인데 버스는 돈이 없어 못 타고 뛰어 학교를 갔다. 그래도 나는 일하면서 학교를 갈 수 있어 다행이었다.

1년에 한 번씩 돌아오는 생일을 나도 모르게 지나가고 그렇게 여러 해 지나가더니 어느새 다 큰 처녀가 되었다. 누군가 내 생일을 기억하고 미역국 먹었어? 물으면 한결 같은 대답은 살아 있으면 돌아오는 생일 왜 걱정해, 내년 생일에 자장면 먹으면 되지, 그러고는 한 바탕 웃어버렸다. 생일을 잊어버린 채 미역국도 못 먹고 공부하던 시절은 특별히 나에게만 그런 시대가 아니었다.

6·25 침략, 9·28 수복, 1·4 후퇴 3년의 전쟁으로 도시는 잿더미가 되고 농어촌에서는 흉년과 전쟁으로 부모를 잃은 수많은 고아들과 자식을 잃은 부모들이 목숨이 붙어있는 것이 원수라고 탄식하던 시대였다. 나도 아픔과 슬픔 속에서 끝이 보이지 않는 긴 터널 속에서 죽지 않고 살아서 나왔다.

그때 남편은 군에서 제대를 하고 뜻있는 친구들과 야학을 시작하여 선생을 구하고 있었다. 함께 일해 보자고 몇 번 만난 것이 인연이 되어 청혼을 했다.

1965년 10월 25일 결혼 하였다. 아무것도 모르고 배운 것도 없는 나는 어른들이 계시고 아주버님과 손위 형님 조카들이 있고 대 가족이 사는 데에서 가문의 풍습과 흐름을 배우고 싶었다.

남편은 5남매 중 네 번째로 위로 누님 두 분은 결혼하여 시댁을 떠났고 남동생 하나만 있었다. 시집살이 일주일 지나서 어머니는 우리 방에 들어오셨다. 손등에 글리세린 바르며 어머니 앞에 앉았다. 어머니는 잔잔한 미소로 "힘들지 않니?" 물으시며 도토리만한 며느리를 보시며 대견해 하셨다. “아니에요 어머니.”하고 말씀 드리니 “일이 재미 있다고?”하시며 놀라셨다.

“네, 어머니 저는요 제일 좋아하는 것이 일하는 거구요, 두 번째는 운동하는 거고요 세 번째는 읽고 싶은 책 읽는 거예요.” 평상시 나의 일상을 물 흐르듯이 시원하게 말했다. 어머니는 글리세린 바른 내 손을 꼭 잡으시고 작은 애야 “네 생일이 언제냐?” 물으셨다. “3월 1일이예요.” 했더니 “양력이냐? 음력이냐?” 물으시기에 “음력 3월 1일입니다.” 말씀드렸다.

겨울보리가 새파랗던 보리밭 둑에는 햇쑥이 움트며 봄이 왔다고 소식을 전한다. 어머니는 내 생일을 기억하시고 햇쑥으로 송편을 빚으시고 알 낳는 암탉을 잡아 미역국 끓이시고 여주 이천 맛있는 쌀로 밥을 지어 온 식구들이 생일잔치를 베풀어 주셨다.

인천에서 10년 사는 동안 내 생일이면 어머니가 오시고 농사철이 되면 여주로 가셨다. 우리 어머니는 착한 분이셨다. 남을 미워하지 않았고 나쁘게 말하는 일이 없었다. 남의 좋은 점을 먼저 보고 남을 칭찬하는 기쁨을 즐기셨다. 1976년 6월에 그 동안 건강 했던 어머니는 돌아가시고 우리 가족은 미국으로 이민을 왔다.

이곳에 와서는 남편과 아이들이 내 생일을 기억하고 챙겨 주어서 행복했다. 남편이 우리 곁을 떠난 후에는 아들, 딸, 손주들이 있어서 축하해 주었다. 오늘 내 생일을 맞이하여 고요한 시간이 흐르고 책상 앞에 어머니 회갑 사진을 무심히 바라볼 때, 문득 54년을 건너 뛰어 세월 저 편에서 들려오는 소리 하나를 듣는다. “애미야, 오늘 네 생일이다.”

고 Jay Han 큰형부

2020년 12월 23일 오전 6시 30분, 조카며느리 전화를 받았다. 큰형부가 95세 일기로 돌아 가셨다는 부음이었다. 보통사람과는 다른 분이라 그리 쉽게 가지는 않으리라 막연히 100세 시대를 믿고 있었다. 막상 부음을 듣고 후회막급이었다.

그날 아침 6시, 조카는 방에 들어가 “아버지! 오늘 며칠이에요?”하고 물었단다. 형부가 ‘23일’이라고 대답하여, 조카는 내심 안심하고 방에서 나왔다고 한다. 혹시나 하는 초조함에 30분 후 방에 들어가 보니 편안한 모습으로 영면해 계시더라는 설명이었다.

형부는 지난 12월 18일 아침, 방에서 나와 아들 내외에게 가슴이 답답하고 숨 쉬는 것이 버겁다고 하셨다. 조카는 곧바로 911을 불렀다. 병원에서는 고령에 그만하면 강건하신 편이라고 했다. 노년이라 심장 호흡이 고르지 않아 산소 호흡기를 끼고 3일 동안 치료를 받으셨다. 95세의 고령이지만 특별한 병은 없다고 했다. 의사와 가족이 의논하여 병원보다 집에 계시며 치료받으시는 게 제일 안전하다고 하여 퇴원하셨다.

12월 21일, 달리는 응급차 안에서 형부는 전화를 주셨다. 나는 형부의 목소리를 들으며 너무도 기쁘고 좋았다. 소리 높여 형부를 불렀다. 형부는 나의 목소리를 들으시고 ‘오렌지문학에 실린 글 두 편 잘 읽었어요, 아주 잘 썼어요. 앞으로 좋은 글 많이 쓰세요'라고 하셨다. 퇴원하는 차 속에서 보내준 형부의 마지막 목소리가 되리라고는 꿈에도 몰랐다.

형부는 고령의 연세에도 아들 며느리 보다 삼시 세끼 식사도 맛있게 많이 들었다. 집에 계시는 날에는 언제나 컴퓨터 앞에 앉아서 세계가 어떻게 움직이는가를 관찰하셨다. 두고 온 조국과 살고 있는 미국의 정치 경제를 세밀하게 분석하셨다. 형부가 사용하는 화장실에는 철학 서적이 놓여있다. 늘 학구적으로 학문을 연구하셨다. 3개국 언어 정도는 능통하여 이곳 생활에 불편함이 없으셨다.

형부의 고향은 수원에서 가까운 반월면이다. 그때 우리도 화성역 철도관사에서 살았다. 형부와 언니는 같은 직장에서 동갑내기 친구로 좋은 사이었다. 결혼 적령기인 이십 세가 넘어서는 막역한 사이로 둘도 없는 친구가 되었다. 독자인 형부와 칠 남매 맏딸인 언니는 자유결혼을 했다.

형부와 언니는 결혼하여 남매를 낳고 60년을 친구로 사셨다. 언니가 당뇨 합병증으로 80세에 우리 곁을 떠나셨다. 언니가 돌아간 후 형부는 혼자 사는 딸과 얼마 동안 사셨다. 그 후 지금까지 마음이 통하는 아들 내외와 노년의 삶을 편안하게 사시지 않았나 싶다.

형부는 가족이 섬기는 LWMC 교회에 출석했다. 토요일이면 오전 일찍 교회로 가셨다. 마음이 잘 통하는 봉사자들과 주일예배를 위하여 주보를 접으셨다. 주보 접는 봉사는 10년이 흘러가도 지치지 않으시고 팀 4명이 한결같이 해오던 사역이다. 대형교회이다 보니 주보 접는 시간도 오전에 시작하여 오후에야 끝나는 일이었다.

이 세상에서 형부의 일생은 그리스도예수 안에서 진정한 가치를 발견하신 분이었다. 95세의 인생을 살아오면서 다른 사람과의 관계에서 10년, 20년, 30년, 아낌없이 나눔의 삶을 사셨다. 코로나 팬데믹을 제외하고 한 주일도 빠짐없이 성전에서 예배를 드렸다. 교회나 노인이 모이는 회관이나 그 어느 곳을 구별하지 않고 컴퓨터, 바둑, 통역 등. 필요하다고 부르는 곳에는 언제나 달려가셨다. 노년의 30년 삶은 보람 있게 사셨다. 나는 형부의 조사를 쓰면서 너무도 크고 깊은 장엄한 흔적을 심어 놓고 가신 큰형부를 생각한다. 형부가 평소 입던 티셔스 하나라도 고이 간직 하고 싶다.

형부는 30년 전 아리랑 햄 아마추어 무선협회를 창설하셨다. 한국에서도 햄을 하셨다. 미국에서도 하고 싶은 꿈을 이루었다고 기뻐하셨다. 처음에는 혼자였으나 아마추어 무선에 취미가 있는 뜻있는 젊은 인재들이 모이기 시작했다. 한 사람, 한 사람, 오는 대로 가르치고 지도하여 라이선스를 취득하게 하셨다. 10년의 세월 사이로 회원이 아리랑 햄에 차고 넘쳤다. 형부가 앞에서 끌고 뒤에서 밀던 젊은이들을 바라보며 넉넉한 마음으로 흐뭇하고 행복하셨다. 아마추어 무선협회가 점점 발전하고 번성하여 미국과 이민사회에 유익한 아리랑 햄이 되었다.

고령의 형부는 숨차게 달려온 10년을 감사드리며 한발 뒤로 물러나 쉬고 싶었다. 젊고 유능한 일꾼들이 이끌어가면 더 발전하고 보람이 크리라 생각하고 한발 물러서 뒤에서 밀으셨다. 30년 세월이 흐르면서 지금의 이름은 '한국 아마추어 무선 협회'이다. 영어이름은 'KOREAN AMATEUR RADIO ASSOSATION'이라 한다.

이제부터 나도 형부처럼 마음이 편안하고 낙천적이며 긍정적으로 살고 싶다. 우리 모두가 돌아가야 할 본향 길로 가신 형부, 사랑합니다. 존경합니다. 곧 천국에서 뵙겠습니다.

아이오와의 아름다운 이야기

조금 늦은 저녁 시간이었다. 아이오와에서 딸이 전화를 했다. 저녁 먹고 운동하러 짐에 간다고 했는데 왜 전화를 했을까. 걱정이 앞서 얼른 받았다. 아들 노아가 대학 이력서에 에세이를 쓴 것을 읽어 보고, 엄마에게 알리고 싶어서 전화를 했단다.

고등학교 졸업반인 손자는 공부도 잘하고 트럼펫도 잘 분다. 그리고 나눔과 봉사도 열심히 하면서 학교를 다닌다. 대학교 이력서 제출 기간이 11월 14일 마감이다. 손자는 지난 주 시험 본 결과를 기다리며 글도 한 편 써서 이력서와 함께 보내는데 장애자 할아버지와 할머니에 대한 이야기를 썼다고 한다. 그리고 제 엄마와 누나에게 한번 읽어봐 달라고 부탁했단다.

딸은 노아의 글을 읽고 눈시울을 적셨다고 했다. 할아버지와 할머니의 고난을 극복해 가는 삶을 통하여 느꼈던 감동과 감격을 쓰고 사랑이 삶의 힘이라는 것을 알게 되었다고 한다. 딸은 엄마를 부르며 '우리가 세상을 헛살아 온 것이 아니었다'고 울먹였다.

나는 딸로부터 노아의 글 얘기를 들으며 손주에게 부끄러웠다. 도토리만한 여자였기에 언제나 힘이 없었다. 남편을 휠체어에 옮기고 내리는데 바닥에 떨어뜨린 때도 있었다. 또 남편이 부르면 즉시 달려가지 못했다. 하루하루 바쁘기만 했다. 마음 같아서는 소금가마 지고 물로 들어가라면 바닷물이라도 들어가고 싶었지만, 몸이 따라 주지 않았다. 지금도 생전에 남편에게 소홀하지 않았나 싶어 미안한 마음뿐이다. 그런데도 할머니의 삶이 손주들에게 긍정적인 영향을 주었다니, 전적으로 하나님 은혜다. "자식은 여화와의 주신 기업이요 태의 열매는 그의 상급이로다"(시편 127편 3절)

딸이 남편의 고향 아이오와에 산 지 10년이 된다. 작은 도시에서 대학촌으로 이사 온지도 2년이 넘었다. 일하면서 삼남매를 잘 키웠다. 큰 손녀는 작년에 대학을 졸업하고 대학원 공부를 하고 있다. 손자는 고등학교 졸업반, 막내 손녀는 고등학교 1학년이다. 작년에는 타 지방에서 전학 온 학생이라 친구 없이 왕따를 당하며 학교를 다녔다. 지금은 친구가 많아져 재미있다고 한다.

딸네 가족은 이사 온 후, 집에서 가까운 한인 교회에 출석한다. 은혜가 충만하고 기도를 많이 하는 초대 교회처럼, 주 안에서 모이기 힘쓰며 가족 같은 사랑의 공동체라고 했다. 집에서 교회가 가까워 출석도 편해 감사하다고 했다.

아이오와는 사계절이 한국 같다. 물 걱정 안 해도 농작물과 나무들이 잘 자란다. 텃밭을 일구어 취미로 오이와 호박, 고추나 토마토 등 채소를 심는다. 열매를 따면 주일날 교회에 갖다 놓고 먹고 싶은 대로 가져가라고 한단다. 초대교회처럼 나눔의 교제를 실천하는 교회라고 했다. 이렇게 아름다운 아이오와 사람들을 교회에서나 이웃에서 만날 수 있다는 말에 깊은 감동을 받는다.

11월이다. 가을은 깊어 가는데 노부부가 어떻게 운동하며 지내고 있을까 궁금했다. 딸에게 중국인 노부부 안부를 물었다. 딸은 깜짝 놀라면서, 며칠 전 할아버지가 언덕길에서 자전거에서 내려 끌고 할머니도 리어카에서 내려 리어카를 밀면서 언덕을 올라가더라는 얘기를 해주었다. 딸네 동네에는 평지도 있지만 높은 언덕도 있다. 딸이 얘기해 준 장면을 상상해보았다. 늙은 부부의 노년이 눈부시게 찬란하고 아름다웠다. 늙어가는 인생 여정에서 서로가 의지하고 사랑하는 모습은 끝없이 아름답다. 오늘 밤은 내 곁을 떠난 장애자 남편이 그리운 날이다.

"하나님이 능히 모든 은혜를 너희에게 넘치게 하시나니 이는 너희로 모든 일에 항상 모든 것이 넉넉하여 모든 착한 일을 넘치게 하게 하려 하심이라."(고린도후서 9절 8절)

졸업을 축하하며

플러튼에 사는 손녀가 지난 5월27일 고등학교를 졸업했다. 팬데믹으로 야외 졸업식에도 가족 숫자를 제한했다. 손녀는 다섯 살부터 수영을 했다. 공부도 잘했다. 여러 대학에서 오라 했지만, 손녀는 가고 싶은 샌디에고 대학으로 갔다.

5월 마지막 주 3일 동안 얼바인에서 Swim Meet가 있었다. 이번 미트는 올림픽 선수를 꿈꾸는 사람들에게 기회를 주는 미트다. 올림픽 기준시간 내에 드는 선수는 코치와 함께 오마하에 갈수 있다. 네브라스카 오마하에는 미국 50주에서 올림픽 출전을 위한 선수들이 모여든다. 그리고 오마하에 모인 선수들이 경쟁을 하여 가장 빠른 선수를 미국대표로 뽑는다. 이번에 가주에서도 얼바인 수영미트에 출전 자격을 갖춘 선수들이 등록했다. 삼일 동안 오마하에 가는 꿈을 가지고 최선을 다해 실력을 겨루었다. 미트에는 코치와 선수만 들어 갈 수 있었다. 나는 큰 딸네 집에서 온라인으로 경기를 보았다.

손녀는 4번 라인에 섰다. 몸을 풀면서 기다렸다. 'Take Your Mark!, Beep–' 소리가 나며 손녀는 물개처럼 미끄러지며 물살을 가르며 여러 번 돌았다. 마지막 시간에 물개가 되어 1등으로 들어왔다. 나는 너무 감격하였다. 순간 두 손을 모아 하나님께 감사 기도를 드렸다.

딸은 이번 미트에 손녀가 오마하에 갈수 있으면 비행기를 타고 오마하에 간다고 했다. 나는 잠잠히 듣고만 있었다. 나도 오마하에 다녀오고 싶었다. 그런데 조금 후, 전화로 딸의 목소리가 들렸다. "엄마 오마하 못 가게 됐어." "아니 아침에도 1등 저녁에도 1등 했는데 왜 못가냐?"고 물었다. 1등은 했지만 출전기준 시간에 약간 모자라서 선발되지 못했다고 했다. 나는 아무도 모르게 오마하 꿈을 접었다.

손녀의 졸업 파티는 6월 13일 오후 4시 30분, 플러튼에 있는 공원이다. 가족과 이웃과 친구 수영팀도 초청 하였다. 음식으로는 요즈음 젊은 이들과 학생들이 좋아하는 타코로 정했다. 타코맨도 미리 예약했다.

주일 날 오전, 온라인으로 큰딸과 예배를 드렸다. 오후가 되었다. 오랜만에 공원에서 보고 싶은 사람들을 만나는 게 즐거웠다. 초여름 하늘은 맑고 푸르고 새 하얀 구름은 꽃을 피운다. 나무 사이로 불어오는 바람이 시원했다.

예약한 장소는 호숫가 아름다운 위치였다. 이웃 친구, 같이 수영하던 친구, 모두 모여 있었다. 팬데믹으로 2년 동안 만나지 못했던 증손주들 4남매가 옹기종기 앉아 놀고 있었다. 이 녀석들은 작은 올케언니 증손주들이다. 나는 증조고모 할머니가 된다. 손부가 보이지 않아 물어보니 이모가 암에 걸려 친정 엄마와 같이 동부에 사는 이모 집에 갔다고 한다. 순간 손자의 말을 듣고 조용히 묵상하며 하나님께 도움을 청했다.

4시 30분부터 타코맨 부부는 열심히 맛있는 타코를 준비했다. 소고기, 돼지고기, 닭고기 등 몸에 좋은 야채와 라임을 먹기 좋게 많이 담아 제공했다. 50명이 넘는 손님을 대접하려고 손길이 바쁘게 움직였다.

그 부부를 보니 이민 와서 남편과 빌딩에 들어가서 청소하던 생각이 났다. 저녁 먹고 밤10시에 들어가면 새벽 별이 반짝일 때가 되어 빌딩에서 나왔다. 남편과의 그리운 시절이 스치고 지나갔다.

LA에 사는 조카딸과 막내오빠 내외를 모시고 큰조카 내외가 도착했다. 공원에서 가족을 만나니 반가움은 배가 되었다. 막내 올케는 오늘이 첫 손녀딸 대학 졸업이라고 했다. 오전에 졸업하고 점심은 작은 오빠 집에서 대접 받았다고 했다. 갈비는 큰 아들이 넉넉히 사다 대접하고 이리 오는 길이라고 했다.

더욱 기쁜 소식은 대학 졸업하고 취직이 되어 얼바인에 있는 직장에 다니게 되었다는 이야기였다. 기쁘고 행복한 소식은 언제 어디서 들어도 좋다. 사촌과 고종 관계인 삼형제는 언제나 화목하고 평화스러운 가족이다. 아들 세 사람이 이렇게 크고 작은 일부터 서로가 우애 있게 살아온 세월도 강산이 한번 변하고 여러 해가 지나갔다. 그 가운데 며느리들이 마음이 통하여 편한 마음으로 서로 의지하고 친 자매처럼 살아서 하나님께 감사를 드린다.

오늘은 즐겁고 기쁜 날이다. 오빠의 손녀딸이 졸업하고 직장을 다닌다. 나의 손녀가 고등학교를 졸업하고 대학을 다닌다. 아이오와에 사는 손녀가 중학교를 졸업하고 고등학교에 다닌다. 연로하신 올케 언니 두 분 막내오빠. 구십 가까운데도 모두 건강하시다. 웬 은혜이며 축복인가. 세어 보아도 끝없이 복이 많다. 복의 근원 되시는 하나님께 감사를 드린다.

이렇게 감사한 날 가족사진을 찍어야 한다고 큰 조카가 서둘렀다.

온 가족이 흩어지기 전에 가족사진을 여러 번 찍었다. 어둑해질 무렵 조카내외가 오늘 대학을 졸업한 딸을 데리고 공원에 왔다. 해는 져서 어두운데도 가족사진을 또 찍었다.

아들네 방문과 할머니의 옷

북가주 사는 아들이 팬데믹으로 2년 만에 독립기념일 연휴를 맞아 남가주 고향집에 온다. 그동안 상황이 어려워도 집에서 일했다. 며느리는 아이를 돌보며 집안 살림을 했다. 아들 내외는 예방주사도 맞았다고 했다.

7월3일 토요일, 아들네가 도착했다. 아들 며느리 손녀들이 차에서 내렸다. 현관 앞에 나와 기다리는 나의 품에 손녀들이 뛰어 와 안겼다. 큰손녀 헤오나, 둘째 마야, 셋째 큐라 세 놈들이 안기며 할머니 보고 싶었다고 한다. 나도 녀석들을 꼬옥 안아주며 보고 싶었다고 말했다.

아홉 살이던 헤오나가 열한 살 초등학교 5학년이 되었다. 키는 나보다 한 뼘은 더 컸다. 예쁘고 아름다웠다. 둘째 마야도 여덟 살 초등학교 2학년, 셋째 큐라도 여섯 살 8월에 개학을 하면 초등학교 1학년이 된다. 오랜만에 만나도 핏줄은 변함이 없다. 그동안 만나지 못한 아들네 가족이 왔다고 이토록 행복한 이유는 무엇일까, 스스로에게 물었다. 어디선가 시어머니의 인자한 소리가 들렸다. "에미야, 농촌에서 농사, 농사 하여도 자식 농사만 하랴."

오늘 저녁은 플러튼 사는 딸 내외가 미국 음식으로 준비했다. 큰딸 가족과 이웃 동네에서 같이 늙어가는 조카 부부도 오라고 했다. 딸 내외는 막냇동생이 온다고 음식을 맛있게 많이 만들었다. 돼지 갈비로

부터 닭도리탕까지 몸에 좋은 야채와 김치, 사과파이와 케익도 준비하여 풍성했다. 여름 과일도 가족들이 한 박스씩 사왔다. 이웃사촌이 보내준 월남 보쌈까지 푸짐한 저녁식사였다.

주일 날 오전 7시30분, 4마일 걷기 운동으로 공원을 다녀왔다. 아들 내외와 딸 둘과 나를 포함하여 어른이 5명. 손녀들 5명까지 함께하여 모두 10명이 십리 길을 넘게 걸었다. 나이로는 6살부터 78세까지, 온 가족이 같이 걸었던 아침운동 풍경을 소중하게 간직하고 싶다. 10년, 20년이 지난 먼 훗날 오늘 일을 기억한다면, 인생 여정에서 행복을 느낄 수 있는 멋진 추억이 될 것이다.

주일 예배는 오전 11시 큰 딸네 집에서 드렸다. 독립기념일 점심과 저녁은 플러튼 딸네서 먹고 낮에는 수영을 했다. 저녁에는 플러튼 정거장 옆 건물 옥상에서 불꽃놀이를 보았다.

월요일 오전, 아들네 식구들과 함께 산소에 갔다. 로즈힐 정문 가까이에 꽃가게가 있다. 세 손녀들이 들어가 저마다 예쁜 꽃다발을 뽑아 들었다. 아들은 그대로 계산하고 모두 자동차에 탔다. 남편 산소 윗자리에는 큰언니와 형부 산소가 있다. 나는 비석을 닦으며 잡풀을 뽑았고 아들은 비석 앞에 묻혀 있는 화병을 깨끗이 씻어 물을 담아 그 자리에 놓았다. 차례대로 손녀들이 꽃다발을 화병에 넣었다. 아들은 아내와 딸 셋을 나무 그늘 밑에 앉히고 큰이모와 이모부에 대한 이야기를 시작했다. 그 다음으로 친 할아버지에 대한 이야기를 들으며 큰 손녀는 고개를 끄덕끄덕 했다.

아들은 일주일간 휴가 계획을 세우고 왔다. 나는 바다와 매직마운틴 같은 장소는 함께 가기를 사양했다. 그러나 게티 박물관 같은 곳은 함께 다녔다. 일주일 있는 동안 집에서는 밥을 먹지 못했다. 두 누나들이 있어서 동생가족을 챙겨서 맛있는 음식으로 초대했다. 또한 아들 친구 집에서 초청하여 대접을 받았다. 휴가가 짧았다.

손녀들은 할머니 집과 고모네 집에서 놀기를 좋아했다. 손녀들이 우리 집에 오면 이층에 있는 나의 옷장이나 아래층 방 옷장에서 마음에 들면 옷을 꺼내어 입고 다니다가 갈 때 입고 갔다. 학교도 입고 가서 할머니 옷 이야기를 가까운 친구끼리 나눈단다. 아이오와에서 손녀가 오면 늘 마음에 드는 할머니 옷을 입고 간다.

북가주에서 온 손녀도 청바지에 티셔츠를 입고 두 벌은 가지고 갔다. 둘째는 티셔츠만 골라 입었다. 셋째는 아직 작아서 내 옷이 맞는 것이 없었다. 섭섭한 눈치였다. 대신 오래된 내 곰 인형을 주었다. 그 곰은 손녀만큼 컸다. 녀석은 몇 번씩 할머니 집에 다녀갔지만 할머니가 아끼는 인형이라 달라고 하지 못했다. 이번에 내가 선뜻 품에 안겨 주었다. 큐라가 좋아하며 차에 앉아서도 앞으로 안고 있었다.

올해는 청바지가 유행이다. 나는 이민 와서 제일 먼저 청바지를 사서 입었다. 청바지도 5년이나 7년 정도면 유행이 바뀐다. 그럴 때 마다 청바지를 사서 입었다. 첫 직장 일이 레스토랑 접시닦이였다. 그 다음은 큰 빌딩 청소였다. 아이들이 자라면서 초등학교 중학교를 다닐 때는 아파트 청소를 했다. 그 후 아이들이 대학 다니던 시절에는 운전학교를 운영했다. 미국에서 노동하는데 청바지만큼 좋은 바지가 없었다. 다른 옷은 예복으로 까만 양복 두어 벌 있는 정도이다. 우리 집 옷장에는 오래된 청바지로부터 지금 입는 청바지까지 종류가 많다.

7월 24일에는 2년 만에 아이오와에 사는 둘째 딸 가족이 일주일간 휴가를 내어 다녀 갈 계획이라고 알려왔다. 그 손녀들도 우리 집에 오면 할머니 냄새가 좋다고 한다. 그리고 내 옷 중에서 맞는 것이 있으면 입고 다니다가 그대로 아이오와에 간다. 그곳에서 학교에 입고 다닌다. 손주들이 할머니를 어쩌면 그렇게 사랑하고 귀히 보는지 나는 참으로 행복한 사람이다.

그 후에 내가 신을 만민에게 부어 주리니 너희 자녀들이 장래 일을 말할 것이며 너희 늙은이는 꿈을 꾸며 너희 젊은이는 이상을 볼 것이다. (요엘2장 28절)

내 안에 나

나는 선배가 북가주 집으로 떠나기 전날 섭섭한 마음에 인사 겸 딸아이 집에 갔다. 선배는 내 딸의 시어머니다. 선배는 나를 보자 그만 늘 부르던 내 이름이 기억나지 않은 듯 '권사님'이라고 나를 불렀다. 큰아들이 내일 오면 집에 간다고 했다. 언제나 권사님의 사랑은 변함이 없다고 인사했다. 북가주가 여기보다 더 춥다고 하며 받은 옷은 따듯하게 잘 입겠다고 했다. 나이가 들면 기억력이 감퇴되는 것은 어쩔 수 없는 일이다. 사람들이 노년에 이르러 정도가 심해지면 치매로 고통을 겪을 위험에 처하게 된다.

며칠 전 일이다. 그 날은 오전 10시 약속이 있는 날이었다. 집에서 출발할 때 차고 문을 닫고 떠났다. 비치길을 달리며 알테시아 길을 지났다. 가까이 91Fwy가 보였다. 순간 내 안에 있는 내가 차고 문이 열려 있다고 말을 한다. 생각은 끝없이 이어졌다. 차고 문이 열려 있으면 온 집안이 열어 놓은 집이라 한다. 돌아가 차고 문을 닫고 오라고 재촉했다. 나는 걱정과 불안 염려가 일어났다. 오던 길로 돌아가 확인하고 가면 오늘 약속은 10시를 넘어 11시에 겨우 도착할 것 같았다. 내안에 내가 두려움에 떨게 하지만 용기 있게 핸들을 잡고 약속 장소로 달렸다. 그곳에 도착하여 딸에게 우리 집 차고 문을 살펴보라고 부탁했다. 후에 알아보니 차고문은 닫혀 있었다고 한다.

요즈음 건망증이 빈번하게 일어난다. 나는 집에서 사용하는 공간이 부엌이다. 부엌에는 넓은 식탁이 있다. 식탁이 넓고 커서 책상보다 편리하다. 책 읽기도 좋고 글쓰기도 좋아서 신문 읽는데도 넉넉하여 아주 좋다. 오늘은 날씨가 쌀쌀했다. 방안에 걸려있는 조끼생각이 났다. 방안에 들어가면서 다른 생각을 했나보다. 방안에서 내가 뭘 가지러 왔지? 도무지 생각이 나지 않았다. 곰곰히 생각하며 방을 둘러 봐도 조끼는 떠오르지 않았다. 방에서 나와 아래층 룸을 빙빙 돌아도 조끼 생각은 깜깜했다. 책장 앞에 있는 남편 사진과 시어머니, 시외할머니에게 나는 큰일 났다고 했다. 내말을 들으신 남편과 어머니, 외할머니는 사진 속에서 미소만 짓고 있다. 시간이 얼마나 흘렀을까. 그때서야 조끼가 떠올랐다.

조끼를 입고 나오면서 내 자신이 한심했다. 오늘 있었던 일을 딸에게 말했다. 그래도 엄마는 건강한 거야, 하고 싶은 운동은 물론 책도 보고, 쓰고 싶은 글도 쓰지 않느냐고 나를 위로하고 용기를 주었다.

나이가 들면 일상에서 건망증은 자주 일어난다. 지금은 100세 시대라 하지만 노화의 과정 속에 나타나는 현상은 정신건강을 위협한다. 그 누구도 피할 수 없다. 내 안에 나를 만나 혼란을 겪지 않도록 조심할 수밖에.

도도하게 흘러가는 세월을 타고 나는 노화의 과정을 겪고 있다. 남은 삶을 살 때에, 마음에 평화를 주고 영생과 소망이 있는 성경을 가까이하며 묵상하면 노화를 예방하는데 유익하지 않을까싶다.

살아온 생을 돌아보면 슬프고 힘든 일들이 많았다. 어렵게 지나온 나날도 헤어보니 감사와 보람이 풍성했다. 기쁨도 충만했다. 힘든 만큼 축복은 배가 넘었다. 앞으로 나의 생이 얼마나 남았는지 알수 없지만 남아있는 시간은 주님과 동행하는 삶으로 살고 싶다.

내 안에 있는 낯선 나를 달래가면서, 오늘 내가 숨 쉬는 것도 기쁨이고 행복이요 축복이라 믿고 하루하루를 충만하게 지내려고 한다.

마라톤대회에서 5km를 손주들과 걸었다

가을이다. 걷고 달리기에 좋은 계절이다. 9월 19일 2021년 샌프란시스코 마라톤이 있었다,

작년에는 팩데믹으로 문을 닫았다. 금년에는 예방접종 카드만 있으면 마라톤 접수를 받는다. 엑스포 들어가는 데도 접종카드만 확인하고 들여보냈다. 그곳에서 손녀 제니와 그의 친구 마이클도 만났다.

우리 가족은 이번 대회에 셋째 딸과 제니와 마이클 세 사람은 하프마라톤을 달리고 큰 딸과 나는 5km를 걸을 계획이다. 우리는 티셔츠와 번호판을 받았다. 셋째 딸이 마라톤 기념으로 파란 모자 다섯 개를 사서 선물 하였다. 우리는 모자를 쓰고 사진을 찍었다. 그리고 내일 달릴 때도 모두 모자를 쓰기로 했다.

엑스포에서 나와 보니 저녁 시간이었다. 아들 가족도 호텔에 도착했다고 연락이 왔다. 막내아들은 뉴욕에서 오랫동안 살았다. 회사에서 전근을 보내어 북가주로 왔다. 이사 온지 3년 되었다. 산타 로잘에 사는데 딸만 셋이다. 큰 손녀 헤오나가 11살, 둘째 마야가 8살, 막내 큐라가 6살이다. 온 식구가 엄마와 누나, 조카를 응원하러 왔다.

오늘 저녁은 내일 마라톤을 위하여 국수 종류를 먹어야 한다. 이태리 레스토랑에 예약했다. 우리는 레스토랑 앞에서 내리고 셋째 딸은 파킹이 어려워 늦게 들어 왔다. 예약한 레스토랑에서 아들 가족이 기

다리고 있었다. 샌프란시스코는 파킹이 어려워 아예 차를 호텔 지하 파킹랏에 세워 놓고 걸어서 왔다고 했다. 시간은 15분, 걸을 만 했다고 한다.

가족이 모두 모였다. 각자가 먹고 싶은 대로 주문했다. 나는 이태리 스파게티인데 굴과 조개를 많이 넣어 달라고 했다. 조금 후에 음식이 나오는데 내가 주문한 스파게티가 나오자 모두 "와아 맛있겠다."하고 입맛을 다셨다. 나는 이태리 음식 종류를 잘 몰라서 늘 먹는 대로 스파게티를 했는데 푸짐하고 냄새가 좋은 내 음식이 맛있어 보인 모양이다. 조개, 굴을 하나씩 나누어 주었다. 저녁 식사는 행복하고 감사했다.

밖으로 나와 보니 길가에 가로등 불빛이 비추고 있었다. 나는 아들네 가족과 걷기로 했다. 오른 손에는 마야 손을 잡고, 왼손에는 큐라를 잡았다. 우리 뒤에는 아들 내외와 큰 애 헤오나가 걸었다. 하늘에는 별들이 노래하고 있었다. 호텔 가까이 걸어오자 철석거리는 파도 소리가 우리를 반겨 주었다.

오늘은 마라톤 뛰는 날이다. 셋째 딸은 새벽 5시 30분에 나갔다. 조금 후 제니와 마이클도 출발 지점에서 만났다는 연락이 왔다. 호텔에서 아침을 먹고 나갔을 때는 풀 마라톤과 해프 마라톤 뛰는 사람들이 길 위를 달리고 있었다. 우리가 묵고 있는 호텔 앞길이 마라톤 코스였다. 조금 후에는 5km, 10km 참가한 사람들도 달렸다. 오전 6시부터 출발한 마라톤은 15분 간격으로 총 17,000명이 달린다고 했다. 마라톤 뛰는 사람이 모이면 큰 사람이나 작은 사람이나 인종과 언어를 초월하여 하나가 된다.

큰 딸과 나는 호텔에서 마라톤 출발지점까지 1.5마일을 걸어야 했다. 마라톤 행사를 위해 어젯밤부터 주위를 차단하여 차를 움직일 수가 없었다. 셋째 딸이 나갈 때 우리도 나갔어야 했다. 후회 막급했다. 도리 없이 빨리 걸었다. 마음만 급하지 두 다리가 시원스럽게 걸어지지 않았다. 5km, 10km참가자들이 코스를 돌아 결승선으로 달렸다. 길 위에 물결치듯 달리는 마라토너들은 완주의 기쁨으로 메달을 목에 걸게 될 것이다.

운동을 좋아하는 나는 16년 동안 마라톤을 뛰었다. 그 후 허리를 다쳐서 4년 전에 척추 수술을 받았다. 6년 전 빅서 마라톤이 마지막 이었다. 그래서 걸을 수 있는 운동만 해야한다. 의사는 뛰는 운동은 위험하다고 했다.

큰 딸과 내가 출발지점에 도착했다. 모두 출발하고 아무도 없다. 5km를 걷는 것을 우습게보고 호텔에서 7시에 아침 식사까지 먹고 걸으러 나갔다는 것은 큰 실수였다. 마라토너들이 모두 나가버린 발판 위에서 나는 고개를 들고 하늘을 보았다. 그리고 마라톤 10년이 넘도록 달려온 내 인생이 믿어지지 않았다. 텅 빈 광장은 스산한 바람만 불었다.

옆에 서있던 큰 딸이 엄마의 모습이 불쌍했던 모양이다. 좌우로 두리번거리며 사람을 찾았다. 눈에 띄는 것은 무대 위에서 마이크를 잡고 선수들이 결승선으로 들어오는 장면을 중계하고 있는 아나운서 한 사람 뿐이었다. 딸이 뛰어가 무대 위 아나운서에게 도와달라고 부탁했다. 중계하던 아나운서가 마이크를 놓고 출발 지점으로 달려 왔다. 그리고 출발지점 발판의 전기 작동이 되는가를 이것저것 점검하고 딸과 나를 '레디 고'하고 출발시켜 주었다.

나는 딸과 바쁘게 걸으며 이번 5km은 참가비가 얼마냐고 물었다. 1인당 75불이라고 한다. 깜짝 놀랐다. 내가 마라톤 뛸 때는 25불이었는데 그렇게 참가비가 비싸냐고 물었다. 미리 예약하면 지금도 25불이란다. 그런데 우리가족은 팬데믹으로 머뭇거리다가 시간이 임박하여 접수했다. 하프 마라톤은 1인당 170불이라고 한다.

나는 마라톤 참가비는 아까워하지 않는다. 마라톤 협회에서 참가비는 보람 있는 곳에 사용하기 때문이다. 병원 학교 어려운 이웃과 소외된 사람을 위해 쓰기 때문이다. 한 사람의 참가비는 적지만 수많은 사람이 모이면 큰일을 할 수 있다. 그래서 마라톤을 달릴 때는 건강도 좋지만 살만한 가치가 있는 세상을 생각하며 달린다.

호텔 앞을 걸어가는데 아들 가족이 응원하며 기다리고 있었다. 아들 내외는 인도를 걷고 막내 큐라는 큰 딸이 손을 잡고 걸었다. 나는 오른쪽에 마야 손을 잡고 왼쪽에는 헤오나 손을 잡고 부지런히 걸었다. 결승선이 보이는 지점에 까만 아스팔트가 깨어져 움푹 파여 있었다. 멀리 보고 걷던 나는 운동화 앞이 걸려 넘어질 듯 몸이 앞으로 숙여졌다. 그때 오른손을 꼭 잡고 걷던 8살 먹은 마야가 내 손을 잡아 당겼다. 하마터면 넘어질 뻔 했다. 곤두박질하지 않고 나는 오뚝이처럼 앞을 보고 걸을 수 있었다. 어린 손녀딸, 그 어디에서 그런 강한 힘이 나왔을까. 눈물 나도록 고마웠다.

결승선이 눈앞에 보였다. 완주하는 길목에는 사진 기자들이 모여 사진을 찍고 있었다. 앉아있는 사람이나 서서 사진을 촬영하는 많은 기자들이 딸과 손녀의 손을 잡고 걷는 나의 모습을 보고 박수와 함성을 보냈다. 우리를 맨 꼴찌로 출발 시켰던 방송사 아나운서가 우리를 알아보고 가슴에 단 번호와 이름을 불렀다. "꼴찌로 나갔던 사라와 그의 맘 윤 신 가족이 꼴찌로 들어온다."고 방송을 했다. "5km, 2Hour!" 관중들이 더 큰 박수가 터졌다. 할 수 있다는 긍정적인 목표로 완주한다며 칭찬을 아끼지 않았다. 영웅이 된 느낌이었다. 그 모습을 보면서 "엄마는 박수를 데리고 다녀!" 큰딸이 활짝 웃었다.

마라톤 풀코스를 뛴 것도, 하프 마라토너도 아닌, 겨우 5km를 걸어온 동양 늙은이에게 주는 과분한 칭찬에 몸 둘 바를 몰랐다. 역사 깊은 아름다운 도시 샌프란시스코 마라톤대회에서 받았던 박수소리가 지금도 들려온다. 꼴찌를 위해 아낌없는 갈채를 보내준 얼굴들이 보인다.

하나님 여호와께서 이 사십년 동안에 너로 광야의 길을 걷게 하신 것을 기억하라. 이는 너를 낮추시며 너를 시험하사 네 마음이 어떠한지 그 명령을 지키는지 아니 지키는지 알려 하심이라. (신명기 8장 2절)

손주와 춤을

아이오와에 사는 둘째 딸이 2년 만에 일주일 휴가를 얻어 남가주에 왔다. 남편은 수술의사이다. 병원 일이 바빠서 함께 올 수 없었다. 두 딸과 아들을 데리고 글렌데일에 있는 시댁에 먼저 갔다.

시댁 시아버지는 금년에 90세, 시어머니는 87세가 되었다. 시어머니가 십 년 전 알츠하이머 병으로 쓰러지고 5년 전부터는 가족도 몰라 보신단다. 며느리와 손주를 보아도 미소만 띄우고 물끄러미 바라보신다고 한다. 시댁에 가면 딸은 친할아버지와 할머니의 생애를 아이들에게 꼭 들려준다고 한다. 할아버지 할머니를 존경하며 감사해야 된다고 아이들을 교육 시키는 것이다.

며칠 후, 밤 10시 넘어서 딸네 가족이 우리 집으로 왔다. 손주들은 외할머니 집에 오면 할머니 냄새가 좋다고 저마다 냄새를 맡는다. 특별히 막내 손녀는 코를 킁킁 대며 마음껏 냄새를 마신다. 그리고 할머니 몸에 감기고 어깨를 주물러 시원하게 해준다. 미국 속담 중에 "세상에서 가장 어려운 수학문제는 받은 감사의 개수를 세는 일이다"라는 말이 있다. 돌아보면 하나님의 도우신 손길이 수없이 많다.

둘째 딸의 일주일 휴가는 금방 지나갔다. 큰 딸은 옆집에 살고 있다. 동생가족이 내일 떠나는 것이 섭섭했는가 싶다. 그리고 플러튼에 사는 야구선수 조카는 6월에 오른쪽 다리에 철 기둥을 세우는 수술을 했다. 2년 전 게임 중 상대 선수가 반칙으로 오른쪽 무릎이 으스러졌다. 작년에 첫 번째 수술을 하였으나 통증이 심해져서 두 번째로 다시 수술을 받은 것이다. 7월 30일은 그 녀석의 스물한 살 생일이다. 큰 딸은 이른 아침 동생들에게 문자를 보내어 조카 생일을 축하하고, 내일 아이오와로 가는 동생가족을 위해 저녁 식사에 초대 했다. 오후 6시 시간을 지켜 달라는 부탁도 했다. 생각이 깊은 맏딸은 조카 생일과 동생을 갈비라도 먹여 보내고 싶었던 모양이다. 첫 딸을 여주에서 낳았을 때 맏딸은 살림 밑천이라 하신 시어머니의 말씀이 떠올랐다.

딸은 저녁파티에 갈비를 굽고 새우, 오징어, 버섯도 구워 먹는다고 했다. 나는 텃밭에 들깻잎과 부추를 다듬어 깨끗이 씻어 갖다 주었다. 큰딸이 혼자서 마켓 다녀오고 음식 준비하고 마음과 손길이 바쁘게 움직였다. 나는 4년 전 척추 수술을 했다. 그 후, 글쓰기를 공부한다는 이유로 아무것도 할 수 없었다.

금요일 저녁 이웃동네 사는 큰조카 내외가 성가연습을 끝내고 도착했다. 조카내외와 사위, 딸과 손주들과 나를 포함하여 모두 15명 대가족이다. 야외 식탁도 서너 개 놓여 있고 패티오도 크고 넓어 쾌적하고 시원했다. 뒷마당 산비탈 언덕에는 꽃과 숲이 있고 큰 나무 가지는 바람 따라 춤추는 동산이다.

1부는 저녁식사와 생일파티, 2부는 가족이 춤추는 시간, 3부는 페밀리 룸에서 신청곡 노래 부르는 시간이다. 손주들은 대학원생으로부터 고등학교 학생들이다. 파티 순서를 재미있게 만들었다. 좋은 밤 반가운 가족끼리 행복한 시간은 신앙도, 꿈도, 감사도 성장한다.

1부

저녁식사는 갈비도 먹고 해물도 먹고 맛있는 음식을 잘 먹었다. 상추와 깻잎 파인애플 떡보쌈으로 고기를 푸짐하게 먹었다. 떡과 파이와 생일 케이크, 여름 과일 등 풍성한 파티였다. 모두 식사를 마치고 생일 파티 자리로 옮겼다. 생일 케이크 앞에 앉아있는 매튜는 가족들의 축하 속에 스물한 살 생일을 기쁘고 행복하게 보냈다. 지난 달 6월 13일은 큰딸의 아들인 마이클의 스물한 살 생일이었다. 그때는 아이오와 이모가 없었고 이곳에 있는 가족들만 모여서 축하했다. “생일 축하합니다.” 축하 노래가 끝나고 맛있는 케이크가 접시에 담겨왔다.

2부

음악이 흐르고 춤이 시작되었다. 하늘에서 별들이 쏟아져 내렸다. KUSC 방송에서 내보내는 곡과 노래가 좋았다. 젊은이의 음악과 고전음악도 춤추는 데는 좋았다. 재즈와 탱고, 블루스까지 다양한 음악이 흘렀다. 할머니가 춤을 추고 엄마도 추고 손주들까지 3대가 신명나게 춤판을 벌렸다. 사랑하는 손주들과 여름 밤 정원에서 춤을 추는 축복은 하나님의 은혜였다. 아름다운 음악에 취하여 손주들과 춤을 추며 목이 말랐다. 물을 마시려고 자리에 앉았다. 그때 큰딸이 냉장고에서 쵸코 아이스크림 박스를 들고 왔다. 딸은 음악에 맞추어 엉덩이를 흔들며 식구들에게 아이스크림을 나누어 주었다. 온 가족은 웃음바다가 되었다. 나는 웃다가 눈물까지 흘리고 속옷까지 적셨다. 밤하늘에 걸려 있는 초승달도 빙그레 웃었다.

3부

노래교실 시간이다. 뒷마당에서 집안으로 들어왔다. 패밀리 룸에서 TV 앞에 모두 앉았다. 신청곡을 받으며 노래 한 절 씩 부르고 마이크를 다음 사람에게 돌렸다. 손주들은 이곳에서 태어나서 자라고 학교를 다닌다. 손주들이 좋아하는 노래를 신청한다. 나는 아는 노래는 손주들과 같이 부르고 모르는 노래는 소리 내지 않고 입만 벌리며 따라 불렀다. 손주들이 할머니에게 한국 노래를 부탁했다. 오랜 세월 TV, 영화, 음악을 접하지 못했다. 그래서 기억나는 노래가 선뜻 떠오르지 않았다. 손주들에게 미안했다. 이민의 삶을 모질게 살아왔다. 지금 와서 돌아보면 바보처럼 살았다.

다행히 큰조카가 이문세의 '광화문 연가'를 불러서 손주들에게 앵콜을 받았다. 손주들은 한국노래가 좋다고 했다. 나도 다음에는 좋아하는 한국노래를 공부했다가 손주들에게 들려주어야겠다. 큰 조카는 자신 있게 부를 수 있는 노래는 '광화문 연가' 하나뿐이라고 한다. 밤은 깊어 가는데 추억의 노래는 가슴을 적셨다.

하느님이 이 네 소년에게 지식을 얻게 하시며 모든 학문과 재주에 명철하게 하신 외에 다니엘은 또 모든 이상과 꿈을 깨달아 알더라. (다니엘 1장 17절)

철이 조카

얼바인에 사는 조카 내외가 2022년 새해 카드를 예쁘게 만들어 보냈습니다. 하나님이 철이 내외에게 태의 문을 열어 주셨습니다. 조카 며느리는 2월이면 아들을 순산 할 예정이랍니다. 며느리의 배부른 사진을 보면서 감격의 눈물이 흘렀습니다. 사랑의 하나님은 오강교회 가족과 조카 내외에게 생육하고 번성하여 땅에 충만하라는 소중한 선물을 주셨습니다. 상상만 하여도 큰 축복입니다. 하나님의 은혜와 일찍 돌아가신 언니 사진을 보며 또 울었습니다.

조카는 셋째 언니의 하나 밖에 없는 아들입니다. 언니는 반세기 전에 한국에서 간호사로 독일로 갔습니다. 그곳에서 일하며 틈틈이 공부 했습니다. 평소 마음속에 간직한 꿈을 이루기 위해 독일에서 미국으로 왔습니다. 미국에서도 일하며 또 공부했습니다. 꿈은 이루어지고 실력 있는 성실한 사람이 되었습니다. 셋째 언니가 우리 식구들을 한 명씩 미국으로 초청하기 시작했습니다. 저도 언니 초청으로 미국 이민을 오게 되었습니다.

언니는 삼십이 넘어서 유학 온 학생과 결혼했습니다. 첫 아들 하나 낳고 일하면서 아들 하나만 키웠습니다. 조카는 성품이 착하고 겸손했습니다. 언니에게 큰 힘이 되었고 부모에게 효자로 살았습니다. 부모님 말씀이라면 생각에 차이가 있어도 엄마 말씀에 순종하는 아들이었습니다. 대학과 법대를 놀라운 성적으로 졸업했습니다. 인생을 살아가면서 자식 농사처럼 힘든 것도 있지만 그것처럼 확실한 보람도 세상엔 없습니다.

조카가 엄마와 살던 때에 언니는 당뇨 합병증으로 병원에 있었습니다. 조카에게 그 시절이 결혼 적령기였는데 일하며 오후에는 병원에서 엄마 간호하고 바쁘게 살았습니다. 그렇게 시간은 강물처럼 흘러만 갔습니다. 여러 해가 흘러 조카 나이가 사십이 내일 모레 일 때 아들 하나 남겨 놓고 언니는 75세에 하늘나라로 가셨습니다.

조카는 엄마 돌아가시고 난 후, 결혼 준비를 했습니다. 좌우를 살펴도 학교 친구들이나 그 외에 일터에서 만났던 친구들은 모두 결혼 했습니다. 조카는 우리 가족이 출석하는 교회도 나왔습니다. 저와 오강교회 가족은 쉬지 않고 기도하며 하나님의 도움을 기다렸습니다. 하나님께서 예정해 놓은 신부를 만나게 해 주셨습니다. 큰 병원에 근무하는 암을 연구하는 박사를 만났습니다. 좋은 관계로 만나다가 사랑하는 사이가 되었습니다. 함께 선 두 사람을 보면 서로 사랑하며 사는 것이 행복이라는 것을 느끼게 합니다. 조카 내외를 보면 내 마음이 기뻐지고 하나님 은혜에 감사를 드리게 됩니다.

조카와 결혼을 약속한 사람은 일본 사람이고 이름은 노리꼬입니다. 노리꼬 부모님은 일본에서 사업을 하고 세 자녀는 미국에 살면서 학교를 다녔습니다. 노리꼬는 맏딸이고 남동생이 둘 있는데 최고의 지성과 인격을 겸비한 사람들이었습니다. 하나님이 오강교회 가족들에게 값없이 주신 은혜였습니다.

조카가 결혼하는 날입니다. 플러튼 골프장 야외 결혼식장에서 판사

주례로 예식이 시작하려는 순간 놀라운 소동이 벌어졌습니다. 결혼하는 조카가 돌아가신 언니 사진 액자를 형부 앉아 있는 오른쪽 좌석에 비스듬히 세워놓았습니다. 그리고 형부 왼쪽에는 재혼한 젊은 아내가 품위 있게 앉아 있었습니다. 오강교회 사람들은 모두가 '이거 큰 일이구나'하며 걱정을 했습니다. 오빠와 나는 조카를 불러서 타일렀습니다. 한 세상 살면서 죽은 사람 사진 놓고 결혼하는 것 보지도 듣지도 못했다고, 엄마 사진 치우고 결혼식 하자고 간절히 말했습니다. 조카가 엄마 그리워하며 효자라는 것도 알고, 특별히 오강교회 가족이 다 아는 사실입니다. 그렇다고 죽은 엄마 사진 놓고 결혼한다는 것은 자식이 부모에 대한 은혜에 보답이라고 생각지 않습니다.

조카는 주관이 뚜렷하고 신념이 강한 사람입니다. 엄마 사진 없이 결혼할 수 없다고 했습니다. 하는 수 없이 조카의 뜻에 따라 엄마 사진 앞에서 결혼식을 마쳤습니다. 결혼식이 끝나고 주례사진, 가족사진, 친구사진 촬영까지 끝냈습니다. 그런데 두 번째 놀라온 일이 일어났습니다. 신부인 노리꼬가 부케를 들고 가 언니 사진 앞에 놓았습니다. 결혼식 후 친구들에게 던져야 할 부케를 언니 사진 앞에 바친 것입니다. 부케를 기다리던 친구들은 멍하니 그 모습을 바라보았습니다.

두 사람이 결혼한지도 꽤 오래 되었습니다. 두 사람의 나이가 점점 많아지는데 기다리는 애기에 대한 소식을 듣지 못했습니다. 근심하며 하나님께 기도할 수밖에 없었습니다. 그동안 팬데믹으로 손주들 결혼도, 오강교회 가족 모임도 할 수가 없었습니다. 그런데 임인년 새해 아침에 임신 소식이 날아들었습니다. 조카가 오십에 며느리가 사십이 넘어 아이를 낳는다는 엽서 한 장이 이토록 기쁘고 행복할 수가 없습니다.

지난 2월 초, 조카 며느리가 아들을 순산했다는 소식이 왔습니다. 자연 분만을 했다고 합니다. 그렇잖아도 산모가 나이가 많아 출산하는데 어려움이 있을까 걱정했는데 다행입니다. 이름을 알렉스라고 지었답니다. 기쁜 소식입니다. 저와 오강교회 가족 모두에게 가장 귀한 축복을 선물로 받았습니다.

"내가 네게 큰 복을 주고 네 씨로 크게 성하여 하늘에 별과 같고 바닷가의 모래와 같게 하리니 네 씨가 그 대적의 문을 얻으리라. 네 씨로 말미암아 천하 만민이 복을 얻으리니 이는 네가 나의 말을 준행 하였씀이니라."(창세기 22장 17절-1)

손자 '매튜'의 홈런

외손자 매튜는 야구를 좋아합니다. 멋진 선수가 되는 게 꿈입니다. 여섯 살부터 또래 야구팀에서 세컨드 베이스를 맡아 경기를 했습니다.

손자는 야구로 초청받아 원하는 대학에 입학하였습니다. 1학년 여름 방학에 남가주 집에 왔습니다. 기독교 대학 야구팀에 소속되어 운동을 했는데, 그 팀과 K대학 야구팀이 경기를 가졌습니다. 두 팀이 치열하게 경기를 펼치던 중 상대 선수가 세컨드 베이스 수비를 하고 있던 손자의 왼 다리 무릎을 밟으며 돌진해 왔습니다. 손자가 비명을 지르고 땅에 쓰러졌습니다. 밝은 대낮 관중석과 경기하던 양쪽 선수가 다 놀랐습니다.

무릎에서 흐르는 붉은 피가 황토 흙을 적셨습니다. 게임도 중단되었습니다. 병원으로 실려 갔습니다. 의사 선생님의 판단에 따라 무릎 수술을 하였습니다. 방학이 끝날 무렵 다시 학교로 돌아갔습니다.

무릎 상처가 심해서 야구를 잠시 쉬기도 했습니다. 야구팀에서 궂은 일을 찾아 선수들의 손발이 되어 주었습니다. 경기 출전하는 선수를 위해 공을 던져주고 받으면서 팀을 위해 일했습니다. 그렇게 한 해가 지나갔습니다.

3학년이 되었습니다. 부상 때문에 켓처 석에서 공을 받는 선수로 경기에 출전했습니다. 시즌 도중 무릎 통증이 도져서 경기에는 출전하지 못했습니다. 3학년 마치고 고향집으로 왔습니다. 의사와 상담하고 2차 수술을 받았습니다. 온 가족이 피를 말리는 심정이었습니다.

졸업반이 되었습니다. 어김없이 야구 시즌이 시작되었습니다. 다행이 몸 상태가 많이 호전되어 운동을 계속할 수 있게 되었습니다. 팀에서 세컨드 베이스를 맡았습니다. 지난 3월에 캘리포니아에 왔습니다. 손자가 남가주에 오면 나는 꼭 게임에 참석하여 응원을 합니다.

게임에서 관중들이 손자를 응원하는 모습을 보고 놀랐습니다. 녀석이 새로 입학하는 신입생을 안내하고 이곳저곳 소개 하고 있었습니다. 야구팀에서는 선배 형인 손자를 많은 후배들이 좋아하고 따른다고 합니다. 그래서 팀의 부모들이 손자가 등판 할 때마다 '매튜, 매튜'라고 환호하며 열렬히 응원한다고 했습니다.

3월 마지막 주일, 오레곤에서 원정 온 팀과 경기가 있었습니다. 이날은 경기장에 가지 못하고 TV를 보면서 응원을 했습니다. 양쪽 팀이 만만치 않았습니다. 마지막 이닝까지 게임이 아슬아슬하게 이어졌습니다. 엎치락뒤치락 할 때 손자가 멋있게 홈런을 날렸습니다. 우리는 야외 테이블에서 짬뽕을 먹고 있었습니다. 온 가족이 벌떡 일어나 박수를 치고 서로 껴안고 난리가 났습니다. 짬뽕 국수발이 불어터지는 것도 모르고 홈런이 터진 장면을 몇 번이나 되돌려 보았습니다.

수술을 두 번이나 하면서도 기어이 홈런을 쳐내는 손자의 모습을 보면서 생각이 많아집니다. 여든 살이 가까운 이 할머니도 손자에게 부끄럽지 않아야겠다는 다짐을 하게 됩니다. 그래서 요즈음 글공부 교실에 다니며 열심히 배우고 있습니다. 근사한 수필집 한 권을 출간하여 손자에게 선물할 날을 꿈꾸고 있습니다.

봄 정원에서

오늘 큰 조카와 문학교실에 다녀왔습니다. 조카는 큰언니 외아들입니다. 여섯 살 아래인 조카가 곁에 있으면 든든하고 마음이 편안합니다. 친구 같은 사이입니다.

3월이면 우리 집과 옆집 딸네 정원에 장미가 피기 시작합니다. 올해도 형형색색 아름다운 꽃을 피웠습니다. 이웃들을 기쁨으로 설레게 하고 행복하게 합니다. 봄 길손들이 걸음을 멈추고 제철 만나 절정으로 피어난 꽃을 보면서 입을 다물지 못합니다. 바람은 마음대로 향기를 날리고 꽃술에 앉아있는 벌과 나비는 분주하게 일을 합니다.

우리 집에 도착한 조카는 나를 내려주고 그냥 가는 가 했는데 나를 따라 정원 의자에 앉았습니다. 봄 길손도 쉬었다 가는데 흐드러지게 핀 꽃을 보고 그냥 가버릴 수 없었나봅니다. 조카는 장미꽃을 보면서 돌아가신 엄마 생각을 했을까요. 이모, 엄마가 이 꽃들을 보면 얼마나 좋아하실까, 하고 나를 쳐다 봅니다. 언니는 꽃만 좋아 한 것이 아니었습니다. 꽃밭을 만들고 심고 가꾸어 평생 꽃을 사랑하며 살았습니다.

젊은 시절의 언니가 불현 듯 떠올랐습니다. 언니는 농촌 마을 가난한 선비 집 외아들과 직장에서 만나 결혼 하였습니다. 농사를 지어 식량을 자급자족하기도 어려울 만큼 가난한 집이였습니다. 오직 사랑만으로 결혼을 하였던 것입니다. 손바닥만 한 텃밭이 농토의 전부였습니다. 노송이 하늘을 찌르는 동산에서 마을로 내려가는 길의 첫 번째 집이 언니가 시부모님 모시고 사는 집이였습니다.

꽃을 좋아하는 언니는 텃밭에 채소를 부쳐 반찬을 만들어 먹기 보다는 꽃 심기를 더 좋아했습니다. 봄이면 동산에 지천으로 널려 있는 할미꽃이 웅성웅성 피기 시작합니다. 그리고 앞마당 꽃밭에 하얀 백합이 향기를 나누어줍니다. 꽃의 계절이라고 함박꽃도 활짝 웃으며 탐스럽게 피어납니다. 채송화 백일홍 봉숭아 꽃도 여름이라고 얼굴을 드러내 보입니다. 여름 밤, 봉숭아를 손톱에 물들이면 붉으스레한 사랑이 소녀의 볼에 피어났습니다. 여름 꽃이 가고 나면 맨드라미와 국화가 오고 코스모스와 해바라기까지 제철이라고 아름다운 자태를 자랑합니다. 이렇게 언니 집 꽃밭은 보는 사람들에게 행복을 안겨주었습니다.

뒤뜰 장독대 돌 사이마다 부추가 새하얀 꽃을 피우며 나비와 벌을 부릅니다. 그렇게 해마다 부추가 꽃 잔치를 하더니 뒤뜰 텃밭과 비탈진 언덕에까지 부추 꽃들이 피어났습니다.

언니는 꽃을 많이 심어 이웃들에게 모종을 나누어 주었습니다. 이웃들도 언니를 따라 집 주위에 꽃밭을 만들었습니다. 그렇게 한집 두 집 꽃밭을 가꾸다 보니 집마다 예쁜 꽃밭이 생겨났습니다. 모이면 꽃 이야기로 꽃을 피우고 꽃을 사랑하며 행복한 마을이 되어갔습니다. 사십호가 되는 동네가 언니를 따라 꽃밭을 만들고 꽃을 가꾸었습니다. 아름다운 사람들이 아름다운 꽃을 보고 웃으며 살았습니다. 나는 소녀의 가슴에 농촌의 향수를 불어 넣어주었던 이런 언니를 무척이나 존경하고 그리워하고 있습니다.

정원에 앉아서 담담히 조카에게 고향집 이야기를 들려주었습니다. 지금 70이 넘은 조카는 나를 보면서, 이번 주말 토요일 오후 로즈힐에 다녀오자고 하였습니다. 로즈힐에는 남편과 큰언니와 형부 산소가 가깝게 있습니다.

나도 언니를 닮아 꽃을 무척 좋아합니다. 우리 정원에 언니를 기리며 가꿔온 장미가 만발했습니다. 조카와 우리 가족이 정원에서 잘라낸 장미를 예쁘게 다듬어 로즈힐에 올랐습니다. 비석을 깨끗이 닦고 꽃병을 정리하여 장미꽃을 예쁘게 꽂았습니다. 내 뜰에서 기른 장미꽃, 언니가 그토록 좋아했던 장미 꽃다발을 언니 묘 앞에 꽂아 놓고 가족사진을 찍었습니다. 로즈힐 내려가는 길에 그리운 얼굴들이 미소 지으며 손을 흔들어 주었습니다.

받은 축복을 세어 보라

2021년 1월 28일은 셋째 딸 승혜 49살 생일이다. 음력으로는 12월 13일 새벽 3시에 남산 밑 필동 산부인과에서 낳았다. 큰언니는 생일만큼은 음력으로 관심을 가지는 게 좋다고 승혜에게 '섣달 돼지'라고 했다.

1972년 그 해 겨울은 눈보라 치는 추운 날씨가 많았다. 우리 집은 사업상 여러 가지 사정이 있어 남편은 인천에서 일했다. 나는 여섯 살과 세 살인 두 딸을 데리고 셋째 아이 해산을 앞두고 펑펑 눈을 맞으며 서울에 사는 언니 집으로 들어갔다. 언니는 형부와 은행에 다니는 조카와 함께 세 식구가 살고 있었다.

예정일이 되자 이른 아침부터 배가 아프며 산기가 돌고 진통이 오기 시작했다. 언니는 어린 조카들을 돌보려고 집에 있고, 형부가 나를 데리고 병원으로 갔다. 저녁시간 내내 진통을 견디며 새벽3시에 셋째 딸을 낳았다.

병원에서 퇴원하고 언니 집으로 왔다. 큰딸 승희와 작은딸 승아는 엄마가 안고 있는 예쁜 인형 같은 갓난아기를 보면서 동생이라고 보고 또 보면서 신기하여 좋아했다. 언니는 섭섭한 마음이 가득 차서 목소리부터 젖어 있었다. 하얀 쌀밥에 미역국을 먹여주면서도 아쉬움이 남았다. 이번에는 하나 달고 나오나 했는데 가난한 집에 딸부자가 되었다고 걱정이 태산이다. 나는 미역국을 넘기며 집 한 칸 없는 나에게 딸을 셋이나 주신 축복은 세상의 그 어떤 부자보다 더 큰 부자라고 생각했다.

나의 인생 여정에서 자녀를 축복으로 주신 은혜는 하나님의 계획과 섭리였다. 애기 낳고 미역국을 먹는 엄마 곁에 옹기종기 앉아 있는 두 딸을 보면서. 순간 다윗의 시 한편이 머리에서 번쩍 빛났나. "하나님이여 주의 인자하심이 어찌 그리 보배로우신지요 인생이 주의 날개 그늘 아래 피하나이다."(시편 36편 7절) 새끼가 어미의 아늑한 날개 품에 깃든 것처럼 주가 주신 자녀들을 가장 포근하고 안전하게 품겠습니다. 기도하고 감사를 드렸다.

언니의 사랑과 정성으로 추운 겨울에 산후조리를 잘했다. 아이들도 넓은 언니 집에서 잘 지냈다. 입춘이 지나고 따뜻한 봄날 남편이 일하는 인천으로 내려왔다.

서울에서 인천으로 왔다는 소식을 들으시고 여주에서 시어머니께서 오셨다. 어머니는 셋째 손녀를 안으시고 사람이 마음대로 할 수 없는 게 자식이라고 하셨다. 사랑스런 손녀를 품으시고 축복기도와 덕담을 나누셨다.

시어머니는 강원도에서 경주 손씨 가문에 셋째 딸로 태여 나셨다. 시외할아버지는 큰딸 이름을 손일녀라 지으시고 둘째 딸은 이녀, 세 번째 태어난 딸도 삼녀라고 지으셨다. 세 번째 아기는 아들이라 믿고 기다렸는데 또 딸이라 시외할머니는 고개를 들어 하늘을 마음껏 볼 수가 없었다고 했다. 딸 셋을 낳은 그 세월을 바늘방석 위에서 사셨다고 한다.

셋째 딸 삼녀가 세 살이 되었다. 하늘에서 시외할머니에게 태의 문을 열어 주셨다. 삼녀는 내리 남동생 둘을 보았다. 딸만 셋 있는 경주 손씨 가문에 아들 둘을 주셨으니 삼녀인 딸은 아버지의 사랑을 독차지 하였다. 아들 둘은 천하장사로 무럭무럭 자라서 경주 손씨 집안은 근심 걱정이 사라지고 태평세월이었다고 한다. 외할아버지와 할머니께서 노후를 편안하게 사셨다는 시어머니의 어린 시절 이야기다.

우리 집 셋째 딸 승혜가 다섯 살 때 가족이민을 왔다. 일찍이 독일을 거처 미국 와서 공부한 언니에게 짐이 되어서는 안 된다고 마음먹었다. 그래서 우리형편에 맞는 아파트에 방 하나를 얻어 살았다. 그 아파트는 극빈자들이 살고, 가난한 사람이 모이는 건물이었다. 함께 섬기는 목사님이 와 보고 깜짝 놀랬다. 즉시 이민 개척 교회를 하는 건물에 이층 2베드룸을 비워주어 이사했다.

승혜가 여섯 살이 되었다. 이민 와서 두 번째 맞이하는 크리스마스였다. 그 즈음 남편과 나는 아파트 청소를 다녔다. 하루는 이사 간 빈방에 들어가 보니 아름다운 크리스마스 트리가 서 있었다. 남편이 쓰레기통으로 버리려 가는 것을 나는 버리지 말라고 했다. 크리스마스 트리를 우리 집에 가져가면 좋겠다며 우리 차에 실어달라고 했다. 남편은 도토리만한 마누라 말을 잘 들었다.

그날 저녁에 우리 집 리빙룸에는 예쁜 크리스마스 트리가 세워졌다. 무지개처럼 고은 전기 불빛이 반짝이는 소나무 사이로 아름다웠다. 나는 화장실 가려고 방에서 나왔을 때 트리 앞에 앉아 있는 승혜를 보았다. 두 무릎을 세우고 두 팔로 꼭 잡고 트리를 감상하고 있었다. 생각이 깊은 아이었다.

승혜는 두 언니의 영향을 많이 받았다. 국민학교부터 대학교 기숙사에 들어 갈 동안 도서관에서 책을 빌려 보고 집에서 읽었다. 밥을 먹으면서도 책을 보는 아이었다. 철이 들고 자라서 지성인이 되었다.

대학 3학년 공부는 영국에서 1년을 연수하고 돌아왔다. 남가주에서 학부를 마치고 법대를 졸업했다. 법대에서 공부할 때 교수추천으로 여름방학이면 인턴으로 일했다. 일터에서는 주위사람들의 시선을 받으며 지켜보고 기대를 걸었다. 법대 졸업 후 2년은 성실하게 일했다.

25년 전, 60대인 아빠가 그만 뇌졸중으로 쓰러졌다. 왼쪽으로 반신불구가 되었다. 쓰러진 아빠 곁에는 영어가 부족한 엄마만 있었다. 당시 큰언니는 결혼하여 보스턴에서 목회를 했다. 둘째 언니는 텍사스에서 수술의사인 남편과 아이들 낳고 살았다. 남동생은 보스턴에서 공부를 마치고 결혼하여 뉴욕에서 일했다. 아빠를 간호하고 엄마를 도와야 한다고 결심했다.

승혜는 병상에 있는 아빠를16년 동안 간호하며 파트타임으로 일했다. 부모님이 살아계실 때 곁에서 마음 편안하게 해 드리는 것이 마땅한 도리라고 생각했다. 부모를 섬기고 싶어도 돌아가시면 다시 뵐 수 없는 것이 부모님이기 때문이었다. 사도바울 역시 "자녀들아 너희 부모를 주 안에서 순종하라 이것이 옳으니라. 네 아버지와 어머니를 공경하라 이것이 약속 있는 첫 계명이니 이는 네가 잘 되고 땅에서 장수하리라."(에베소서6장1~3절)며 바울은 한결 같이 부모를 공경하라고 강조한다.

승혜는 아빠가 돌아 간 후 풀타임으로 일하는지도 5년이 넘었다. 하나님께서 주신 복을 세어 보면 밤하늘에 별처럼 복을 받은 사람이 많으리라 싶다. 셋째 딸 승혜 생일을 맞아 생각나는 일을 적어보았다.

사랑하는 손주들에게

11월 추수감사절 연휴에는 북가주에 사는 아들 가족이 고향집으로 온다. 아이오와 딸네 가족은 크리스마스 연휴에 온다고 한다. 이곳에 사는 딸네 두 가족과 아들네 가족이 오면 로즈힐 남편 산소에 갈 그림을 그리고 있다.

남편이 우리 곁을 떠난 지 6년이 흘렀다. 그 사이 손주들이 부쩍 자랐다. 12명 손주 중 대학과 대학원을 졸업하고 사회에 필요한 일꾼으로 일하는 손녀가 둘이 있다. 대학원 공부하는 손녀가 있고 내년 봄에 대학교 졸업하는 손자가 둘이다. 그 녀석들이 또 대학원으로 간다. 그리고 현재 손녀가 대학에서 공부하고 고등학교 졸업반인 손자가 내년 봄 대학에 진학한다. 아직 두 손녀가 고등학생이고 손녀 셋은 초등학생이다. 막내아들이 늦게 결혼하여 낳은 딸들이다. 하나님께서 사남매를 통하여 생산의 축복으로 손주 12명을 주셨다. 주시는 대로 받은 선물이다.

나눔의 봉사로 실천하는 손주들아, '왜 배워야 하는가'하는 질문에 하버드 대학교 수학과 교수이자 『학문의 즐거움』의 저자인 히로나카 헤이스케 교수는 '지혜를 얻기 위해서'라고 짧게 대답했다. 어떤 것을 배우는 과정에서 그 내용 뿐 아니라 살아가는 데 있어서 매우 중요한 지혜를 얻을 수 있다고 한다. 또한 아동 전문가인 오은영 박사는 공부는 대뇌를 발달시키는 과정 중의 하나이고, 공부라는 과정을 통해서 지식보다는 상식을 많이 배우게 된다고 말했다.

사랑스런 나의 손주들아, 어렵고 힘들어도 꾸준히 공부하다 보면 꿈을 이루고 기쁨과 보람도 얻을 수 있을 것이다. 배우다 보면 생각하는 일 창조하는 일의 즐거움이 존재하기 때문이다. 손주들아, 후회 없이 공부에 매진하기를 부탁한다.

"지금 내가 너희를 주와 및 그 은혜의 말씀에 부탁 하노니 그 말씀이 너희를 능히 든든히 세우사 거룩케 하심을 입은 모든 자 가운데서 기업이 있게 하시리라."(사도행전 20장 32절)

착하고 겸손한 손주들아, 책을 많이 읽으면 식견과 안목이 높아지고 지혜가 넓어진다. 책과 글이 사라지는 시대지만 오히려 글쓰기의 열망은 높아졌다. 나는 늙었지만 지금도 매일 책을 읽는다. 책을 읽으면서 성장하는 자신을 발견한다. 독서로 성공한 마이크로 소프트 설립자인 빌 게이츠 회장은 "오늘의 나를 있게 한 것은 우리 마을에 있던 도서관이었다. 나는 하버드 대학 졸업장보다 더 소중한 것은 독서 습관이라고 생각한다"고 말했다. 또한 아인슈타인은 평상시 "진정한 독서는 훈련을 통해 몸을 강하게 하듯 연습을 통해 생각을 강하게 하는 것이다"라고 주장했다. 그리고 쇼의 여왕 오프라 윈프리는 "독서는 내 인생을 바꿔 놓았다"고 하면서 "당신이 내일 아침에 오늘 보다 더 나은 사람이 되고 싶으면 잠들기 전에 책을 펴고 단 세 장이라도 읽기를 바란다"고 조언한다.

나는 아홉 살부터 시골 감리교회를 다녔다. 그때부터 지금까지 영향을 주었던 책은 단연 성경책이었다. 성격과 인격을 형성하는데 또 중

대한 큰일을 결정하는데 성경책이야 말로 내게 큰 영향을 주었다. 사랑하는 손주들아, 평생 성경책을 가슴에 품고 살아가길 기도한다.

사랑하는 자들아 우리가 서로 사랑하자, 사랑은 하나님께 속한 것이니 사랑하는 자마다 하나님께로 나서 하나님을 알고 사랑하지 아니하는 자는 하나님을 알지 못하나니 이는 하나님은 사랑이심이라.(요한일서 4장 7절, 8절)

4부

My Family

My family goes to the Rose Hills Memorial Park during the holidays when the whole family gathers for Christmas during the winter, Easter in the spring, during the summer time and Thanksgiving in the fall, one of my top priorities when we are together is to visit my husband's grave at Rose Hills.

Among the grandchildren, only the two eldest knew their grandfather when he was healthy and their memories of him in that condition has faded. The other grandchildren were born when their grandfather was in poor health and they can only remember their grandfather sitting in a wheelchair. All the grandchildren grew up caring for and worrying about their bedridden grandfather and they became more thoughtful of those with disabilities. The grandchildren would come to visit during the holidays and summertime. They helped with their grandfather and told me to rest comfortably. The children spent time with their grandfather and laughter bloomed in the sweet home.

We immigrated to the United States when President Carter

was in office. At that time, our eldest daughter was 11, the second daughter was 8, the third daughter was 5, and the youngest son was 3. It's already been 40 years since then. Now, the eldest daughter is 54 years old, and the children are all middle-aged. When I immigrated, I had 6 family members but now I have 22. I have been blessed.

My husband suffered a stroke when he was 62. He was a very positive person and he cared for his family with a bright smile despite being confined to his wheelchair. I was grateful that my husband could use his right leg and arm even if he couldn't move the left side of his body. I was glad that my husband's mind was clear, his ears were bright, and his eyes were good. I laid my husband on the bed downstairs when he was discharged from the hospital. My husband with apologetic face held my small hand with his right hand and said with a smile, "I feel comfortable at home, I wanted to come home." He fell asleep holding my hand helplessly. Listening to my husband's breathing, I looked back on the years I lived with him. I've lived with my husband without regrets. The memories of our days together are as fragrant as acacia flowers.

When my husband was discharged from the military, he started a night school with friends. We first met when I worked with him at the school. After we married and immigrated to the United States, we were busy raising our children and we sometimes argued. Especially when we were having difficulties with our pastoral work.

My husband needed a car for the disabled because he was in a wheelchair and had to go to physical therapy. My children bought a new Dodge Grand Caravan which had been converted with a ramp for wheelchair access. I was very short, but I drove to and from several hospitals with my husband for 16 years. I drove to hospitals in Irvine, Downey, Long Beach, Fullerton and to physical therapy facilities.

In addition, I helped my husband exercise in the morning and evening at home. I was an acting physical therapist for my husband. I thought that I could take care of my sick husband only if I had the strength, so I started running every morning from 5 am. After running for two hours, I would return home and take care of my husband. Running on the road at dawn for more than 10 years was a precious time that could not be exchanged for anything in the world. My husband who made me run as a marathoner became my hill.

Myhusbandwhohadworkedwithoutstoppingtotakeabreathfor morethan20yearsafterimmigratingwasthefatherandhusbandwhohadlivedlikeanindustrioushoneybee.

In the fall of 2015, after my husband had been hospitalized

for a week, the doctor told my family to prepare for my husband's passing. My children and I said that letting my husband go comfortably was the best thing that we could do for him. I closed my eyes quietly and thought about my husband. How much would he miss his friends, teachers, and neighbors? Tears welled up in my eyes.

At first, when my husband became ill, many people came to visit him, but as his illness continued, people began to forget him. There is a saying that there is no filial son in front of a long-lasting disease. So, you don't have to be disappointed, you don't have to be angry, you don't have to blame. When I approached my husband, he had his eyes closed. He opened his eyes and looked up at me. I told him, "I will call some names, so when some faces you want to meet come to your mind, just blink. Don't say anything because it's hard for you.' I started calling out some names.

My husband's teachers and friends rushed to the hospital after answering the phone. The moment they saw my husband lying down, the hospital room turned into heaven. My husband's face was full of peace and joy. After the farewell service in his hospital room, we discussed what would happen at the funeral. Our current pastor would lead the funeral service, our former pastor whose church we attended when we first immigrated to the United States would do a prayer at the service, a pastor friend who attended seminary with my husband and I would speak at the service and another pastor friend would lead the grave side service. After they all left, my husband's breath sounded like a baby's breath.

I should go to Rose Hills this weekend.

I had a good life with your mom

October. At this time of year, my daughter in Iowa and my son in northern California will be missing their father. My beloved husband passed away on October 2, 2015, at the age of 77, and departed for his eternal home. It has been six years since he has passed away.

My third daughter, who lives in Fullerton, called me to meet her at noon at her father's grave. She said she would bring fruit and drinks. My eldest daughter, who lives next door to me, prepared pork cutlet for lunch. I put a mat in the car, and then my daughter's family and I got into the car.

Martin called and said that he had already gone to visit my husband's grave. Martin had been my husband's personal caregiver during the time my husband was in a nursing home. Martin visits Rose Hills three times a year, on the anniversary of my husband's passing, my husband's birthday, and at Christmas, carrying three bouquets of flowers. My older sister's and brother-in-law's graves are a little further up the hill from my husband's grave. Martin places flowers in front of each of the three graves during these visits. Martin has become like family over the years. We have many precious memories together.

When we arrived at the graveyard, I saw my eldest nephew, his wife and my other nephew's wife waiting for us. Before I knew it, they had cleaned my husband's, my older sister's, and my brother-in-law's markers. It was nice to see their markers shining brightly.

My two nephews' wives each had memories of my husband. My eldest nephew and his wife visited the nursing facility every week while my husband was there for 6 years. There were days when they came a little late in the evening and just watched their uncle sleeping.

It's noon and we were sitting on mats under the shade of the trees and my Fullerton daughter's family arrived just in time. We ate a delicious lunch while talking about my husband. My nephew recalled admiring how devoted my husband was to his family and children. He said that he wished that his uncle had lived longer to enjoy his children more and see his grandchildren grow up.

My daughter shared that she remembered how I always thanked the Lord and encouraged the family even when her father was in the hospital and in pain. My daughter remembered her dad's words and shared it with us. My husband had said, "I'm sorry I couldn't take care of your mom and am going first. Make sure you guys take good care of your mom. I had a good life with your mom!"

As I left Rose Hills, on that beautiful fall day, I closed my eyes to the wind and thought of my husband whom I met in the fall. There is a saying, "To lose money is to lose a little, to lose honor is to lose a lot, to lose health is to lose everything." This is what my mother-in-law always said. It seems that we had neglected my husband's health by thinking that we would work a little longer and then rest. My second daughter, who lived in Texas, was worried about her father's health and made an appointment for him at a hospital in Irvine. After graduating from school in Boston, my son had returned home. He took his father to the doctor's appointment at the hospital. At the age of 62, he suffered a stroke while at the doctor's appointment and had weakness on his left side and was left unable to walk.

After being discharged from the military and when my husband was 28 years old, he worked at a night school teaching students who could not go on to middle school in his hometown. He was operating with like-minded friends. He was looking for an additional teacher and I was then a 22-year-old working at a local orphanage. Mr. K, a teacher that I worked with, suggested that I work with my future husband, Mr. S, but I strongly declined because I did not have the qualifications to teach the students. Nevertheless, Mr. K suggested that I see Mr. S.

When the day arrived to meet Mr. S at a coffee shop in the town at 7pm, I did not feel confident. The hands of the clock moved quickly to 7 o'clock. Suddenly, the words of a certain psychiatrist came to mind. "Be an idiot" I thought it would be easier to be an idiot than to talk about my resume that lacked the necessary academic qualifications. Even though I resolved to become an idiot, I was worried because becoming an idiot wasn't easy either.

Mr. S was waiting in the cafeteria and when he saw me, he greeted me with a warm smile. As rumored, he was kind, good−looking, and made a good first impression. I greeted him with a stupid expression on my face, opened my mouth a little, and sat down. I opened my eyes, closed and opened them repeatedly. Mr. S, who was sitting opposite me, sat looking at me. I glanced at the coffee on the table for a bit and drank it out in one breath. And I wiped my lips with the back of my hand. The first meeting between my husband and I had been a job interview. Once the interview was over, I said bye and left the coffee shop.

Later, I left the local orphanage and moved to an orphanage in Inchon. One day, a year later, in the autumn when everything was abundant, Mr. S came to visit me out of the blue. He said that he had been thinking deeply and praying. He had met a woman through a matchmaker, but he calmly said that he ended that relationship. Then, Mr. S asked me to marry him. My heart fluttered after receiving the proposal, but I wanted to know his true heart.

Mr. S said that he wanted to live life as a good person and I came to believe that. Even if he had been engaged to another person, I thought that it would make sense to me for marry him. He lived a life that I respected. In celebration of both families, I married Mr. S. and we lived in Inchon for ten years. During that time, we were blessed with four children. We immigrated to the United States with our three daughters and one son.

When I came to America, my family suffered a lot. When I think of that time now, my heart aches. Looking back, those difficulties at that time, gave my children strength and courage. Now, all those children are strong and healthy trees, providing shade for me. This was also the grace of God who raised the children. In an excerpt from Kim Dae Tong's last diary(January 14, 2009), it is stated, "Life is not about how long you have lived. It is a matter of how meaningful and valuable you are. It is a matter of how much you did for the sake of your neighbors and for those in need." I pray that my son, daughters and grandchildren lead a worthy life.

When we came to America, we lived with a purpose. I came because I wanted to study and for the children to study. My husband and I went to seminary together for three years. I graduated in three years and my husband studied three more years before graduating. And my husband and I worked as evangelists while learning under a pastor. After ten years, I prepared for ministering to the Korean immigrant community.

At that time, there were no Korean prayer centers. So, my husband finished fasting and prayer for 40 days at the American prayer center in grace and was ordained as a pastor in the church. He worked doing ministry in the immigrant community and worked hard. We also started a driving school. At first, it started with one driving instructor, but at the end of 20 years, it had become the home of 30 driving teachers. While running the driving school and working in the ministry, my husband and I fought a lot because of our differences of opinion. Looking back, our days of bickering were filled with happiness.

Sixteen years have passed since my husband suffered a

stroke and became paralyzed. I had been running at dawn for years to stay healthy so that I can take care of my husband. I am very small and my husband was very big, but by the grace of God, I was able to help him to get onto his wheelchair. We did not share the master bedroom located on the second floor. Instead, my husband slept in the small guest bedroom downstairs and I slept on a foldable mattress in the family room near my husband's room. I couldn't sleep very well because every couple of hours I had to collect my husband's urine and throw it away. Still, I was thankful to God that my husband could move his right side and he had no difficulty in speaking, hearing, and seeing. The time with my husband after his stroke was a blessing but I missed the days when my husband was healthy and we bickered together. I am writing this on the 25th of October, my wedding anniversary date.

"Our days may come to seventy years, or eighty, if our strength endures; yet the best of them are but trouble and sorrow, for they quickly pass, and we fly away."(Psalm 90:10)

Oh Kang Church

My parents were married and had seven children. My father died before I was born, and my mother died when I was thirteen. Their youngest daughter, Young Ae, is writing this now, and I am now 78 years old.

My father was named Oh Bok Nam of the Boseong Oh clan. His hometown is Yesan, Chungcheongnam-do, and he was a railroad worker. My mother is Kang Hong Ran of the Jinju Kang clan. Her hometown is Hongseong, Chungcheongnam-do. My father collapsed while working at Namincheon Station and went straight to the provincial hospital. The doctor said that he was not certain why my father was ill. Two weeks after being hospitalized, he passed away when he was only 44 years old.

The railroad bureau gave jobs to the families of their deceased railroad workers' families. My older brother was hired as a railroad worker at Hwaseong Station, my eldest sister as an operator at Suwon Station, and my mother as a crossing guard at Hwaseong Station. My father, who passed away, was praised by people for his exemplary work for over 20 years. People said he was a responsible person who worked diligently on the Janghang Line and the Suyeo Line.

I grew up hearing the sound of train at the station since I was young. I heard about my father from a friend of my father. I respect my father. Tears flow when I think of my father and I miss him. I pray earnestly that I would my father in my dreams.

After my father died, I moved to Suwon Hwaseong Station. My mother overcame her grief over the loss of her husband and worked hard for her children. During her ten years of working as a crossing guard in Maegyo-dong, she was faithful to her duties without a single accident. She kept the crossing safe without a day off, saying that even a single life is a precious life. When we lived at the Maegyo-dong crossing, my family comforted, helped, and encouraged each other. Even though life was hard, those were the happiest days.

Time is like the wind, and all of a sudden I turned 9. My older sister and older brother also grew up and left home to achieve their dreams. Two older sisters were married and two older brothers were in the military. A third older sister studied in Seoul.

One spring day, the railroad bureau gave my mother a

transfer order. She was transferred as a guard at the crossing at Ocheon Station on the Suyeo Line. We moved to Ocheon Station. It was a beautiful rural village, and a clear stream flowed through it. My mom transferred my brother to 5th grade, and I was 4th grader to Majang Elementary School.

Around that time, my oldest brother enlisted in the military, leaving his wife at home. My sister-in-law was an intelligent person who had studied in Seoul. She was humble and kind. She took care of my mother and myself and my other brother when we were young. She had children and my mother became a grandmother and enjoyed being a grandmother. I was happy when my niece would called me "Auntie."

My sister-in-law hung a scroll of Seong Sam-mun, which she had brought when she got married, in front of the desk in family room. It says, "I wonder what this body will become when it dies. It will be buried at the top of Mt. Bongrae, and when the snow is full, it will be lush." I love the scroll of Seong Sam-mun so much that I have been living with it deeply in my heart until this day.

During the cold winter, my mother suffered a lot from asthma. When she was under Japanese rule, she gave birth to 7 children in a tatami mat house and was unable to properly care for herself postpartum. When she came to Ocheon, an official residence belonging to the Korea Railroad Agency was built. The winter that year when my mother got ill, it was exceptionally cold. My mother died on February 7, at the age of 52, two weeks after she came down with a cough. She had complications due to asthma and couldn't breathe properly.

After my mother died, the rivers and the mountains changed twice. A wave of change had also come to her seven children. Some had been successful and some struggled to escape poverty. My older sister, who settled in America, invited her siblings to immigrate to the United States. It has been almost half a century since the five siblings left Korea. We came to this land, set goals, and worked hard without stopping to succeed. Looking back, it was God's grace that made the poor rich.

The five siblings who immigrated to the United States are either retired after years of hard work or have already passed away. My older brother died at the age of 65, my eldest sister died at the age of 80 and my third sister died at the age of 75. Diabetes runs in our family and they all passed away due to health problems caused by diabetes. Many years later, on October 2, 2015, at the age of 75, my husband, Rev. Shin Eung Sun, was called by God and passed away as well. My oldest brother-in-law, who was the healthiest in the family, passed away at the age of 94 on December 23, 2020 due to old age. Now, the only people left in this world are my three sisters-in-laws, my older brother, and myself, the youngest.

When we first immigrated, there were about 20 people in our family, and we tried to meet on the weekends. Even when we were busy, we met twice a month. Between myself and all my siblings, we had a total of 23 children who grew up and married. Then, God blessed us with 30 grandchildren and 11 great-grandchildren.

My parents' descendants in the United States number 64. The Bible says, "I will surely bless you and give you many descendants."(Hebrews 6:14). The blessing of the covenant made with Abraham, the father of God's faith, was also given to our family.

There were many good things and bad things that happened in our family. Each time, our children helped us get through the difficult times. We have lived according to our parents' teachings to respect your parents and to be kind to one another. After we immigrated, we felt the love of the Lord. There is no church building, but the Lord is with our family and our family is the church. This is how the Oh Kang Church was formed.

Most of the children of the Oh Kang family live in southern

California, but some family members live in Iowa, northern California, San Diego, Canada, and New York. I can't make it to every family gathering, however, if there is a big celebration or a sad situation, everyone tries to come together.

I hope that my dear young nephews and nieces will continue to read books. Reading nourishes our body and mind. Reading a book broadens our thinking and sharpens our judgment. And reading turns our minds into intelligent, life-changing creative minds. "Look in the scroll of the LORD and read: None of these will be missing, not one will lack her mate. For it is his mouth that has given the order, and his Spirit will gather them together."(Isaiah 34:16).

When we gather, we think of our Oh Kang grandmother and grandfather's love, and when we disperse, we envision the growth of our church. I hope that my father, Bok Nam Oh and my mother, Hong Ran Kang's legacy will continue on through the Oh Kang Church from generation to generation.

My Eldest Daughter who Lives Next Door

It has been three years since my oldest daughter, Seung Hui, moved into the house next door. My eldest daughter is a teacher and a pastor. She teaches math, biology and computer science. As a pastor, she spent 7 years in Eastern Boston, 2 years in New Jersey, and 5 years in Southern California.

She ministers to college students and English–speaking people. She went to graduate school in Boston and has a vision for world missions. She would participate in summer mission trips for two months during the summertime spreading the gospel from Southeast Asia to Russia. God blessed my daughter with three children, two daughters and one son. Seung Hui did her best while walking the rough and difficult path of an evangelist in this world.

Seung Hui was born in Yeoju, where her grandmother lived. My mother–in–law was so happy when she was born and said that she would a pillar in my house. When we immigrated, Seung Hui was 11 years old and my youngest child was 3 years old. Every evening, the family sat together and worshipped together as a family. When we all worshiped together, my husband usually led the family service but Seung Hui led the family service when we were unable to attend.

Years past by like a flowing river, and Seung Hui became an 18-year-old college student. She entered the University of Southern California. The day my daughter left the house she loved and entered her dormitory, I put her house key in Seung Hui's hand. I told my daughter to come to her mom and dad's house whenever she got tired of studying at school. My husband and I gave a house key to all our children when they left home for college, just like Seung Hui. I told my children to come back when they were having a hard time studying in college and they were missing home, but they didn't come back. They grew up healthy and strong, took root in America, and became a big tree.

Seung Hui studied while working in college for 4 years. From Monday to Friday, she studied in the morning and worked part-time in the professor's office in the afternoon. On Saturdays, she would tutor immigrant children and she went their homes to teach them English and mathematics. On Sunday mornings, she served at the church, and in the afternoon, she served as pianist at the service of a church in Orange County. After doing the Lord's work nonstop on Sunday, she went back to the dormitory. My daughter Seung Hui was God's beloved daughter.

My daughter Seung Hui has loved her parents and younger siblings since her college days, and even took care of her aunt and uncle who lived with us. Seung Hui worked and studied at college, fasting one meal a day and eating only two meals a day. She collected one meal ticket one by one. When she collected 8 or 10 meal tickets, she made time on the weekends and treated her family including her aunt and uncle to dinner at the university dormitory buffet.

As my mother-in-law had said, my eldest daughter was a shining jewel. Thanks to my eldest daughter who moved into the house next door, I am eating well and doing well. I read books and ride my stationary bicycle to age gracefully. I miss my mother-in-law when I think of my children and want to say to her, "Mother! Seung Hui will be 55 years old in July." I am reminded of your words when you held Seung Hui as a baby

After Seung Hui moved into the house next door, I feel reassured. On Christmas 2020, my grandchildren gave me notebooks and a box of pens that my husband used to use. My grandchildren told me to write well with my husband's ballpoint pens. I am so grateful to my grandchildren. All of them are precious gifts from God.

Second Daughter living in Iowa

When I wake up early in the morning, my second daughter is the first to greet me with "Hi Mom." She completed her undergraduate degree in northern California and her law school degree in nouthern California. At her friend's wedding my daughter served as a bridesmaid. The groom introduced her to his friend and the two started dating and later married. He was a doctor who was originally from Iowa. After they got married, they lived in Newport Beach in California for a year. Then, they moved to Texas.

On the evening of the moving day, a moving company employee returned to rob them and entered their home with a gun. The robber took my daughter hostage, hit her in the head with a gun, and ordered her to bring her jewelry bag. The robber dragged my daughter into the bedroom. My daughter put her jewelry bag in front of the robber. The robber shouted for her to open it. There were no expensive jewelry or money in the bag. It only contained important documents. My son-in-law broke the living room window while struggling with the robber and ran to call the police. He suffered many cuts from the glass, and he was covered in blood. The robber was late caught after a confrontation with the police.

My daughter and son-in-law were rushed to the hospital and my son-in-law had to get numerous stitches on his arms and body. My daughter had her head beaten badly and had to have an MRI. She had a skull fracture and had suffered an injury to her brain but was discharged because the doctor said that she did not need surgery. As a result, even now, my daughter sometimes suffers from headaches. Through God's grace, she survived this ordeal.

"Show me the wonders of your great love, you who save by your right hand those who take refuge in you from their foes. Keep me as the apple of your eye; hide me in the shadow of your wings."(Psalm 17:7:8). God protected my daughter with his strength and power. Life isn't always just a smooth road. Even after immigrating to the United States, my family faced many trials and hardship. It was only because of my God that I was able to overcome. "I love you, LORD, my strength."(Psalm 18:1)

About a year after my daughter moved to Texas, my daughter gave birth to her first child, a daughter. When her first daughter was three years old, God gave her a second child. Her second child was a son. When her due date was a month away, my daughter suddenly got a stomachache and went to the hospital. The doctor said her appendix had ruptured. She had to have surgery and the baby was delivered early. My daughter knew her second baby was a son and name him Lucas. My daughter said she saw Lucas in the hospital bed.

However, the doctor accidentally hurt Lucas and he died. I thought of Lucas, who died so soon after he was born. I just prayed, "Lord, Lord," for my daughter and son-in-law who had to endure this pain and sorrow. My second daughter is a person of deep faith. My son-in-law did not have to remain silent over the loss of their son. But the two quietly agreed to offer forgiveness and tolerance. Parents who lose their children because the doctor made a mistake can appeal to the law, but my daughter and son-in-law only felt pain in their hearts, and on the contrary, they thanked the doctor for his hard work.

The doctors at the hospital were also very grateful to my daughter and her son-in-law. The story of Lucas spread out in the neighboring town and in every corner of the area. My daughter and son-in-law established the Lucas Scholarship Foundation at the Orange County Library in Texas for Lucas, who went to heaven first. All the money raised was donated to the foundation. Lucas has been buried in my daughter's heart, but I believe that Lucas is smiling in heaven. As a grandmother, who is writing this article, when I think of Lucas, he is smiling and I have tears in my eyes.

My daughter had lived in Texas for 13 years raising three children, two daughters and one son. The first day she moved to Texas, she ran into a robber, but her God spared her. My daughter lost her first son, but she was given two more children. The Lord healed the sick through my son-in-law while the world was changing. Thanks to God's grace, my daughter and son-in-law moved to Wisconsin.

My son-in-law worked at a hospital in Wisconsin. The hospital was a large hospital, and my son-in-law worked in that hospital as a doctor and taught interns. After three years of working there, my son-in-law moved to his childhood hometown in Iowa.

It has been over 8 years since my daughter moved to Iowa. The family is harmonious and happy. The three siblings are growing up in good health in their father's home state. The eldest daughter is studying to become a doctor and following in her father's footsteps. The son is his final year of high school and the youngest daughter is in the 9th grade. Iowa is a beautiful and peaceful place where you can enjoy the great outdoors. My daughter calls me more than 3 times a day. A phone call at lunchtime leads me to a special time of grace.

My daughter lives in a college town near the University of Iowa. It is a town where professors and doctors live. She lives in a neighborhood of similar homes that are neither too large house nor too small. A Chinese grandfather and grandmother live in the neighborhood where my daughter lives and they look over 80 years old. The grandpa is healthy, but the grandmother appears to be a patient who had been ill for a long time. The grandfather attaches a rear cart to his bicycle and the grandmother sits with a blanket on the floor of her cart, looking to the left and right of her as her husband takes her out for a ride. She likes to see flowers and people. My daughter is so moved by the grandfather's dedication to his wife that she captured the scene in her video and sent it to me. My daughter is so moved that she even sheds tears. Sometimes, I too shed tears with my daughter and receive grace.

At this time of the year in Iowa, you can hear the cornstalks rustling, birds calling to each other and calves searching for their cows. Just a little bit away from where my daughter lives, there is a field of corn with no end in sight. As my daughter drives down her country road, she calls me and sends me a video. It is truly beautiful to see a young couple working on a farm in the corner of a cornfield. It is a beautiful rural landscape where a woman milks her cow and her husband works hard by the side. It reminds me of Boaz and Ruth from the Old Testament.

"Wow!" I exclaimed in admiration. My daughter looked at the young couple and said, "Mom, life in the country is difficult." While my daughter was speaking, I focused on God's wonderful creation and nature rather than focusing on the hardships of rural life. My daughter's youngest daughter is thoughtful, quite, calm and patient. She looks just like her dad. The world is still worth living. Every day I cry and am moved when my daughter tells me about her life in Iowa. This too is God's grace. "Give thanks in all circumstances; for this is God's will for you in Christ Jesus."(1 Thessalonians 5:18)

My Third Daughter living in Fullerton

My third daughter, who immigrated at the age of five, recently turned forty–nine years old. She graduated from a college in Southern California and studied law at the same school. She has been working hard at her job. She married a friend from her school and now has one son and two daughters. She has lived in Fullerton for 23 years.

For my children, southern California is where their roots are. After graduating from high school, my four children each went to college and some went to graduate school. My youngest son said that during the difficult times when the siblings were scattered to go to school, even though he missed home, he studied hard. My husband and I sent our children out to the wasteland, but God raised them into strong trees and blessed them with good fruit. As years passed, our children grew up and became adults. The years we spent in tears and joy with our children after immigrating to the United States remain as beautiful memories.

While the children were away from home studying, my

husband turned 61. Upon learning that their father was a diabetic with a sugar level over 200, my second daughter from Texas, hurriedly booked a doctor's appointment. My son took my husband to the hospital on the date booked by his older sister. Moments later, my son called me and said, unfortunately, as soon as my husband arrived at the hospital, he had suffered a stroke. My husband had not taken care of his health until it was too late. My husband was admitted at the hospital, but he became paralyzed. At that time, his left leg, left arm, and hand did not move at all. I heard my son's weeping voice over the phone and then everything in my life stopped.

In the silence, the word of God came to mind. Without realizing it, I prayed and meditated, "For he does not willingly bring affliction or grief to anyone."(Lamentations 3:33). After immigrating to the United States, my husband and I have been living our lives thinking that if we don't work hard, our lives would fall apart. If I had thought about how to rest well, I would not have lived so foolishly. Unexpected despair and pain come along in life. The only way to overcome it is with gratitude and God's grace. My husband was unable to move his left leg, but he could use his right leg and arm. His mind, hearing, vision, and speech were normal. I gave thanks to the

Lord. If someone could become my husband's arms and legs, he would be able to live in a wheelchair even if it was difficult.

I got married on October 25, 1965 in Inchon, South Korea. Pastor Samgwan Kim's word came to my mind. He had officiated at our wedding and had said that when a married couple lives together, the wife fills the husband's shortcomings and the husband fills the wife's shortcomings, and the family is happy as a blessed couple. I decided to be my husband's left arm and leg.

One month after my husband was admitted to the hospital, he was discharged from the hospital in a wheelchair and came home. As usual, I received my husband warmly. That evening, the grandchildren, son-in-law, son, and daughters were happy to have dinner together and that their father had come home after being discharged from the hospital. Our grandchildren also touched their grandfather's hand and hung on the wheelchair.

My eldest daughter had served in the church in Boston for seven years. She moved to Southern California the summer after her father suffered a stroke. After coming to Southern California, she continued her ministry. She taught students at school, and during summertime she went to do missionary work in Southeast Asia. She returned to her home around the time her school year started.

My second daughter from Iowa brought her daughter with her. She stayed with her father in the hospital and only after her father was discharged did she return to her home in Iowa. My youngest son went to work in New York after his father was discharged.

My third daughter worked full–time and diligently. After her father passed away, she wrote a detailed letter about her family situation and sent it to the company. In her letter, she said that she had to look after her dad, who had suffered a stroke, and that her mom didn't speak English, so she couldn't consult with the doctors who treated and nursed her father's illness. In her letter, she asked to work part–time to take care of her parents and she received permission from her company to work part–time.

"Honor your father and your mother – which is the first commandment with a promise."(Ephesians 6:2). While working part–time, she took my husband and I to the hospital and took care of all the work that her father did, including take care of the house, paperwork, and insurance. She spent many years taking her father to physical therapy clinics in Downey, Fullerton, Long Beach, and Irvine. If it hadn't been for this daughter's dedication, my husband would have died sooner, and we would not have had the 16 years together after he suffered the stroke.

As her father's life was prolonged, my daughter's social life diminished. It seemed that the more her father's pain was lessened, the more my daughter's suffering increased. As her father's battle with the disease continued, my daughter's life became more and more difficult. However, she never showed any signs of blaming or resenting anyone. I asked myself, "Is my daughter an angel?" I think that my third daughter is so beautiful. The more I think about it, the more I can't repay this daughter's devotion.

I also vowed to be the left arm and leg of my paralyzed husband, but it was too hard for me as a frail woman to help my husband, who weighed more than 200 pounds. There was a need to improve my stamina. They said that there is no better exercise than running to increase my stamina. Fortunately, a marathoner coach, Lee Bo Woo, in my neighborhood. Even though he is now over 80 and close to 90, he is still running. He introduced me to a running team and I joined the club at the age of fifty-eight. I started running at 5 a.m. with Coach Lee Bo Woo and came home at 7 a.m. to get my husband's meal. Running gave me as much joy as I exercised. I think running is life itself. After that, I participated in marathons three or four times a year.

My daughter also realized that she had to increase her physical strength to take care of her father with me and she started running with me. Ten years ago, my third daughter joined a running group and I attended races with this group.

My husband came to this land at the age of 38 holding the hands of his young children. He kept his family strong, served God diligently, and was active in the ministry. He did nothing for himself and my husband didn't know that his body was getting tired and his body's functions were deteriorating. When I look back, I regret that my husband was not able to do his handstands like he used to.

Sixteen years after my husband suffered a stroke, he took his last pictures with his 12 grandchildren, a son and three daughters. He passed away on October 2, 2015 at the age of 77. A couple of months after he passed away, my third daughter received a letter from her work asking her to work full-time. We were both were grateful that her company allowed her to be part-time for so long. My third daughter has been working hard and has been working full-time since 2016.

My Son in Northern California

It's Mother's Day. My fifty-year-old son called and said, "Mom, it's Seung Chul. Today is Mother's Day. Mom, thank you." My Daughter-in-law and granddaughters were sitting next to my son and gathered around the phone and they all said, "Thank you Grandma." There are many rewarding things in this world, but I think raising children well is the greatest reward in life. I have three older daughters and my son is my youngest.

We lived in Songnim-dong and at that time, my husband worked as a photographer and went to Yeongjong Island, Songdo Beach and Jakyak Island to take pictures. I had received job offers from two insurance companies and I thought it was important for women to work, depending on the circumstances. I went to work as a director of an insurance company.

My three daughters were taken care of by my mother-in-law. But, my son, Seung Chul, was a newborn baby. There were well known nannies in the neighborhood. Sinu and Olke were grandmothers who fed and raised the newborn babies in the neighborhood. I breastfed my son for only a month and left him with the nannies. At that time, my heart was so sad that it felt like my heart was being ripped apart. I bit my lip and controlled myself. Without being able to breastfeed my son, I worked and endured the pain.

My son was 3 years old, and I had quit my job to emigrate to the United States. It was autumn time and the weather had turned cold. I had placed a hot kettle of barley tea on the desk in the room. My son touched the barley tea kettle and the hot tea poured down to my son's right arm and chest. I had made a huge mistake. I ran frantically carrying my child to the local hospital. My son's right arm was red and burned. Then I cried out, "Mother let you die" because I thought that my son was going to die in great pain because of my mistake. While my son was in the hospital receiving treatment for his burns, we were issued a visa to enter the United States. After his treatment ended, we immigrated to the United States.

The doctor at the local hospital had told me that my son could get surgery when he went to America. But, when we arrived, I was not able to take my son to the hospital because our life was so difficult when we first arrived. My family lived in an old building where cockroaches crawled throughout the apartment day and night. The pastor of our church was surprised to see how we were living and helped us to get a new apartment near his church.

My heart aches at the sadness of not having been able to raise my son in my arms all my life. Even now, when I look at my son's scarred right arm, my tears fall on that arm. Then, my son will go back into his room and put on a long sleeve shirt to cover his scars on his right arm and he tells me that he is all right now.

Because our family's financial situation was not good when we first arrived in the United States, all four of our children grew up in a difficult environment and suffered countless hardships. Among them, my heart is closest to my son because I was not able to be there when he was a baby and couldn't breastfeed him and take care of him. However, God raised my daughters and son.

After Seung Chul graduated from college in Boston, he came back to Southern California and helped out at our family business, a driving school. Then, my son went to a job interview in New York and was hired on the spot. He spent the next 20 years in New York.

He married an Irish American woman that he met at work. My daughter-in-law is a kind woman with intelligence and beauty. She is from a dignified Catholic family. After a visit to her parents' home, I thought of all the things that I was thankful for. It was by God's grace that my son had married his wife.

My son was transferred to a California branch, and it has now been two years since he left New York and moved to northern California. My eldest granddaughter is in the 5th grade, my second granddaughter is in the third grade, and my youngest granddaughter is in the first grade. The words of my mother-in-law comes to my mind, "A parent's love is all the love they give to their children." she said. She had shared with me that grandchildren are so precious and sometimes more so than your own children.

Seung Chul-ah, as a mother, I'm sorry that I have not been able to properly take care of you. As I write this, I specifically ask you for forgiveness. You and your sisters suffered and lived in a poor and difficult environment. Amid this, you set goals and achieved a purposeful life without giving up. This is also God's caring love.

My dear son Seung Chul, I am writing what I want to say to you.

First, rememberyourfather. Ihopetherewillbemanyworkersof C

hrisinourfamily. Yourfatherlivedforhisfamilyandtohelpothers. Throughyourfather'slife, youshouldimitatewhatisgoodandthrowawaywhatistobediscarded. Yourfathervaluedlearningandwaspassionateaboutreading. Learn, read, andchallengeyourselfandenjoylife. Getintothehabitofbeinggratefulandcounttheblessingsyouhavereceivedbeforeyougotosleep. Thenyouwilllearntoshareandservefortherestofyourlife.

"One person gives freely, yet gains even more; another withholds unduly, but comes to poverty. A generous person will prosper; whoever refreshes others will be refreshed."(Proverbs 11:24–25)

Grandson Who Underwent Surgery

My third daughter, who lives in Fullerton, called. I answered the phone and said, "It's Mom." My daughter informed that the time of her son's second surgery was June 17th at 7am. She then said, "Pray for him, Mom."

My grandson started playing baseball at the age of five. He enjoyed baseball and played on his college team. During a baseball game in July 2019 in Southern California, a player slid into my grandson's knee while he played second base. My grandson screamed and fell to the ground. The metal spikes on the other player's shoes had ripped into my son's knee dislocating the knee and breaking his kneecap. My grandson's coach ran to the field and his parents, who were sitting in the stands, ran. The baseball game was temporarily suspended. Blood dripped from my grandson's knee and wet the red soil. My grandson suffered from the cutting pain. My daughter and son–in–law took their son to the hospital.

They met with an orthopedic surgeon and was told that he needed surgery. The whole family prayed to God for a successful operation and everything went well. Almost two years had passed since the operation and my grandson was in his third year of college. Schools had been closed for over a year due to the pandemic and my grandson had studied online during that time but was now back at college.

In May during baseball season, my grandson was playing in a game in Oregon as a catcher. During the game, he dislocated the same knee that he had previously had surgery on. My grandson went to the hospital with the team's coach. Unfortunately, he was unable to play the rest of that baseball season.

When the grandson came home, he and his parents met the doctor had who performed the first operation. The doctor said he needed a second surgery but that the second surgery would allow him to walk and exercise with healthy legs for the rest of his life. The doctor told my grandson that he could play baseball once he recovered. I meditated and prayed after the surgery day was set.

Today is the day my grandson had his second surgery. My grandson, my daughter, and son-in-law went to the hospital early at 6 a.m. because the operation was set for 7 a.m. The day of surgery felt like a long day, so I kept calling my daughter. I called at noon. My daughter told me that my grandson's surgery wasn't over yet. I ate lunch and called again. It was then that I was told that my grandson had come out of the operating room and recovering.

It was so sad that my grandson had to undergo knee surgery twice before he even graduated from college. I gulped down cold water at home alone while waiting. It was only when I heard the news that my grandson's operation went well, that my many complicated thoughts were sorted out.

As I am writing this, I had this thought. My grandson survived two surgeries, enduring pain and suffering, but he is now eating well and recovering. The more I think about it, the more it is through the grace of God. If a player from the opposing team had stepped on my grandson's head or neck with his spikes, what would my grandson be like now? I couldn't understand the player who had done this. But today, I wanted to forgive the player.

I opened the large Bible that was placed on my desk, and listened to the Lord's voice and read, "When you pass through the waters, I will be with you; and when you pass through the rivers, they will not sweep over you. When you walk through the fire, you will not be burned; the flames will not set you ablaze."(Isaiah 43:2). It was the loving voice of God who is with us in our suffering.

From the hospital, my daughter, my son-in-law, and my grandson arrived at their home. My grandson returned from surgery and called. "Grandma, Matthew is home. I'm okay now because you prayed." When my grandchildren were very young, I cooked them a lot of seaweed soup and kimchi stew. My grandson, Matthew says, "I like seaweed soup or kimchi stew. It reminds me of my grandma. I like that it smells like my grandma." Even now, when my grandchildren call me, tears run down my cheeks like a child. When I cry, the grandchildren say that they want to see their grandmother. Tomorrow, I am going to make kimchi stew for my grandson.

Applause to the Last Place Finisher

I participated in the 2021 San Francisco Marathon. Last year, the competition was not held due to the pandemic, but this year, only a vaccination card was required. My third daughter, eldest daughter and I participated at the race. My third daughter and my granddaughter, Janie, ran the half marathon, and my eldest daughter and I decided to participate in the 5k run/walk. We arrived the day before the race and stayed at a hotel.

On the morning of the race, my third daughter left at 5:30 a.m. and I should have gone out at that time with her. When I left after having breakfast a little later, the marathon runners were already running and waving on the road. The road in front of the hotel where we were staying was a part of the racecourse. More than 10,000 participants were scheduled to depart every 15 minutes from 6:30 a.m. on.

My eldest daughter and I had to walk 1.5 miles from the hotel to the starting line of the race. I didn't know that cars couldn't drive in the area because the roads in the neighborhood were closed for the event. We tried to walk at a fast pace because we were in a hurry, but we were not able to go that quickly.

I have run marathons for 16 years. When I was fifty-eight, my husband collapsed from a stroke. I had to strengthen myself to be able to take care of my husband. That's how I started running. I participated in various competitions and won over 50 medals. Later in my life, I injured my back and underwent spinal surgery. The last race that I ran was the Big Sur Marathon 6 years ago. I'm seventy-eight years old and I can't run now. My daughters knew that I wanted to participate in the 5k walk and we went to do the race together.

When my eldest daughter and I arrived at the starting line, everyone had already left, and no one was there. It was so disappointing that I couldn't participate after coming such a long way. As we were hesitating and not knowing what to do, the race announcer approached us. When my eldest daughter explained the situation, he shouted, "Ready Go" and we were able to start the race.

I started walking with my eldest daughter and when we passed our hotel, my son's family came out to cheer. My son and his wife walked along the sidewalk, and I walked holding hands of my granddaughters. There was a dip in the road, and I tripped and almost fell. My 8-year-old granddaughter quickly grabbed me. I was so thankful that tears came to my eyes when I thought about how strong she was.

The finish line was in sight. On the way to the finish, photographers gathered at the finish line. People applauded and shouted when they saw me holding hands with my grandchildren and walking in. The announcer who recognized us and called out our numbers and names that were on the bibs on our chest. He was the person who had let us participate in the race even though we had come so late. The announcer exclaimed loudly, "Sarah Lee and her mother walked the 5k course in 2 hours. They started last and finished last!" The crowd applauded loudly, and I felt like a hero. My eldest daughter smiled broadly and said, "Mom, you finished with everyone's applause!"

I can still hear the applause I received at the marathon in San Francisco, a beautiful city with a long history. I can still see the faces that gave us such an enthusiastic applause for the last place finishers.

To My Beloved Grandchildren

My son's family from northern California came to visit during the Thanksgiving holiday in November. We are getting ready to go visit my husband's grave with my two daughters who live nearby and my son's family who are visiting. My daughter from Iowa is not here but has told me that she is coming to visit during Christmas break.

Six years have passed since my husband left us. In the meantime, the grandchildren have grown a lot. Of the 12 grandchildren, there are two granddaughters who graduated from college and graduate school and have started working. I have a granddaughter who currently in grad school and two grandsons who will graduate from college next spring. And now, another granddaughter is in her first year in college, and my grandson, who is graduating from high school, will go to college next fall. Two granddaughters are still in high school, and three granddaughters are in elementary school. My youngest son married later and have three daughters. God blessed me with 12 grandchildren through my four children.

To the question "why should we learn?" Professor Heisuke Hironaka, a professor of mathematics at Harvard University and author of 'The Joy of Learning." answered, "To gain wisdom." It is said that in the process of learning something, you can acquire very important wisdom not only in its content but also in life. Dr. Eun-Young Oh, an expert on children, said that studying is one of the processes that developes the brain, and that through the process of studying, you develop your common sense.

My dear grandchildren, even if it is hard and difficult, if you study steadily, you will be able to achieve your dreams and gain joy. This is because there is the joy of thinking and creating when you learn. Grandchildren, I ask you to focus on your studies. "Now I commit you to God and to the word of his grace, which can build you up and give you an inheritance among all those who are sanctified."(Acts 20:32) My good and humble grandchildren, the more you read, the greater your insight, and your wisdom.

Although I am old, I still read books every day. I find myself growing while reading books. Bill Gates, the founder of Microsoft said, "It was the library in my town that made me who I am today. I think that reading habits are more valuable than a Harvard University diploma." Einstein argued that "real reading is about strengthening your mind through practice, just as you strengthen your body through training." And Oprah Winfrey said, "Reading has changed my life. If you want to be a better person tomorrow morning than you are today, open your book and read at least three pages before you go to sleep."

Since the age of nine, I have attended church. From that time to the present, the book that has influenced me the most has been the Bible. The Bible has helped shape my personality and character. Dear grandchildren, I pray that you will live with the Bible in your heart for the rest of your life.

"Dear friends, let us love one another, for love comes from God. Everyone who loves has been born of God and knows God. Who ever does not love does not know God, because God is love."(1John4:7-8)

문학과의식
2022 산문선

신영애 산문집

오강교회 사람들

발행일 2022년 8월 20일

지은이 신영애
펴낸이 안혜숙
디자인 임정호

펴낸곳 문학의식사
등록 1992년 8월 8일
등록번호 785-03-01116
주소 우편번호 23014 인천광역시 강화군 하점면 강화대로 939
우편번호 04555 서울 중구 수표로6길 25 501호(서울 사무소)
전화 032.933.3696
이메일 hwaseo582@hanmail.net

값 15,000 원
ISBN 979-11-90121-38-5

표지사진 _ Todd trapani on unsplash